CB051597

porque no momento em que tento falar não só não exprimo o que sinto como o que sinto se transforma lentamente no que eu digo. Ou pelo menos o que me faz agir não é o que eu sinto mas o que eu digo. Sinto quem sou e a impressão está alojada na parte alta do cérebro, nos lábios —na lingua principalmente— na superficie dos braços e tambem correndo dentro, bem dentro do meu corpo, mas onde, onde mesmo, eu não sei dizer. O gosto é cinzento, um pouco avermelhado, nos pedaços velhos um pouco azulado, e move-se como gelatina, vagarosamente. Aś vezes torna-se agudo e me fere, chocando-se comigo. Muito bem, agora pensar em céu azul, por exemplo. Mas sobretudo donde vem essa certeza de estar vivendo? Não, não passo bem. Pois ninguem se faz essas perguntas e eu...Mas é que basta silenciar para só enxergar, abaixo de todas as realidades, a única irredutivel,

[EDIÇÃO COM MANUSCRITOS
E ENSAIOS INÉDITOS]

Clarice Lispector

Perto do coração selvagem

ORGANIZAÇÃO E PREFÁCIO DE
PEDRO KARP VASQUEZ

Rocco

Concepção visual e projeto gráfico de Izabel Barreto, executados por Jorge Paes

Organização e prefácio: Pedro Karp Vasquez

Direitos desta edição reservados à
EDITORA ROCCO LTDA.
Rua Evaristo da Veiga, 65 – 11º andar
Passeio Corporate – Torre 1
20031-040 – Rio de Janeiro – RJ
tel.: (21) 3525-2000 – Fax: (21) 3525-2001
rocco@rocco.com.br

Printed in Brazil/Impresso no Brasil

CIP-Brasil. Catalogação na fonte.
Sindicato Nacional dos Editores de Livros, RJ.

L753p

Lispector, Clarice, 1920-1977
Perto do coração selvagem / Clarice Lispector ; [organização e prefácio de Pedro Karp Vasquez]. - 1. ed. - Rio de Janeiro : Rocco, 2022.

"Edição com manuscritos e ensaios inéditos"
ISBN 978-65-5532-313-9
ISBN 978-65-5595-162-2 (e-book)

1. Romance brasileiro. I. Vasquez, Pedro, 1954-. II. Título.

22-80391 CDD: 869.3
CDU: 82-93(81)

Gabriela Faray Ferreira Lopes - Bibliotecária - CRB-7/6643

Sumário

Palavras perto do coração

Pedro Karp Vasquez

Antes de qualquer coisa é preciso fazer um esclarecimento, já que a presente edição de *Perto do coração selvagem* se inscreve em uma coleção que tem como objetivo divulgar "manuscritos e ensaios inéditos". Isso porque, para alguns, pode parecer que um datiloscrito não possa ser qualificado de manuscrito, porém esse não é o caso, pois é tradição do mercado editorial denominar manuscrito qualquer original submetido por um escritor para subsequente edição.

Uma consulta aos melhores dicionários comprova essa afirmação. Para o *Aurélio*, por exemplo, manuscrito é, entre outras acepções: "Original de texto, mesmo que mecanografado." Definição ratificada pelo *Dicionário Brasileiro da Língua Portuguesa Michaelis*, que esclarece: "Diz-se de ou versão original de um texto, escrito à mão, datilografado ou digitado." Na mesma linha, o *Collins Dictionary* afirma que: "A manuscript is a handwriten or typed document, especially a writer's first version of a book before it's published." Enquanto o *Dictionnaire Le Robert* também vai nesta direção ao citar especificamente o datiloscrito ao definir manuscrito como: "Oeuvre originale écrite de la main de l'auteur ou dactylographiée (tapuscrit)."

O datiloscrito de *Perto do coração selvagem* que inspirou essa edição provavelmente foi emprestado pela autora ao seu amigo e colega da Agência Nacional Francisco de Assis Barbosa para comentários, e hoje está depositado no Acervo Documental da Biblioteca Brasiliana Guita e José Mindlin da Universidade de São Paulo, instituição à qual devemos os mais efusivos agradecimentos e à qual remetemos os estudiosos e pesquisadores desejosos de analisar em profundidade esta versão do manuscrito que difere em alguns pontos da versão final publicada em livro pela primeira vez pela Editora A Noite, em dezembro de 1943. Neste particular, o ensaio do professor Evando Nascimento, "Clarice-Joana: Vozes perto do coração selvagem da vida", é particularmente esclarecedor. Assim como este, todos os demais quatro ensaios aqui incluídos foram especialmente produzidos para a presente edição, fadada, portanto, a se tornar uma obra de referência incontornável sobre a fase inicial da obra de Clarice Lispector, em virtude da importância dos colaboradores e da sapiência e da percuciência das suas observações.

Cada um dos ilustres estudiosos da escrita clariceana nos oferece aqui insights brilhantes e esclarecimentos preciosos, o que torna toda e qualquer adjetivação ao mesmo tempo justificada e insuficiente. Não existe exagero em tal afirmativa, pois as ilações e revelações aqui contidas nos fazem ver com outros olhos tanto Joana quanto *Perto do coração selvagem*, inquestionavelmente uma das mais espetaculares estreias da história da literatura brasileira. Sentimento exaltador que, tenho certeza, será compartilhado pelos leitores dos referidos ensaios, aproximando-os mais ainda do coração selvagem e do espírito indômito de Clarice.

Os quatro ensaístas convidados, Maria Clara Bingemer, Marília Librandi, Evando Nascimento e Faustino Teixeira, são todos renomados e dispensam maiores apresentações, mesmo porque na hodierna era digital referências detalhadas acerca das respectivas carreiras estão ao alcance de um clique. Assim, vou me limitar a evocar alguns pontos que os conectam tava o tin-dlen do relogio que enfeitava tanto. Fechou os o-lhos, fingiu escutá-lo e ao som da música inexistente e ritmada ergueu-se nas pontas dos pés. Deu tres passos de dansa bem leves, alados.

Então, subitamente olhou com desgosto para tudo como se tivesse comido demais daquela mistura. " Oi,oi,oi...", gemeu baixinho cansada e depois pensou: o que vai acontecer a-gora, agora agora? E sempre no pingo do tempo que vinha nada a-contecia se ela continuava a esperar o que ia acontecer, compre-ende? Afastou o pensamento dificil distraindo-se com um movimento do pé descalço no assoalho de madeira poeirento. Esfregou o pé espiando de travês para o pai, aguardando seu olhar impaciente e nervoso. Nada veio porem. Nada. Dificil aspirar as pes-sôas como o aspirador de pó.

-Papai, inventei uma poesia.

-Como é o nome ?

-Eu e o sol —Sem esperar muito recitou: —"As galinhas que estão no quintal já comeram duas minhocas mas eu não vi."

-Sim ? Que é que você e o sol têm a ver com a poesia?

Ela olhou-o um segundo. Ele não compreendera...

-O sol está em cima das minhocas, papai, e eu fiz a poesia e não vi as minhocas... -Pausa.- Posso inventar outra agora mesmo: ô sol, vem brincar comigo. Outra, maior:

Vi uma nuvem pequena
coitada da minhoca
acho que ela não viu.

mais diretamente à obra de Clarice Lispector, para que o leitor perceba a intimidade que todos eles têm com o tema.

Maria Clara Bingemer, professora titular do Departamento de Teologia da PUC-Rio, é autora de "Clarice às voltas com Deus (algumas reflexões teoliterárias)", ensaio incluído em *Quanto ao futuro, Clarice* (Organizado por Júlio Diniz, para as editoras Bazar do Tempo e PUC-Rio, 2021). É também especialista na obra da filósofa Simone Weil (que analisou mais particularmente em: *Simone Weil. A força e fraqueza do amor*, Rocco, 2007, e *Simone Weil e a filosofia*, Loyola, 2010). Circunstância que lhe facultou uma percepção acurada da espiritualidade de Clarice que, apesar de laica, no entanto nem ateia nem descrente, transitou igualmente entre a cultura judaica de sua família e o catolicismo de seu marido. Marília Librandi, há muito pertencente ao corpo docente da Universidade de Princeton, depois de ter lecionado em Stanford, é autora de *Escrever de ouvido: Clarice Lispector e os romances da escuta* (Relicário, 2020), e enveredou também por sendas não acadêmicas ao se tornar coautora (com Beatriz Azevedo e Moreno Veloso) do show "Agora Clarice/Now Clarice" e ao coordenar o site e o podcast *Clarice 100 Ears*. Evando Nascimento, professor de Estudos Literários da Universidade Federal de Juiz de Fora, representa um caso peculiar de identidade com Clarice e sua obra, pois partilha com ela o pensamento telúrico, ou até mesmo xamânico, explicitado em *O pensamento vegetal: a literatura e as plantas* (Civilização Brasileira, 2021). Nascimento concentrou mais particularmente sua produção em *Clarice Lispector: uma literatura pensante* (Civilização Brasileira, 2012), e, assim como ela, também fez um (salutar) desvio para as artes visuais na maturidade, sem por isso descurar das letras. Faustino Teixeira, professor do Programa de Pós-Graduação em Ciência da Religião na Universidade Federal de Juiz de Fora, autor, entre outros, de *Mística e Literatura* (Fonte Editorial, 2015), grande conhecedor do pensamento religioso Oriental e Islâmico, é uma espécie de mestre contemporâneo na linha de um Thomas Merton, característica que o torna especialmente sensível à dimensão mística de Clarice, que desnorteou muitos leitores em seu tempo e continua a desnortear outros tantos até hoje. Teixeira teve oportunidade de dissecar o legado clariceano nos cursos que promoveu para o Instituto Humanitas Unisinos (Universidade do Vale do Rio dos Sinos, em São Leopoldo, RS) acerca da obra clariceana, tais como: "Clarice Lispector: Todos os Contos" e "Clarice Lispector: Romances". Algumas das aulas estão disponíveis no YouTube e merecem atenção especial.

Não vou incorrer aqui no erro de citar em detalhe cada um dos diferentes ensaios, para evitar redundâncias e não abusar da paciência dos leitores. Mas, persistindo na senda que liga Ocidente e Oriente, vale citar que a incompletude e a fragmentação equivocadamente condenadas por Álvaro Lins não são defeitos, e sim qualidades. A aparente incompletude é uma das características maiores da arte Zen, que prevê a complementação da obra pelo observador ou leitor, que se torna assim não um simples receptor, e sim coautor do texto literário ou da obra pictórica. Ao passo que o aspecto fragmentário – provocado pelos flashbacks, os flashforwards e os fluxos de consciência – tem relação direta com os processos narrativos cinematográficos dos quais Clarice se embebeu diariamente durante os anos em que residiu no exterior, conforme seu próprio testemunho.

Outra coisa que chama a atenção já desde os títulos de alguns dos ensaios é a estreita ligação entre a personagem Joana e a escritora Clarice, a ponto de a primeira ser considerada *alter ego* da segunda. Nada mais verdadeiro, conforme já havia percebido o primeiro "especialista" em Clarice, seu marido, Maury Gurgel Valente, em carta enviada durante o processo de separação em 1959 na qual ele aponta as similitudes intelectuais e comportamentais entre a escritora e sua personagem. Também se destaca nos ensaios o papel de Clarice como protofeminista, antecipando em duas décadas questões e reivindicações que só viriam a adquirir verdadeira repercussão internacional durante o período final de vida de Clarice, os anos 1970. Com o fator distintivo de que ela não se limita a reivindicar direitos apenas pela via literária, defendendo-os igualmente em sua vida pessoal.

preensão, sózinha, atônita. Até que encostando a testa no vidro da janela - rua quieta, a tarde caindo, o mundo lá fóra—, sentiu o rosto molhado. Chorou livremente, como se esta fosse a solução. As lágrimas corriam grossas, sem que ela contraisse um só musculo da face. Chorou tanto que não soube contar. Sentiu-se depois como se tivesse voltado ás suas verdadeiras proporções, miúda, murcha, humilde. Serenamente vasia. Estava pronta.

(espaço comum)

Procurou-o então. E a nova gloria e o novo sofrimento foram mais intensos e de qualidade mais insuportavel. Casou-se.

O amor veio afirmar todas as coisas velhas de cuja existencia apenas sabia sem nunca ter aceito e sentido. O mundo rodava sob seus pés, havia dois sexos entre os humanos, um traço ligava a fome á saciedade, o amôr dos animais, as aguas das chuvas encaminhavam-se para o mar, crianças eram sêres a crescer, na terra o broto se tornaria planta. Não poderia mais negar...o que? perguntava-se suspensa. O centro luminoso das coisas, a afirmação dormindo embaixo de tudo, a harmonia existente sob o que não entendia.

Erguia-se para uma nova manhã, docemente viva. E sua felicidade era pura como o reflexo do sol na agua. Cada acontecimento vibrava em seu corpo como pequenas agulhas de cristal que se espedaçassem. Depois dos momentos curtos e profundos vivia com serenidade durante largo tempo, compreendendo, recebendo, resignandose a tudo. Parecia-lhe fazer parte do verdadeiro mundo e extranhamente ter se distanciado dos homens. Apezar de que nesse periodo conseguia estender-lhes a mão com uma fraternidade de que eles sentiam a fonte viva. Falavam-lhe das proprias dôres e ela, embora não ouvisse, não pensasse, não falasse, tinha um olhar bom —brilhante e misterioso como o de uma mulher grávida.

Outro aspecto interessante, citado pelos quatro ensaístas e aprofundado por Marília Librandi em "O nascimento da escrita ou 'o girassol é ucraniano'", é o paralelo – primeiramente destacado por Hélio Pellegrino – entre Clarice Lispector e Van Gogh. Ambos foram místicos, telúricos e cosmogônicos, contemplando o infinito a partir da beira do abismo.

Existiu de início a proposta de reproduzir algumas das críticas publicadas na grande imprensa na época do lançamento de *Perto do coração selvagem* na década de 1940. Mas isso não se fez necessário pelo fato de todos os ensaístas as terem citado, destacando os aspectos mais relevantes das ponderações de autores como Lúcio Cardoso, Lêdo Ivo, Sérgio Milliet, Dinah Silveira de Queiroz, Lauro Escorel, Antonio Candido e o já citado Álvaro Lins. Por outro lado, não foi incluído aqui conforme inicialmente previsto o ótimo ensaio de Nádia Battella Gotlib, "O romance inaugural", quando se optou pela edição de apenas textos inéditos, pois este consta como posfácio de *Perto do coração selvagem* na edição comemorativa do centenário de nascimento de Clarice. É um texto que complementa perfeitamente os quatro ensaios aqui reproduzidos e que, inclusive, foi citado por Faustino Teixeira em "A pulsação da vida: *Perto do coração selvagem*".

os olhos, docemente serena e cansada, envolvida em longos veus cinzentos. Um momento ainda sentiu a ameaça de incompreensão nascendo do interior longinquo do corpo como um fluxo de sangue. Eternidade é o ser, a morte é a imortalidade -boiavam ainda, soltos, restos de tormenta. E ela não sabia mais a que ligá-los, tão cansada.

Agora a certeza de imortalidade se desvanecera para sempre. Mais uma vez ou duas na vida -talvez num fim de tarde, num instante de amôr, no momento de morrer -teria a sublime inconciencia creadora, a intuição aguda e cega de que era realmente imortal para todo o sempre.

Perto do coração selvagem: o livro

"Ele estava só. Estava abandonado, feliz, perto do selvagem coração da vida."

– James Joyce

PRIMEIRA PARTE

O PAI...

A máquina do papai batia tac-tac... tac-tac-tac... O relógio acordou em tin-dlen sem poeira. O silêncio arrastou-se zzzzzz. O guarda-roupa dizia o quê? roupa-roupa-roupa. Não não. Entre o relógio, a máquina e o silêncio havia uma orelha à escuta, grande, cor-de-rosa e morta. Os três sons estavam ligados pela luz do dia e pelo ranger das folhinhas da árvore que se esfregavam umas nas outras radiantes.

Encostando a testa na vidraça brilhante e fria olhava para o quintal do vizinho, para o grande mundo das galinhas-que-não-sabiam-que-iam--morrer. E podia sentir como se estivesse bem próxima de seu nariz a terra quente, socada, tão cheirosa e seca, onde bem sabia, bem sabia uma ou outra minhoca se espreguiçava antes de ser comida pela galinha que as pessoas iam comer.

Houve um momento grande, parado, sem nada dentro. Dilatou os olhos, esperou. Nada veio. Branco. Mas de repente num estremecimento deram corda no dia e tudo recomeçou a funcionar, a máquina trotando, o cigarro do pai fumegando, o silêncio, as folhinhas, os frangos pelados, a claridade, as coisas revivendo cheias de pressa como uma chaleira a ferver. Só faltava o tin-dlen do relógio que enfeitava tanto. Fechou os olhos, fingiu escutá-lo e ao som da música inexistente e ritmada ergueu-se na ponta dos pés. Deu três passos de dança bem leves, alados.

Então subitamente olhou com desgosto para tudo como se tivesse comido demais daquela mistura. “Oi, oi, oi...”, gemeu baixinho cansada e depois pensou: o que vai acontecer agora agora agora? E sempre no pingo de tempo que vinha nada acontecia se ela continuava a esperar o que ia acontecer, compreende? Afastou o pensamento difícil distraindo-se com um movimento do pé descalço no assoalho de madeira poeirento. Esfregou o pé espiando de través para o pai, aguardando seu olhar impaciente e nervoso. Nada veio porém. Nada. Difícil aspirar as pessoas como o aspirador de pó.

– Papai, inventei uma poesia.

– Como é o nome?

– Eu e o sol. – Sem esperar muito recitou: – "As galinhas que estão no quintal já comeram duas minhocas mas eu não vi."

– Sim? Que é que você e o sol têm a ver com a poesia?

Ela olhou-o um segundo. Ele não compreendera...

– O sol está em cima das minhocas, papai, e eu fiz a poesia e não vi as minhocas... – Pausa. – Posso inventar outra agora mesmo: "Ó sol, vem brincar comigo." Outra maior:

"Vi uma nuvem pequena
coitada da minhoca
acho que ela não viu."

– Lindas, pequena, lindas. Como é que se faz uma poesia tão bonita?

– Não é difícil, é só ir dizendo.

Já vestira a boneca, já a despira, imaginara-a indo a uma festa onde brilhava entre todas as outras filhas. Um carro azul atravessava o corpo de Arlete, matava-a. Depois vinha a fada e a filha vivia de novo. A filha, a fada, o carro azul não eram senão Joana, do contrário seria pau a brincadeira. Sempre arranjava um jeito de se colocar no papel principal exatamente quando os acontecimentos iluminavam uma ou outra figura. Trabalhava séria, calada, os braços ao longo do corpo. Não precisava aproximar-se de Arlete para brincar com ela. De longe mesmo possuía as coisas.

Divertiu-se com os papelões. Olhava-os um instante e cada papelão era um aluno. Joana era a professora. Um deles bom e outro mau. Sim, sim, e daí? E agora agora agora? E sempre nada vinha se ela... pronto.

Inventou um homenzinho do tamanho do fura-bolos, de calça comprida e laço de gravata. Ela usava-o no bolso da farda de colégio. O homenzinho era uma pérola de bom, uma pérola de gravata, tinha a voz grossa e dizia de dentro do bolso: "Majestade Joana, podeis me escutardes um minuto, só um minuto podereis interromperdes vossa sempre ocupação?" E declarava depois: "Sou vosso servo, princesa. É só mandar que eu faço."

– Papai, que é que eu faço?

– Vá estudar.

– Já estudei.

– Vá brincar.

– Já brinquei.

– Então não amole.

Deu um corrupio e parou, espiando sem curiosidade as paredes e o teto que rodavam e se desmanchavam. Andou nas pontas dos pés só pisando as tábuas escuras. Fechou os olhos e caminhou, as mãos estendidas, até encontrar um móvel. Entre ela e os objetos havia alguma coisa mas quando agarrava essa coisa na mão, como a uma mosca, e depois espiava – mesmo tomando cuidado para que nada escapasse – só encontrava a própria mão, rósea e desapontada. Sim, eu sei, o ar, o ar! Mas não adiantava, não explicava. Esse era um de seus segredos. Nunca se permitiria contar, mesmo a papai, que não conseguia pegar "a coisa". Tudo o que mais valia exatamente ela não podia contar. Só falava tolices com as pessoas. Quando dizia a Rute, por exemplo, alguns segredos, ficava depois com raiva de Rute. O melhor era mesmo calar. Outra coisa: se tinha alguma dor e se enquanto doía ela olhava os ponteiros do relógio, via então que os minutos contados no relógio iam passando e a dor continuava doendo. Ou senão, mesmo quando não lhe doía nada, se ficava defronte do relógio espiando, o que ela não estava sentindo também era maior que os minutos contados no relógio. Agora, quando acontecia uma alegria ou uma raiva, corria para o relógio e observava os segundos em vão.

Foi à janela, riscou uma cruz no parapeito e cuspiu fora em linha reta. Se cuspisse mais uma vez – agora só poderia à noite – o desastre não aconteceria e Deus seria tão amigo dela, mas tão amigo que... que o quê?

– Papai, que é que eu faço?

– Eu já lhe disse: vá brincar e me deixe!

– Mas eu já brinquei, juro.

Papai riu:

– Mas brincar não termina...

– Termina sim.

– Invente outro brinquedo.

– Não quero brincar nem estudar.

– Quer fazer o quê então?

Joana meditou:

– Nada do que sei...

– Quer voar? pergunta papai distraído.

– Não, responde Joana. – Pausa. – Que é que eu faço?

Papai troveja dessa vez:

– Bata com a cabeça na parede!

Ela se afasta fazendo uma trancinha nos cabelos escorridos. Nunca nunca nunca sim sim, canta baixinho. Aprendeu a trançar um dia desses. Vai para a mesinha dos livros, brinca com eles olhando-os a distância. Dona de casa marido filhos, verde é homem, branco é mulher, encarnado pode ser filho ou filha. "Nunca" é homem ou mulher? Por que "nunca" não é filho nem filha? E "sim"? Oh, tinha muitas coisas inteiramente impossíveis. Podia-se ficar tardes inteiras pensando. Por exemplo: quem disse pela primeira vez assim: nunca?

Papai termina o trabalho e vai encontrá-la sentada chorando.

– Mas que é isso, menininha? – pega-a nos braços, olha sem susto o rostinho ardente e triste. – O que é isso?

– Não tenho nada o que fazer.

Nunca nunca sim sim. Tudo era como o barulho do bonde antes de adormecer, até até que se sente um pouco de medo e se dorme. A boca da máquina fechara como uma boca de velha, mas vinha aquilo apertando seu coração como o barulho do bonde, só que ela não ia adormecer. Era o abraço do pai. O pai medita um instante. Mas ninguém pode fazer alguma coisa pelos outros, ajuda-se. Anda tão solta a criança, tão magrinha e precoce... Respira apressado, balança a cabeça. Um ovinho, é isso, um ovinho vivo. O que vai ser de Joana?

O DIA DE JOANA

A certeza de que dou para o mal, pensava Joana.

O que seria então aquela sensação de força contida, pronta para rebentar em violência, aquela sede de empregá-la de olhos fechados, inteira, com a segurança irrefletida de uma fera? Não era no mal apenas que alguém podia respirar sem medo, aceitando o ar e os pulmões? Nem o prazer me daria tanto prazer quanto o mal, pensava ela surpreendida. Sentia dentro de si um animal perfeito, cheio de inconsequências, de egoísmo e vitalidade.

Lembrou-se do marido que possivelmente a desconheceria nessa ideia. Tentou relembrar a figura de Otávio. Mal, porém, sentia que ele saíra de casa, ela se transformava, concentrava-se em si mesma e, como se apenas tivesse sido interrompida por ele, continuava lentamente a viver o fio da infância, esquecia-o e movia-se pelos aposentos profundamente só. Do bairro quieto, das casas afastadas, não lhe chegavam ruídos. E, livre, nem ela mesma sabia o que pensava.

Sim, ela sentia dentro de si um animal perfeito. Repugnava-lhe deixar um dia esse animal solto. Por medo talvez da falta de estética. Ou receio de alguma revelação... Não, não – repetia-se ela –, é preciso não ter medo de criar. No fundo de tudo possivelmente o animal repugnava-lhe porque ainda havia nela o desejo de agradar e de ser amada por alguém poderoso como a tia morta. Para depois no entanto pisá-la, repudiá-la sem contemplações. Porque a melhor frase, sempre ainda a mais jovem, era: a bondade me dá ânsias de vomitar. A bondade era morna e leve, cheirava a carne crua guardada há muito tempo. Sem apodrecer inteiramente apesar de tudo. Refrescavam-na de quando em quando, botavam um pouco de tempero, o suficiente para conservá-la um pedaço de carne morna e quieta.

Um dia, antes de casar, quando sua tia ainda vivia, vira um homem guloso comendo. Espiara seus olhos arregalados, brilhantes e estúpidos, tentando não perder o menor gosto do alimento. E as mãos, as mãos. Uma delas segurando o garfo espetado num pedaço de carne sangrenta – não morna e quieta, mas vivíssima, irônica, imoral –, a outra crispando-se na toalha, arranhando-a nervosa na ânsia de já comer novo bocado. As pernas sob a mesa marcavam compasso a uma música inaudível, a música do diabo, de pura e incontida violência. A ferocidade, a riqueza de sua cor... Avermelhada nos lábios e na base do nariz, pálida e azulada sob os olhos miúdos. Joana estremecera arrepiada diante de seu pobre café. Mas não saberia depois se fora por repugnância ou por fascínio e voluptuosidade. Por ambos certamente. Sabia que o homem era uma força. Não se sentia capaz de comer como ele, era naturalmente sóbria, mas a demonstração a perturbava. Emocionava-a também ler as histórias terríveis dos dramas onde a maldade era fria e intensa como um banho de gelo. Como se visse alguém beber água e descobrisse que tinha sede, sede profunda e velha. Talvez fosse apenas falta de vida: estava vivendo menos do que podia e imaginava que sua sede pedisse inundações. Talvez apenas alguns goles... Ah, eis uma lição, eis uma lição, diria a tia: nunca ir adiante, nunca roubar antes de saber se o que você quer roubar existe em alguma parte honestamente reservado para você. Ou não? Roubar torna tudo mais valioso. O gosto do mal – mastigar vermelho, engolir fogo adocicado.

Não acusar-me. Buscar a base do egoísmo: tudo o que não sou não pode me interessar, há impossibilidade de ser além do que se é – no entanto eu me ultrapasso mesmo sem o delírio, sou mais do que eu quase normalmente –; tenho um corpo e tudo o que eu fizer é continuação de meu começo; se a civilização dos Maias não me interessa é porque nada tenho dentro de mim que se possa unir aos seus baixos-relevos; aceito tudo o que vem de mim porque não tenho conhecimento das causas e é possível que esteja pisando no vital sem saber; é essa a minha maior humildade, adivinhava ela.

O pior é que ela poderia riscar tudo o que pensara. Seus pensamentos eram, depois de erguidos, estátuas no jardim e ela passava pelo jardim olhando e seguindo o seu caminho.

Estava alegre nesse dia, bonita também. Um pouco de febre também. Por que esse romantismo: um pouco de febre? Mas a verdade é que tenho mesmo: olhos brilhantes, essa força e essa fraqueza, batidas desordenadas do coração. Quando a brisa leve, a brisa de verão, batia no seu corpo todo ele estremecia de frio e calor. E então ela pensava muito rapidamente, sem poder parar de inventar. É porque estou muito nova ainda e sempre que me tocam ou não me tocam, sinto – refletia. Pensar agora, por exemplo, em regatos louros. Exatamente porque não existem regatos louros, compreende? assim se foge. Sim, mas os dourados de sol, louros de certo modo... Quer dizer que na verdade não imaginei. Sempre a mesma queda: nem o mal nem a imaginação. No primeiro, no centro final, a sensação simples e sem adjetivos, tão cega quanto uma pedra rolando. Na imaginação, que só ela tem a força do mal, apenas a visão engrandecida e transformada: sob ela a verdade impassível. Mente-se e cai-se na verdade. Mesmo na liberdade, quando escolhia alegre novas veredas, reconhecia-as depois. Ser livre era seguir-se afinal, e eis de novo o caminho traçado. Ela só veria o que já possuía dentro de si. Perdido pois o gosto de imaginar. E o dia em que chorei? – havia certo desejo de mentir também – estudava matemática e subitamente senti a impossibilidade tremenda e fria do milagre. Olho por essa janela e a única verdade, a verdade que eu não poderia dizer àquele homem, abordando-o, sem que ele fugisse de mim, a única verdade é que vivo. Sinceramente, eu vivo. Quem sou? Bem, isso já é demais. Lembro-me de um estudo cromático de Bach e perco a inteligência. Ele é frio e puro como gelo, no entanto pode-se dormir sobre ele. Perco a consciência, mas não importa, encontro a maior serenidade na alucinação. É curioso como não sei dizer quem sou. Quer dizer, sei-o bem, mas não posso dizer. Sobretudo tenho medo de dizer, porque no momento em que tento falar não só não exprimo o que sinto como o que sinto se transforma lentamente no que eu digo. Ou pelo menos o que me faz agir não é o que eu sinto mas o que eu digo. Sinto quem sou e a impressão está alojada na parte alta do cérebro, nos lábios – na língua principalmente –, na superfície dos braços e também correndo dentro, bem dentro do meu corpo, mas onde, onde mesmo, eu não sei dizer. O gosto é cinzento, um pouco avermelhado, nos pedaços velhos um pouco azulado, e move-se como gelatina, vagarosamente. Às vezes torna-se agudo e me fere, chocando-se comigo. Muito bem, agora pensar em céu azul, por exemplo. Mas sobretudo donde vem essa certeza de estar vivendo? Não, não passo bem. Pois ninguém se faz essas perguntas e eu... Mas é que basta silenciar para só enxergar, abaixo de todas as realidades, a única irredutível, a da existência. E abaixo de todas as dúvidas – o estudo cromático – sei que tudo é perfeito, porque seguiu de escala a escala o caminho fatal em relação a si mesmo. Nada escapa à perfeição das coisas, é essa a história de tudo. Mas isso não explica por que eu me emociono quando Otávio tosse e põe a mão no peito, assim. Ou senão quando fuma, e a cinza cai no seu bigode, sem que ele note. Ah, piedade é o que sinto então. Piedade é a minha forma de amor. De ódio e de comunicação. É o que me sustenta contra o mundo, assim como alguém vive pelo desejo, outro pelo medo. Piedade das coisas que acontecem sem que eu saiba. Mas estou cansada, apesar de minha alegria de hoje, alegria que não se sabe de onde vem, como a da manhãzinha de verão. Estou cansada, agora agudamente! Vamos chorar juntos, baixinho. Por ter sofrido e continuar tão docemente. A dor cansada numa lágrima simplificada. Mas agora já é desejo de poesia, isso eu confesso, deus. Durmamos de mãos dadas. O mundo rola e em alguma parte há coisas que não conheço. Durmamos sobre Deus e o mistério, nave quieta e frágil flutuando sobre o mar, eis o sono.

Por que ela estava tão ardente e leve, como o ar que vem do fogão que se destampa?

O dia tinha sido igual aos outros e talvez daí viesse o acúmulo de vida. Acordara cheia da luz do dia, invadida. Ainda na cama, pensara em areia, mar, beber água do mar na casa da tia morta, em sentir, sobretudo sentir. Esperou alguns segundos sobre a cama e como nada acontecesse viveu um dia comum. Ainda não se libertara do desejo-poder-milagre, desde pequena. A fórmula se realizava tantas vezes: sentir a coisa sem possuí-la. Apenas era preciso que tudo a ajudasse, a deixasse leve e pura, em jejum para receber a imaginação. Difícil como voar e sem apoio para os pés receber nos braços algo extremamente precioso, uma criança por exemplo. Mesmo só em certo ponto do jogo perdia a sensação de que estava mentindo – e tinha medo de não estar presente em todos os seus pensamentos. Quis o mar e sentiu os lençóis da cama. O dia prosseguiu e deixou-a atrás, sozinha.

Ainda deitada, quedara-se silenciosa, quase sem pensar como às vezes sucedia. Observava ligeiramente a casa cheia de sol, àquela hora, as vidraças altivas e brilhantes como se elas próprias fossem a luz. Otávio saíra. Ninguém em casa. E de tal modo ninguém dentro de si mesma que podia ter os pensamentos mais desligados da realidade, se quisesse. Se eu me visse na Terra lá das estrelas ficaria só de mim. Não era noite, não havia estrelas, impossível observar-se a tal distância. Distraída, lembrou-se então de alguém – grandes dentes separados, olhos sem cílios –, dizendo bem seguro da originalidade, mas sincero: tremendamente noturna a minha vida. Depois de falar, esse alguém ficava parado, quieto como um boi à noite; de quando em quando movia a cabeça num gesto sem lógica e finalidade para depois voltar a se concentrar na estupidez. Enchia todo o mundo de espanto. Ah, sim, o homem era de sua infância e junto à sua lembrança estava um molho úmido de grandes violetas, trêmulas de viço... Nesse instante mais desperta, se quisesse, com um pouco mais de abandono, Joana poderia reviver toda a infância... O curto tempo de vida junto ao pai, a mudança para a casa da tia, o professor ensinando-lhe a viver, a puberdade elevando-se misteriosa, o internato... o casamento com Otávio... Mas tudo isso era muito mais curto, um simples olhar surpreso esgotaria todos esses fatos.

Era um pouco de febre, sim. Se existisse pecado, ela pecara. Toda a sua vida fora um erro, ela era fútil. Onde estava a mulher da voz? Onde estavam as mulheres apenas fêmeas? E a continuação do que ela iniciara quando criança? Era um pouco de febre. Resultado daqueles dias em que vagava de um lado a outro, repudiando e amando mil vezes as mesmas coisas. Daquelas noites vivendo escuras e silenciosas, as pequenas estrelas piscando no alto. A moça estendida sobre a cama, olho vigilante na penumbra. A cama esbranquiçada nadando na escuridão. O cansaço rastejando no seu corpo, a lucidez fugindo ao polvo. Sonhos esgarçados, inícios de visões. Otávio vivendo no outro quarto. E de repente toda a lassidão da espera concentrando-se num movimento nervoso e rápido do corpo, o grito mudo. Frio depois, e sono.

... A MÃE...

Um dia o amigo do pai veio de longe e abraçou-se com ele. Na hora do jantar, Joana viu estupefacta e contrita uma galinha nua e amarela sobre a mesa. O pai e o homem bebiam vinho e o homem dizia de quando em quando:

– Nem posso acreditar que tu tenhas arranjado uma filha...

O pai voltava-se rindo para Joana e dizia:

– Comprei na esquina...

O pai estava alegre e também ficava sério, amassando bolinhas de miolo de pão. Às vezes bebia um grande gole de vinho. O homem virava-se para Joana e dizia:

– Sabes que o porquinho faz ron-ron-ron?

O pai respondia:

– Tu tens jeito para isso, Alfredo...

O nome do homem era Alfredo.

– Nem vês, continuava o pai, que a guria não está mais em idade de brincar com o que o porco faz...

Todos riam e Joana também. O pai dava-lhe mais uma asa de galinha e ela ia comendo sem pão.

– Qual a sensação de ter uma guria?, o homem mastigava.

O pai enxugava a boca com o guardanapo, inclinava a cabeça para um lado e dizia sorrindo:

– Às vezes a de ter um ovo quente na mão. Às vezes, nenhuma: perda total de memória... Uma vez ou outra a de ter uma guria minha, minha mesmo.

– Guria, guria, muria, leria, seria..., cantava o homem voltado para Joana. Que é que tu vais ser quando cresceres e fores uma moça e tudo?

– Quanto ao tudo ela não tem a menor ideia, meu caro, declarava o pai, mas se ela não se zangar te conto seus projetos. Me disse que quando crescer vai ser herói...

O homem riu, riu, riu. Parou de repente, segurou o queixo de Joana e enquanto ele segurava ela não podia mastigar:

– Não vai chorar pelo segredo revelado, não é, guria?

Depois falava-se sobre coisas que certamente tinham acontecido antes dela nascer. Às vezes mesmo não eram sobre o tipo de coisas que acontecem, só palavras – mas também de antes dela nascer. Ela preferia mil vezes que estivesse chovendo porque seria muito mais fácil dormir sem medo do escuro. Os dois homens buscavam os chapéus para sair, então ela se levantou e puxou o paletó do pai:

– Fica mais...

Os dois homens se entreolharam e houve um instante em que ela não sabia se eles haviam de ficar ou de ir. Mas quando o pai e o amigo permaneceram um pouco sérios e depois riram juntos ela soube que iam ficar. Pelo menos até que ela tivesse bastante sono para não se deitar sem ouvir chuva, sem ouvir gente, pensando no resto da casa negra, vazia e calada. Eles sentaram e fumaram. A luz começava a piscar nos seus olhos e no dia seguinte, mal acordasse, iria espiar o quintal do vizinho, ver as galinhas porque ela hoje comera galinha assada.

– Eu não podia esquecê-la, dizia o pai. Não que vivesse a pensar nela. Uma vez ou outra um pensamento, como um lembrete para pensar mais tarde. Mais tarde vinha e eu não chegava a refletir seriamente. Era só aquela fisgada ligeira, sem dor, um ah! não esboçado, um instante de meditação vaga e esquecimento depois. Chamava-se... – olhou para Joana – chamava-se Elza. Me lembro que até lhe disse: Elza é um nome como um saco vazio. Era fina, enviesada – sabe como, não é? –, cheia de poder. Tão rápida e áspera nas conclusões, tão independente e amarga que da primeira vez em que falamos chamei-a de bruta! Imagine... Ela riu, depois ficou séria.

Naquele tempo eu me punha a imaginar o que ela faria de noite. Porque parecia impossível que ela dormisse. Não, ela não se entregava nunca. E mesmo aquela cor seca – felizmente a guria não puxou –, aquela cor não combinava com uma camisola... Ela passaria a noite a rezar, a olhar para o céu escuro, a velar por alguém. Eu tinha má memória, nem me lembrava por que a chamara de bruta. Mas não tão má que a esquecesse. Via-a ainda caminhando sobre um areal, os passos duros, o rosto fechado e longínquo. O mais curioso, Alfredo, é que não poderia ter existido nenhum areal. No entanto a visão era teimosa e resistia às explicações.

O homem fumava, quase deitado na cadeira. Joana riscava com a unha o couro vermelho da velha poltrona.

– Uma vez eu acordei com febre, de madrugada. Parece até que ainda sinto a língua dentro da boca, quente, seca, áspera como um trapo. Você sabe meu pavor de sofrer, prefiro vender minha alma. Pois pensei nela. Incrível. Já completara trinta e dois anos, se não me engano. Conhecera-a aos vinte, fugazmente. E num momento de angústia, dentre tantos amigos – e mesmo você, que eu não sabia por onde andava – nesse momento pensava nela. Era o diabo...

O amigo ria:

– É o diabo sim...

– Tu não imaginas sequer: nunca vi alguém ter tanta raiva das pessoas, mas raiva sincera e desprezo também. E ser ao mesmo tempo tão boa... secamente boa. Ou estou errado? Eu é que não gostava daquele tipo de bondade: como se risse da gente. Mas me acostumei. Ela não precisava de mim. Nem eu dela, é verdade. Mas vivíamos juntos. O que eu ainda agora queria saber, dava tudo para saber, é o que ela tanto pensava. Você, como me vê e como me conhece, me acharia o tipo mais simplório perto dela. Imagine então a impressão causada na minha pobre e escassa família: foi como se eu tivesse trazido para o seu rosado e farto seio – lembraste, Alfredo? – os dois riram – foi como se eu tivesse trazido o micróbio da varíola, um herege, nem sei o quê... Sei lá, eu mesmo prefiro que esse broto aí não a repita. E nem a mim, por Deus... Felizmente tenho a impressão de que Joana vai seguir seu próprio caminho...

– E então? disse o homem em seguida.

– Então... nada. Ela morreu assim que pôde.

Depois o homem disse:

– Espia, tua filha quase dorme... Faz um ato de bondade: bota-a na cama.

Mas ela não dormia. É que entrefechando os olhos, deixando a cabeça cair de lado, valia um pouco como se estivesse chovendo, tudo se misturava levemente. Assim quando ela deitasse e puxasse o lençol estaria mais acostumada com dormir e não sentiria o escuro pesando sobre o seu peito. Hoje então que ela estava com medo de Elza. Mas não se pode ter medo da mãe. A mãe era como um pai. Enquanto o pai a carregava pelo corredor para o quarto, encostou a cabeça nele, sentiu o cheiro forte que vinha dos seus braços. Dizia sem falar: não, não, não... Para animar-se pensou: amanhã, amanhã bem cedo ver as galinhas vivas.

O fim de sol tremia lá fora nos galhos verdes. Os pombos ciscavam a terra solta. De quando em quando vinham até a sala de aula a brisa e o silêncio do pátio de recreio. Então tudo ficava mais leve, a voz da professora flutuava como uma bandeira branca.

– E daí em diante ele e toda a família dele foram felizes. – Pausa – as árvores mexeram no quintal, era um dia de verão. – Escrevam em resumo essa história para a próxima aula.

Ainda mergulhadas no conto as crianças moviam-se lentamente, os olhos leves, as bocas satisfeitas.

– O que é que se consegue quando se fica feliz? sua voz era uma seta clara e fina. A professora olhou para Joana.

– Repita a pergunta...?

Silêncio. A professora sorriu arrumando os livros.

– Pergunte de novo, Joana, eu é que não ouvi.

– Queria saber: depois que se é feliz o que acontece? O que vem depois? – repetiu a menina com obstinação.

A mulher encarava-a surpresa.

– Que ideia! Acho que não sei o que você quer dizer, que ideia! Faça a mesma pergunta com outras palavras...

– Ser feliz é para se conseguir o quê?

A professora enrubesceu – nunca se sabia dizer por que ela avermelhava. Notou toda a turma, mandou-a dispersar para o recreio.

O servente veio chamar a menina para o gabinete. A professora lá se achava:

– Sente-se... Brincou muito?

– Um pouco...

– Que é que você vai ser quando for grande?

– Não sei.

– Bem. Olhe, eu tive também uma ideia – corou. – Pegue num pedaço de papel, escreva essa pergunta que você me fez hoje e guarde-a durante muito tempo. Quando você for grande leia-a de novo. – Olhou-a. – Quem sabe? Talvez um dia você mesma possa respondê-la de algum modo... – Perdeu o ar sério, corou. – Ou talvez isso não tenha importância e pelo menos você se divertirá com...

– Não.

– Não o quê? – perguntou surpresa a professora.

– Não gosto de me divertir, disse Joana com orgulho.

A professora ficou novamente rosada:

– Bem, vá brincar.

Quando Joana estava à porta em dois pulos, a professora chamou-a de novo, dessa vez corada até o pescoço, os olhos baixos, remexendo papéis sobre a mesa:

– Você não achou esquisito... engraçado eu mandar você escrever a pergunta para guardar?

– Não, disse.

Voltou para o pátio.

O PASSEIO DE JOANA

– Eu me distraio muito, disse Joana a Otávio.

Assim como o espaço rodeado por quatro paredes tem um valor específico, provocado não tanto pelo fato de ser espaço mas pelo de estar rodeado por paredes. Otávio transformava-a em alguma coisa que não era ela mas ele mesmo e que Joana recebia por piedade de ambos, porque os dois eram incapazes de se libertar pelo amor, porque aceitava sucumbida o próprio medo de sofrer, sua incapacidade de conduzir-se além da fronteira da revolta. E também: como ligar-se a um homem senão permitindo que ele a aprisione? como impedir que ele desenvolva sobre seu corpo e sua alma suas quatro paredes? E havia um meio de ter as coisas sem que as coisas a possuíssem?

A tarde era nua e límpida, sem começo nem fim. Pássaros leves e negros voavam nítidos no ar puro, voavam sem que os homens os acompanhassem com um olhar sequer. Bem longe a montanha pairava grossa e fechada. Havia duas maneiras de olhá-la: imaginando que estava longe e era grande, em primeiro lugar; em segundo, que era pequena e estava perto. Mas de qualquer modo, uma montanha estúpida, castanha e dura. Como odiava a natureza às vezes. Sem saber por que, pareceu-lhe que a última reflexão, misturada à montanha, concluía alguma coisa, batendo com a mão aberta sobre a mesa: pronto! pesadamente. Aquilo cinzento e verde estendido dentro de Joana como um corpo preguiçoso, magro e áspero, bem dentro dela, inteiramente seco, como um sorriso sem saliva, como olhos sem sono e enervados, aquilo confirmava-se diante da montanha parada. O que não conseguiria pegar com a mão estava agora glorioso e alto e livre e era inútil tentar resumir: ar puro, tarde de verão. Porque havia seguramente mais do que isso. Uma vitória inútil sobre as árvores folhudas, um sem que fazer de todas as coisas. Oh, Deus. Isso, sim, isso: se existisse Deus, é que ele teria desertado daquele mundo subitamente excessivamente limpo, como uma casa ao sábado, quieta, sem poeira, cheirando a sabão. Joana sorriu. Por que uma casa encerada e limpa deixava-a perdida como num mosteiro, desolada, vagando pelos corredores? E muitas coisas que observava ainda. Assim, se suportava o gelo sobre o fígado, era atravessada por sensações longínquas e agudas, por ideias luminosas e rápidas, e se então tivesse que falar diria: sublime, com as mãos estendidas para frente, talvez os olhos cerrados.

– Então eu me distraio muito, repetiu.

Sentiu-se um galho seco, espetado no ar. Quebradiço, coberto de cascas velhas. Talvez estivesse com sede, mas não havia água por ali perto. E sobretudo a certeza asfixiante de que se um homem a abraçasse naquele momento sentiria não a doçura macia nos nervos, mas o sumo de limão ardendo sobre eles, o corpo como madeira próxima do fogo, vergada, estalante, seca. Não podia acalentar-se dizendo: isto é apenas uma pausa, a vida depois virá como uma onda de sangue, lavando-me, umedecendo a madeira crestada. Não podia enganar-se porque sabia que também estava vivendo e que aqueles momentos eram o auge de alguma coisa difícil, de uma experiência dolorosa que ela devia agradecer: quase como sentir o tempo fora de si mesma, abstraindo-se.

– Eu notei, você gosta de andar, disse Otávio apanhando um graveto. Aliás você já gostava mesmo antes de casarmos.

– Sim, muito, respondeu.

Poderia dar-lhe um pensamento qualquer e então criaria uma nova relação entre ambos. Isso é o que mais lhe agradava, junto das pessoas. Ela não era obrigada a seguir o passado, e com uma palavra podia inventar um caminho de vida. Se dissesse: estou no terceiro mês de gravidez, pronto! entre ambos viveria alguma coisa. Se bem que Otávio não fosse particularmente estimulante. Com ele a possibilidade mais próxima era a de ligar-se ao que já acontecera. Mesmo assim, sob o seu olhar "me poupe, me poupe", ela abria a mão de quando em quando e deixava um passarinho subitamente voar. Às vezes, no entanto, talvez pela qualidade do que dizia, nenhuma ponte se criava entre eles e, pelo contrário, nascia um intervalo. "Otávio – dizia-lhe ela de repente – você já pensou que um ponto, um único ponto sem dimensões, é o máximo de solidão? Um ponto não pode contar nem consigo mesmo, foi-não-foi está fora de si." Como se ela tivesse jogado uma brasa ao marido, a frase pulava de um lado para outro, escapulia-lhe das mãos até que ele se livrasse dela com outra frase, fria como cinza, cinza para cobrir o intervalo: está chovendo, estou com fome, o dia está belo. Talvez porque ela não soubesse brincar. Mas ela o amava, àquele seu jeito de apanhar gravetos.

Aspirou o ar morno e claro da tarde, e o que nela pedia água restava tenso e rígido como quem espera de olhos vedados pelo tiro.

A noite veio e ela continuou a respirar no mesmo ritmo estéril. Mas quando a madrugada clareou o quarto docemente, as coisas saíram frescas das sombras, ela sentiu a nova manhã insinuando-se entre os lençóis e abriu os olhos. Sentou-se sobre a cama. Dentro de si era como se não houvesse a morte, como se o amor pudesse fundi-la, como se a eternidade fosse a renovação.

... A TIA...

A viagem era longa e das moitas longínquas vinha um cheiro frio de mato molhado.

Era muito cedo de manhã e Joana mal tivera tempo de lavar o rosto. A empregada ao seu lado distraía-se soletrando os anúncios do bonde. Joana encostara a têmpora direita no banco e deixava-se atordoar pelo doce ruído das rodas, transmitido sonolentamente pela madeira. O chão corria sob seus olhos baixos, célere, cinzento, raiado de listas velozes e fugazes. Se abrisse os olhos enxergaria cada pedra, acabaria com o mistério. Mas entrefechava-os e parecia-lhe que o bonde corria mais e que se tornava mais forte o vento salgado e fresco do nascer do dia.

Tomara o café com um bolo esquisito, escuro – gosto de vinho e de barata – que lhe tinham feito comer com tanta ternura e piedade que ela se envergonhara de recusar. Agora pesava-lhe no estômago e dava-lhe uma tristeza de corpo que se juntava àquela outra tristeza – uma coisa imóvel atrás da cortina – com que dormira e acordara.

– Essa areia afundando mata um cristão, resmungou a empregada.

Atravessou a extensão de areia que levava à casa da tia, prenunciando a praia. Debaixo dos grãos nasciam ervas magras e escuras que se retorciam asperamente à superfície da brancura fofa. A ventania vinha do mar invisível, trazia sal, areia, o barulho cansado das águas, embaraçava as saias entre as pernas, lambendo furiosamente a pele da menina e da mulher.

– Que ódio, disse entre dentes a criada.

Uma rajada mais forte levantou-lhe a saia até o rosto, deixou nuas suas coxas escuras e musculosas. Os coqueiros se retorciam desesperados e a claridade a um tempo velada e violenta se refletia no areal e no céu, sem que o sol se tivesse mostrado ainda. Meu Deus, o que acontecera com as coisas? Tudo gritava: não! não!

A casa da tia era um refúgio onde o vento e a luz não entravam. A mulher sentou-se com um suspiro na sombria sala de espera, onde, entre os móveis pesados e escuros, brilhavam levemente os sorrisos dos homens emoldurados. Joana continuou de pé, mal respirando aquele cheiro morno que após a maresia forte vinha doce e parado. Mofo e chá com açúcar.

A porta para o interior da casa abriu-se finalmente e sua tia com um robe de flores grandes precipitou-se sobre ela. Antes que pudesse fazer qualquer movimento de defesa, Joana foi sepultada entre aquelas duas massas de carne macia e quente que tremiam com os soluços. De lá de dentro, da escuridão, como se ouvisse através de um travesseiro, escutou as lágrimas:

– Pobre da orfãzinha!

Sentiu o rosto violentamente afastado do peito da tia por suas mãos gordas e por ela foi observada durante um segundo. A tia passava de um movimento para outro sem transição, em quedas rápidas e bruscas. Nova onda de choro rebentou no seu corpo e Joana recebeu beijos angustiados pelos olhos, pela boca, pelo pescoço. A língua e a boca da tia eram moles e mornas como as de um cachorro. Joana fechou os olhos um instante, engoliu o enjoo e o bolo escuro que lhe subiam do estômago com arrepios por todo o corpo. A tia tirou um lenço grande e amarrotado, assoou o nariz. A empregada continuava sentada, observando os quadros, as pernas largadas, a boca aberta. Os seios da tia eram profundos, podia-se meter a mão como dentro de um saco e de lá retirar uma surpresa, um bicho, uma caixa, quem sabe o quê. Aos soluços eles cresciam, cresciam e de dentro da casa veio um cheiro de feijão misturado com alho. Em alguma parte, certamente, alguém beberia grandes goles de azeite. Os seios da tia podiam sepultar uma pessoa!

– Me deixe! – gritou Joana agudamente, batendo o pé no chão, os olhos dilatados, o corpo tremendo.

A tia apoiou-se no piano, tonta. A criada disse:

– Deixe mesmo, ela está mas é cansada.

Joana ofegava, o rosto branco. Passou os olhos escurecidos pela salinha, perseguida. As paredes eram grossas, ela estava presa, presa! Um homem no quadro olhava-a de dentro dos bigodes e os seios da tia podiam derramar-se sobre ela, em gordura dissolvida. Empurrou a porta pesada e fugiu.

Uma onda de vento e de areia entrou no hall, levantou as cortinas, trouxe leve ar fresco. Pela porta aberta, o lenço na boca tapando o soluço e a surpresa – oh o terrível desapontamento – a tia viu por alguns momentos as pernas magras e descobertas da sobrinha correrem, correrem entre o céu e a terra, até desaparecerem rumo à praia.

Joana enxugou com as costas das mãos o rosto umedecido de beijos e lágrimas. Respirou mais profundamente, sentiu ainda o gosto ensosso daquela saliva morna, o perfume doce que vinha dos seios da tia. Sem se conter mais, a cólera e a repugnância subiram-lhe em vagas violentas e inclinada para a cavidade entre as rochas vomitou, os olhos fechados, o corpo doloroso e vingativo.

O vento lambia-a rudemente agora. Pálida e frágil, a respiração leve, sentia-o salgado, alegre, correr pelo seu corpo, por dentro de seu corpo, revigorando-o. Entreabriu os olhos. Lá embaixo o mar brilhava em ondas de estanho, deitava-se profundo, grosso, sereno. Vinha denso e revoltado, enroscando-se ao redor de si mesmo. Depois, sobre a areia silenciosa, estirava-se... estirava-se como um corpo vivo. Além das pequenas ondas tinha o mar – o mar. O mar – disse baixo, a voz rouca.

Desceu das rochas, caminhou fracamente pela praia solitária até receber a água nos pés. De cócoras, as pernas trêmulas, bebeu um pouco de mar. Assim ficou descansando. Às vezes entrefechava os olhos, bem ao nível do mar e vacilava, tão aguda era a visão – apenas a linha verde comprida, unindo seus olhos à água infinitamente. O sol rompeu as nuvens e os pequenos brilhos que cintilaram sobre as águas eram foguinhos acendendo e apagando. O mar, além das ondas, olhava de longe, calado, sem chorar, sem seios. Grande, grande. Grande, sorriu ela. E, de repente, assim, sem esperar, sentiu uma coisa forte dentro de si mesma, uma coisa engraçada que fazia com que ela tremesse um pouco. Mas não era frio, nem estava triste, era uma coisa grande que vinha do mar, que vinha do gosto de sal na boca, e dela, dela própria. Não era tristeza, uma alegria quase horrível... Cada vez que reparava no mar e no brilho quieto do mar, sentia aquele aperto e depois afrouxamento no corpo, na cintura, no peito. Não sabia mesmo se havia de rir porque nada era propriamente engraçado. Pelo contrário, oh pelo contrário, atrás daquilo estava o que acontecera ontem. Cobriu o rosto com as mãos esperando quase envergonhada, sentindo o calor de seu riso e de sua expiração ser novamente sorvido. A água corria pelos seus pés agora descalços, rosnando entre seus dedos, escapulindo clarinha clarinha como um bichinho transparente. Transparente e vivo... Tinha vontade de bebê-lo, de mordê-lo devagar. Pegou-o com as mãos em concha. O pequeno lago quieto faiscava serenamente ao sol, amornava, escorregava, fugia. A areia chupava-o depressa-depressa, e continuava como se nunca tivesse conhecido a aguinha. Nela molhou o rosto, passou a língua pela palma vazia e salgada. O sal e o sol eram pequenas setas brilhantes que nasciam aqui e ali, picando-a, estirando a pele de seu rosto molhado. Sua felicidade aumentou, reuniu-se na garganta como um saco de ar. Mas agora era uma alegria séria, sem vontade de rir. Era uma alegria quase de chorar, meu Deus. Devagar veio vindo o pensamento. Sem medo, não cinzento e choroso como viera até agora, mas nu e calado embaixo do sol como a areia branca. Papai morreu. Papai morreu. Respirou vagarosamente. Papai morreu. Agora sabia mesmo que o pai morrera. Agora, junto do mar onde o brilho era uma chuva de peixes de água. O pai morrera como o mar era fundo! compreendeu de repente. O pai morrera como não se vê o fundo do mar, sentiu.

Não estava abatida de chorar. Compreendia que o pai acabara. Só isso. E sua tristeza era um cansaço grande, pesado, sem raiva. Caminhou com ele pela praia imensa. Olhava os pés escuros e finos como galhos juntos da alvura quieta onde eles afundavam e de onde se erguiam ritmadamente, numa respiração. Andou, andou e não havia o que fazer: o pai morrera.

Deitou-se de bruços sobre a areia, as mãos resguardando o rosto, deixando apenas uma pequena fresta para o ar. Foi-se fazendo escuro escuro e aos poucos círculos e manchas vermelhas, bolas cheias e trêmulas surgiram, aumentando e diminuindo. Os grãos de areia picavam sua pele, nela se enterravam. Mesmo de olhos fechados sentiu que na praia as ondas eram sugadas pelo mar rapidamente rapidamente, também de pálpebras cerradas. Depois voltavam de manso, as palmas das mãos abertas, o corpo solto. Era bom ouvir o seu barulho. Eu sou uma pessoa. E muitas coisas iam se seguir. O quê? O que acontecesse contaria a si própria. Mesmo ninguém entenderia: ela pensava uma coisa e depois não sabia contar igual igual. Sobretudo nisso de pensar tudo era impossível. Por exemplo, às vezes tinha uma ideia e surpreendida refletia: por que não pensei isto antes? Não era a mesma coisa que ver subitamente um cortezinho na mesa e dizer: ora, eu não tinha visto! Não era... Uma coisa que se pensava não existia antes de se pensar. Por exemplo, assim: a marca dos dedos de Gustavo. Isso não vivia antes de se dizer: a marca dos dedos de Gustavo... O que se pensava passava a ser pensado. Mais ainda: nem todas as coisas que se pensam passam a existir daí em diante... Porque se eu digo: titia almoça com titio, eu não faço nada viver. Ou mesmo se eu resolvo: vou passear; é bom, passeio... e nada existe. Mas se eu digo, por exemplo: flores em cima do túmulo, pronto! eis uma coisa que não existia antes de eu pensar flores em cima do túmulo. A música também. Por que não tocava sozinha todas as músicas que existiam? – Ela olhava o piano aberto – as músicas lá estavam contidas... Seus olhos se alargavam, escurecidos, misteriosos. “Tudo, tudo.” Foi então que começou a mentir. – Ela era uma pessoa que já começara, pois. Tudo isso era impossível de explicar, como aquela palavra "nunca", nem masculina nem feminina. Mas mesmo assim ela não sabia quando dizer "sim"? Sabia. Oh, ela sabia cada vez mais. Por exemplo, o mar. O mar era muito. Tinha vontade de afundar na areia pensando nele, ou senão de abrir bem os olhos, ficar olhando, mas depois não achava para que olhar. Na casa da tia certamente lhe dariam doces nos primeiros dias. Tomaria banho na banheira azul e branca, uma vez que ia morar na casa. E todas as noites, quando ficasse escuro, ela vestiria a camisola, iria dormir. De manhã, café com leite e biscoitos. A tia sempre fazia biscoitos grandes. Mas sem sal. Como uma pessoa de preto olhando pelo bonde. Ela molharia o biscoito no mar antes de comer. Daria uma mordida e voaria até a casa para beber um gole de café. E assim por diante. Depois brincaria no quintal, onde havia paus e garrafas. Mas sobretudo aquele galinheiro velho sem galinhas. O cheiro era de cal e de porcarias e de coisa secando. Mas podia-se ficar lá dentro sentada, bem junto do chão, vendo a terra. A terra formada de tantos pedaços que doía a cabeça de uma pessoa pensar em quantos. O galinheiro tinha grades e tudo, seria a casa dela. E havia ainda a fazenda do tio, que ela apenas conhecia, mas onde passaria d'agora em diante as férias. Quantas coisas estava ganhando, hein? Afundou o rosto nas mãos. Oh, que medo, que medo. Mas não era só medo. Era assim como quem acaba uma coisa e diz: acabei, professora. E a professora diz: espere sentada pelos outros. E a gente fica quieta esperando, como dentro de uma igreja. Uma igreja alta e sem dizer nada. Os santos finos e delicados. Quando a gente toca são frios. Frios e divinos. E nada diz nada. Oh, o medo, o medo. Porém não era só medo. Não tenho nada o que fazer também, não sei o que fazer também. Como olhar uma coisa bonita, um pintinho fofo, o mar, um aperto na garganta. Mas não era só isso. Olhos abertos piscando, misturados com as coisas atrás da cortina.

ALEGRIAS DE JOANA

A liberdade que às vezes sentia. Não vinha de reflexões nítidas, mas de um estado como feito de percepções por demais orgânicas para serem formuladas em pensamentos. Às vezes, no fundo da sensação tremulava uma ideia que lhe dava leve consciência de sua espécie e de sua cor.

O estado para onde deslizava quando murmurava: eternidade. O próprio pensamento adquiria uma qualidade de eternidade. Aprofundava-se magicamente e alargava-se, sem propriamente um conteúdo e uma forma, mas sem dimensões também. A impressão de que se conseguisse manter-se na sensação por mais uns instantes teria uma revelação – facilmente, como enxergar o resto do mundo apenas inclinando-se da terra para o espaço. Eternidade não era só o tempo, mas algo como a certeza enraizadamente profunda de não poder contê-lo no corpo por causa da morte; a impossibilidade de ultrapassar a eternidade era eternidade; e também era eterno um sentimento em pureza absoluta, quase abstrato. Sobretudo dava ideia de eternidade a impossibilidade de saber quantos seres humanos se sucederiam após seu corpo, que um dia estaria distante do presente com a velocidade de um bólido.

Definia eternidade e as explicações nasciam fatais como as pancadas do coração. Delas não mudaria um termo sequer, de tal modo eram sua verdade. Porém mal brotavam, tornavam-se vazias logicamente. Definir a eternidade como uma quantidade maior que o tempo e maior mesmo do que o tempo que a mente humana pode suportar em ideia também não permitiria, ainda assim, alcançar sua duração. Sua qualidade era exatamente não ter quantidade, não ser mensurável e divisível porque tudo o que se podia medir e dividir tinha um princípio e um fim. Eternidade não era a quantidade infinitamente grande que se desgastava, mas eternidade era a sucessão.

Então Joana compreendia subitamente que na sucessão encontrava-se o máximo de beleza, que o movimento explicava a forma – era tão alto e puro gritar: o movimento explica a forma! – e na sucessão também se encontrava a dor porque o corpo era mais lento que o movimento de continuidade ininterrupta. A imaginação apreendia e possuía o futuro do presente, enquanto o corpo restava no começo do caminho, vivendo em outro ritmo, cego à experiência do espírito... Através dessas percepções – por meio delas Joana fazia existir alguma coisa – ela se comunicava a uma alegria suficiente em si mesma.

Havia muitas sensações boas. Subir o monte, parar no cimo e, sem olhar, sentir atrás a extensão conquistada, lá longe a fazenda. O vento fazendo esvoaçar as roupas, os cabelos. Os braços livres, o coração fechando e abrindo selvagemente, mas o rosto claro e sereno sob o sol. E sabendo principalmente que a terra embaixo dos pés era tão profunda e tão secreta que não havia a temer a invasão do entendimento dissolvendo seu mistério. Tinha uma qualidade de glória esta sensação.

Certos momentos da música. A música era da categoria do pensamento, ambos vibravam no mesmo movimento e espécie. Da mesma qualidade do pensamento tão íntimo que ao ouvi-la, este se revelava. Do pensamento tão íntimo que, ouvindo alguém repetir as ligeiras nuances dos sons, Joana se surpreendia como se fora invadida e espalhada. Deixava até de sentir a harmonia quando esta se popularizava – então não era mais sua. Ou mesmo quando a escutava várias vezes, o que destruía a semelhança: porque seu pensamento jamais se repetia, enquanto a música podia se renovar igual a si própria – o pensamento só era igual a música criando-se. Joana não se identificava profundamente com todos os sons. Só com aqueles puros, onde o que amava não era trágico nem cômico.

Havia muita coisa a ver também. Certos instantes de ver valiam como "flores sobre o túmulo": o que se via passava a existir. No entanto Joana não esperava a visão num milagre, nem anunciada pelo anjo Gabriel.

Surpreendia-a mesmo no que já enxergara, mas subitamente vendo pela primeira vez, subitamente compreendendo que aquilo vivia sempre. Assim, um cão latindo, recortado contra o céu. Isso era isolado, não precisava de mais nada para se explicar... Uma porta aberta a balançar para lá, para cá, rangendo no silêncio de uma tarde... E de repente, sim, ali estava a coisa verdadeira. Um retrato antigo de alguém que não se conhece e nunca se reconhecerá porque o retrato é antigo ou porque o retratado tornou-se pó – esta sem intenção modesta provocava nela um momento quieto e bom. Também um mastro sem bandeira, erecto e mudo, fincado num dia de verão – rosto e corpo cegos. Para se ter uma visão, a coisa não precisava ser triste ou alegre ou se manifestar. Bastava existir, de preferência parada e silenciosa, para nela se sentir a marca. Por Deus, a marca da existência... Mas isso não deveria ser buscado uma vez que tudo o que existia forçosamente existia... É que a visão consistia em surpreender o símbolo das coisas nas próprias coisas.

As descobertas vinham confusas. Mas daí também nascia certa graça. Como esclarecer a si própria, por exemplo, que linhas agudas e compridas tinham claramente a marca? Eram finas e magras. Em dado momento paravam tão linhas, tão no mesmo estado como no começo. Interrompidas, sempre interrompidas não porque terminassem, mas porque ninguém podia levá-las a um fim. Os círculos eram mais perfeitos, menos trágicos, e não a tocavam bastante. Círculo era trabalho de homem, acabado antes da morte, e nem Deus completá-lo-ia melhor. Enquanto linhas retas, finas, soltas – eram como pensamentos.

Outras confusões ainda. Assim lembrava-se de Joana-menina diante do mar: a paz que vinha dos olhos do boi, a paz que vinha do corpo deitado do mar, do ventre profundo do mar, do gato endurecido sobre a calçada. Tudo é um, tudo é um..., entoara. A confusão estava no entrelaçamento do mar, do gato, do boi com ela mesma. A confusão vinha também de que não sabia se entoara "tudo é um" ainda em pequena, diante do mar, ou depois, relembrando. No entanto a confusão não trazia apenas graça, mas a realidade mesma. Parecia-lhe que se ordenasse e explicasse claramente o que sentira, teria destruído a essência de "tudo é um". Na confusão, ela era a própria verdade inconscientemente, o que talvez desse mais poder-de-vida do que conhecê-la.

A essa verdade que, mesmo revelada, Joana não poderia usar porque não formava o seu caule, mas a raiz, prendendo seu corpo a tudo o que não era mais seu, imponderável, impalpável.

Oh, havia muitos motivos de alegria, alegria sem riso, séria, profunda, fresca. Quando descobria coisas a respeito de si mesma exatamente no momento em que falava, o pensamento correndo paralelo à palavra. Um dia contara a Otávio histórias de Joana-menina do tempo da criada que sabia brincar como ninguém. Brincava de sonhar.

– Está dormindo?

– Muito.

– Então acorde, é de madrugada... Sonhou?

A princípio sonhava com carneiros, com ir à escola, com gatos tomando leite. Aos poucos sonhava com carneiros azuis, com ir a uma escola no meio do mato, com gatos bebendo leite vermelho em pires de ouro. E cada vez mais se adensavam os sonhos e adquiriam cores difíceis de se diluir em palavras.

– Sonhei que as bolas brancas vinham subindo de dentro...

– Que bolas? De dentro de onde?

– Não sei, só que elas vinham...

Depois de ouvi-la, Otávio lhe dissera:

– Agora penso que talvez tivessem abandonado você muito cedo... a casa da tia... os estranhos... depois o internato...

Joana pensara: mas havia o professor. Respondera:

– Não... O que mais poderiam fazer comigo? Ter tido uma infância não é o máximo? Ninguém conseguiria tirá-la de mim... – e nesse instante já começara a ouvir-se, curiosa.

– Eu não voltaria um momento à minha meninice, continuara Otávio absorto, certamente pensando no tempo de sua prima Isabel e da doce Lídia. Nem um instante sequer.

– Mas eu também, apressara-se Joana em responder, nem um segundo. Não tenho saudade, compreende? – E nesse momento declarou alto, devagar, deslumbrada. – Não é saudade, porque eu tenho agora a minha infância mais do que enquanto ela decorria...

Sim, havia muitas coisas alegres misturadas ao sangue.

E Joana também podia pensar e sentir em vários caminhos diversos, simultaneamente. Assim, enquanto Otávio falara, apesar de ouvi-lo, observara pela janela uma velhinha ao sol, encardida, leve e rápida – um galho trêmulo à brisa. Um galho seco onde havia tanta feminilidade, pensara Joana, que a pobre poderia ter um filho se a vida não tivesse secado no seu corpo. Depois, mesmo enquanto Joana respondia a Otávio, lembrava-se do verso que o pai fizera especialmente para ela brincar, num dos que-é-que-eu-faço:

Margarida a Violeta conhecia,
uma era cega, uma bem louca vivia,
a cega sabia o que a doida dizia
e terminou vendo o que ninguém mais via...

como uma roda rodando, rodando, agitando o ar e criando brisa.

Mesmo sofrer era bom porque enquanto o mais baixo sofrimento se desenrolava também se existia – como um rio à parte.

E também se podia esperar o instante que vinha... que vinha... e de súbito se precipitava em presente e de repente se dissolvia... e outro que vinha... que vinha...

... O BANHO...

No momento em que a tia foi pagar a compra, Joana tirou o livro e meteu-o cuidadosamente entre os outros, embaixo do braço. A tia empalideceu.

Na rua a mulher buscou as palavras com cuidado:

– Joana... Joana, eu vi...

Joana lançou-lhe um olhar rápido. Continuou silenciosa.

– Mas você não diz nada? – não se conteve a tia, a voz chorosa. – Meu Deus, mas o que vai ser de você?

– Não se assuste, tia.

– Mas uma menina ainda... Você sabe o que fez?

– Sei...

– Sabe... sabe a palavra...?

– Eu roubei o livro, não é isso?

– Mas, Deus me valha! Eu já nem sei o que faça, pois ela ainda confessa!

– A senhora me obrigou a confessar.

– Você acha que se pode... que se pode roubar?

– Bem... talvez não.

– Por que então...?

– Eu posso.

– Você?! – gritou a tia.

– Sim, roubei porque quis. Só roubarei quando quiser. Não faz mal nenhum.

– Deus me ajude, quando faz mal, Joana?

– Quando a gente rouba e tem medo. Eu não estou contente nem triste.

A mulher olhou-a desamparada:

– Minha filha, você é quase uma mocinha, pouco falta para ser gente... Daqui a dias terá que abaixar o vestido... Eu lhe imploro: prometa que não faz mais isso, prometa, prometa em nome do pai.

Joana olhou-a com curiosidade:

– Mas se eu estou dizendo que posso tudo, que... – Eram inúteis as explicações. – Sim, prometo. Em nome de meu pai.

Mais tarde, passando pelo quarto da tia, Joana ouviu-a, a voz baixa e entrecortada de respirações. Joana colou o ouvido à porta, naquele lugar onde até já se via a marca de sua cabeça.

– Como um pequeno demônio... Eu, com minha idade e minha experiência, depois de ter criado uma filha já casada, fico fria ao lado de Joana... Eu nunca tive esse trabalho com nossa Armanda, que Deus a conserve para o seu marido. Não posso cuidar mais da menina, Alberto, juro... Eu posso tudo, me disse ela depois de roubar... Imagine... fiquei branca. Contei a padre Felício, pedi conselho... Ele tremeu comigo... Ah, impossível continuar! Mesmo aqui em casa, ela é sempre calada, como se não precisasse de ninguém... E quando olha é bem nos olhos, pisando a gente.

– Sim, disse o tio devagar, o regime severo de um internato poderia amansá-la. Padre Felício tem razão. Acho que se meu irmão fosse vivo não hesitaria em matricular Joana num internato, depois de vê-la roubar... Logo esse pecado, um dos que mais ofendem a Deus... No fundo é isso o que me dói um pouco: o pai, negligente como era, não se incomodaria de mandar Joana até mesmo para um reformatório... Tenho pena de Joana, coitada. Você sabe, nós nunca teríamos internado Armanda, mesmo que ela roubasse a livraria inteira.

– É diferente! É diferente! – explodiu a tia vitoriosa. Armanda, até roubando, é gente! E essa menina... Não se tem de quem ter pena nesse caso, Alberto! Eu é que sou a vítima... Mesmo quando Joana não está em casa, fico agitada. Parece loucura, mas é como se ela estivesse me vigiando... sabendo o que eu penso. Às vezes estou rindo e paro no meio, gelada. Daqui a pouco, na minha própria casa, no meu lar, onde criei minha filha, terei que pedir desculpas não-sei-de-quê a essa guria... É uma víbora. É uma víbora fria, Alberto, nela não há amor nem gratidão. Inútil gostar dela, inútil fazer-lhe bem. Eu sinto que essa menina é capaz de matar uma pessoa...

– Não diga isso! – exclamou o tio assustado. Se o pai de Joana tivesse sido outro, se levantaria agora do túmulo!

– Me perdoe, fico tonta, é ela ainda quem me faz dizer essas heresias... É um bicho estranho, Alberto, sem amigos e sem Deus – que me perdoe!

As mãos de Joana se mexeram independentes da sua vontade. Observou-as vagamente curiosa e esqueceu-as logo depois. O teto era branco, o teto era branco. Até seus ombros, que ela sempre considerara tão distantes de si mesma, palpitavam vivos, trêmulos. Quem era ela? A víbora. Sim, sim, para onde fugir? Não se sentia fraca, mas pelo contrário possuída de um ardor pouco comum, misturado a certa alegria, sombria e violenta. Estou sofrendo, pensou de repente e surpreendeu-se. Estou sofrendo, dizia-lhe uma consciência à parte. E subitamente esse outro ser agigantou-se e tomou o lugar do que sofria. Nada acontecia se ela continuava a esperar o que ia acontecer... Podia-se parar os acontecimentos e bater vazia como os segundos do relógio. Permaneceu oca por uns instantes, vigiando-se atenta, perscrutando a volta da dor. Não não a queria! E como para deter-se, cheia de fogo, esbofeteou o próprio rosto.

Fugiu mais uma vez para o professor, que não sabia ainda que ela era uma víbora...

O professor admitia-a de novo, milagrosamente. E milagrosamente ele penetrava no mundo penumbroso de Joana e lá se movia de leve, delicadamente.

– Não é valer mais para os outros, em relação ao humano ideal. É valer mais dentro de si mesmo. Compreende, Joana?

– Sim, sim...

Ele falava a tarde toda:

– Afinal nessa busca de prazer está resumida a vida animal. A vida humana é mais complexa: resume-se na busca do prazer, no seu temor, e sobretudo na insatisfação dos intervalos. É um pouco simplista o que estou falando, mas não importa por enquanto. Compreende? Toda ânsia é busca de prazer. Todo remorso, piedade, bondade, é o seu temor. Todo o desespero e as buscas de outros caminhos são a insatisfação. Eis aí um resumo, se você quer. Compreende?

– Sim.

– Quem se recusa o prazer, quem se faz de monge, em qualquer sentido, é porque tem uma capacidade enorme para o prazer, uma capacidade perigosa – daí um temor maior ainda. Só quem guarda as armas a chave é quem receia atirar sobre todos.

– Sim...

– Eu disse: quem se recusa... Porque há os... os planos, os feitos de terra que sem adubo nunca florescerá.

– Eu?

– Você? Não, por Deus... Você é dos que matariam para florescer.

Ela continuava a ouvi-lo e era como se os seus tios jamais tivessem existido, como se o professor e ela mesma estivessem isolados dentro da tarde, dentro da compreensão.

– Não, realmente não sei que conselhos eu lhe daria, dizia o professor. Diga antes de tudo: o que é bom e o que é mau?

– Não sei...

– "Não sei" não é resposta. Aprenda a encontrar tudo o que existe dentro de você.

– Bom é viver..., balbuciou ela. Mau é...

– É?...

– Mau é não viver...

– Morrer? – indagou ele.

– Não, não... – gemeu ela.

– O quê, então? Diga.

– Mau é não viver, só isso. Morrer já é outra coisa. Morrer é diferente do bom e do mau.

– Sim, disse ele sem entender. Bem. Agora diga, por exemplo: qual é o maior homem da atualidade, para você?

Ela pensava, pensava e não respondia.

– Qual é a coisa de que você mais gosta? – tornou ele.

O rosto de Joana se abriu, ela preparou-se para falar e de repente descobriu que não sabia o que dizer.

– Não sei, não sei, desesperou-se.

– Mas como? Por que então você estava quase rindo de prazer? – surpreendeu-se o professor.

– Não sei...

Ele olhou-a severo:

– Que você não saiba qual o maior homem da atualidade apesar de conhecer muitos deles, está bem. Mas que você não saiba o que você mesma sente, é que me desagrada.

Olhou-o aflita:

– Olhe, a coisa de que eu mais gosto no mundo... eu sinto aqui dentro, assim se abrindo... Quase, quase posso dizer o que é mas não posso...

– Tente explicar, disse ele de sobrancelhas franzidas.

– É como uma coisa que vai ser... É como...

– É como?... – inclinou-se ele, exigindo sério.

– É como uma vontade de respirar muito, mas também o medo... Não sei... Não sei, quase dói. É tudo... É tudo.

– Tudo?... – estranhou o professor.

Ela assentiu com a cabeça, emocionada, misteriosa, intensa: tudo... Ele continuou a olhá-la um instante, o seu rostinho angustiado e poderoso:

– Bem.

Ele parecia satisfeito mas ela não entendia por que, uma vez que nada chegara a dizer a respeito "daquilo". Porém se ele dizia "está bem", pensou ela ardentemente com a alma entregue, se ele dizia "está bem", era verdade.

– Qual a pessoa que você mais admira? além de mim, além de mim, acrescentou o professor. Se você não me ajudar, não chegarei a conhecê-la, não poderei guiá-la.

– Não sei, disse Joana, torcendo as mãos embaixo da mesa.

– Por que você não citou um desses grandes homens que rolam por aí? Você conhece pelo menos uma dezena deles. Você é excessivamente sincera, excessivamente, disse ele com desagrado.

– Não sei...

– Bem, não importa, serenou ele. Nunca sofra por não ter opiniões em relação a vários assuntos. Nunca sofra por não ser uma coisa ou por sê-la. De qualquer jeito suponho que você só aceitaria esse conselho. E acostume-se: o que você sentiu – sobre o que mais gosta no mundo – talvez tenha sido apenas à custa de não ter opinião precisa sobre os grandes homens. Você terá que dar muita coisa para ter outras. – Pausa. – Aborrece-se com isso?

Joana pensou um instante, a cabeça escura inclinada, os olhos abertos e largos.

– Mas tendo a coisa mais alta, disse ela devagar, a gente por assim dizer já não tem as que estão abaixo?

O professor balançou a cabeça.

– Não, disse ele, não. Nem sempre. Às vezes possui-se o mais alto e no fim da vida tem-se a impressão... – olhou-a de lado – tem-se a impressão de que se está morrendo virgem. É que as coisas não são talvez mais altas e mais baixas. De qualidade diferente, entende?

Sim, que estava compreendendo as palavras, tudo o que elas continham. Mas apesar de tudo a sensação de que elas possuíam uma porta falsa, disfarçada, por onde se ia encontrar seu verdadeiro sentido.

– Que elas são mais do que o senhor disse – terminou Joana a explicação.

Num súbito movimento, antes de se interpretar, o professor estendeu-lhe a mão por cima da mesa. Joana estremeceu de prazer, deu-lhe a sua, enrubescida.

– O que foi? – disse ela baixinho. E amava aquele homem como se ela mesma fosse uma erva frágil e o vento a dobrasse, a fustigasse.

Ele não respondeu, mas seus olhos eram fortes e tinham pena. O quê? – subitamente ela se assustou:

– O que vai acontecer comigo?

– Não sei – respondeu ele depois de um curto silêncio – talvez você seja feliz alguma vez, não compreendo, de uma felicidade que poucas pessoas invejarão. Nem sei se se poderia chamar de felicidade. Talvez você não encontre mais ninguém que sinta com você, como...

A esposa do professor entrou no aposento, alta, quase bonita com aquele cabelo cobreado, curto e liso. E sobretudo as coxas altas e serenas movendo-se cegamente, mas cheias de uma segurança que assustava. O que iria o professor dizer, pensou Joana, antes que "ela" entrasse? "Mais ninguém que sinta com você, como... como eu?" Ah aquela mulher. Olhou-a fugitivamente, abaixou os olhos cheia de raiva. Lá estava o professor de novo distante, a mão recolhida, os lábios puxados para baixo, indiferente como se Joana não fosse senão sua "amiguinha", como dizia a mulher.

Esta se aproximara, pousara a mão branca e longa, como de cera, mas estranhamente atraente, sobre o ombro do marido. E Joana viu, cheia de uma dor que lhe dificultava engolir a saliva, o belo contraste entre os dois seres. Os cabelos dele ainda negros, seu corpo enorme como o de um animal maior que o homem.

– Quer o jantar agora? – perguntou a esposa.

Ele brincava com o lápis entre os dedos:

– Sim, vou sair mais cedo.

A mulher sorriu para Joana e retirou-se lentamente.

Ainda insegura, ela pensou que de novo a passagem daquela criatura deixava claro que o professor era um homem e que Joana nem sequer já era "moça". Também ele notaria, meu Deus, pelo menos também ele notaria quanto aquela mulher branca era odiosa, quanto ela sabia destruir qualquer conversa anterior?

– O senhor vai dar aula hoje à noite? – perguntou hesitante apenas para continuarem a falar. E ficou vermelha quando pronunciou as palavras, tão brancas, ditas tão sem direito... Não no tom com que a mulher dissera, bela e tranquila: vai jantar mais cedo?

– Sim, vou dar – respondeu ele e remexia os papéis sobre a mesa.

Joana se levantou para ir embora e de repente, antes mesmo que pudesse perceber seu próprio gesto, sentou-se de novo. Debruçou-se sobre a mesa e começou a chorar escondendo os olhos. Ao redor era o silêncio e ela podia ouvir os passos abafados e vagarosos de alguém no interior da casa. Passou-se um longo minuto até sentir sobre a cabeça um peso leve, macio, a mão. A mão dele. Ouviu o som oco do coração, deixou de respirar. Concentrou-se inteira sobre os próprios cabelos que viviam agora acima de tudo, enormes, nervosos, grossos sob aqueles dedos estranhos e animados. Outra mão levantou-lhe o queixo e ela deixou-se examinar submissa e trêmula.

– Que foi? – perguntou ele sorrindo. – Nossa conversa?

Ela não podia falar, balançou a cabeça negando.

– O quê, então? – insistiu ele com voz firme.

– É que sou feia – respondeu obediente, a voz presa na garganta.

Ele se assustou. Abriu mais os olhos, penetrou-a com surpresa.

– Ora – procurou ele rir depois de um instante –, afinal eu quase tinha esquecido de que falava com uma menininha... Quem disse que você é feia? – riu de novo. – Levante-se.

Ela ergueu-se, o coração comprimido, tendo consciência de que seus joelhos como sempre estavam acinzentados e opacos.

– Um pouco sem forma ainda, convenho, mas tudo isso vai melhorar, não se perturbe, disse ele.

Ela fitou-o de dentro das últimas lágrimas. Como explicar-lhe? Não queria consolo, ele não entendera... O professor franziu a testa àquele olhar. O quê? o quê? – perguntou a si mesmo com desagrado.

Ela conteve a respiração:

– Eu posso esperar.

Também o professor não respirou por uns segundos. Perguntou, a voz igual, subitamente fria:

– Esperar o quê?

– Até que eu fique bonita. Bonita como "ela".

A culpa era dele mesmo, foi o seu primeiro pensamento, como uma bofetada em seu próprio rosto. A culpa era dele por ter-se inclinado demais para Joana, por ter procurado, sim, procurado – não fuja, não fuja, –, pensando que seria impunemente, sua promessa de juventude, aquele talo frágil e ardente. E antes que pudesse conter seu pensamento – as mãos crispadas sob a mesa – ele veio impiedoso: o egoísmo e a fome grosseira da velhice que se aproximava. Oh, como se odiava por ter pensado nisso. "Ela", a esposa, era mais bonita? A "outra" também o era. E a "outra", de hoje à noite, também. Mas quem tinha aquela imprecisão no corpo, as pernas nervosas, seios ainda por nascer – o milagre: ainda por nascer, pensou tonto, a vista escura –, quem era como água clara e fresca? A fome da velhice que se aproximava. Encolheu-se aterrorizado, furioso, covarde.

De novo a esposa entrou. Mudara de roupa para a noite, seu corpo forte e limitado agora atrás de uma fazenda azul. O marido olhou-a demoradamente, a expressão indefinida, um pouco estúpida. Ela suportou-lhe o olhar séria, enigmática, um meio sorriso atrás do rosto. Joana diminuiu, ficou pequena e escura diante daquela pele brilhante. Sentiu a vergonha da cena anterior tomá-la e reduzi-la ridiculamente.

– Já vou – disse.

A mulher – ou era engano? – a mulher olhou-a bem nos olhos, entendendo, entendendo! E em seguida levantou a cabeça, os olhos claros e calmos na vitória, talvez com um pouco de simpatia:

– Quando volta, Joana? Precisa discutir mais frequentemente com o professor...

Com o professor, dizia ela brincando com intimidade, e era branca e lisa. Não miserável e sem saber de nada, não abandonada, não com os joelhos sujos como Joana, como Joana! Joana levantou-se e sabia que sua saia era curta, que sua blusa colava-se ao busto minúsculo e hesitante. Fugir, correr para a praia, deitar-se de bruços sobre a areia, esconder o rosto, ouvir o barulho do mar.

Apertou a mão macia da mulher, apertou a dele, grande, maior que a mão de um homem.

– Não quer levar o livro?

Joana voltou-se e viu-o. Viu seu olhar. Ah, brilhou dentro dela a descoberta, um olhar como um aperto de mão, um olhar que sabia que ela desejava a praia. Mas por que tão fraco, tão sem alegria? O que acontecera afinal? Há poucas horas chamavam-na de víbora, o professor fugia, a mulher esperando... O que acontecia? Tudo recuava... E de súbito o ambiente destacou-se na sua consciência com um grito, avultou com todos os detalhes submergindo as pessoas numa grande vaga... Seus próprios pés flutuavam. A sala onde já estivera durante tantas tardes refulgia no crescendo de uma orquestra, mudamente, numa vingança pela sua distração. De um momento para outro Joana descobriu a insuspeita potência daquele aposento quieto. Era estranho, silencioso, ausente como se nunca tivessem nele pisado, como se fosse uma reminiscência. As coisas haviam-se guardado até agora e então aproximavam-se de Joana, cercavam-na, brilhando na meia escuridão do crepúsculo. Perplexa, viu sobre a cristaleira faiscante a estátua nua, de linhas docemente apagadas como num fim de movimento. O silêncio das cadeiras imóveis e finas comunicou-se ao seu cérebro, esvaziou-o lentamente... Ouviu passos apressados na rua, viu a mulher grande e séria olhando-a e também aquele homem forte, de costas curvadas. Que esperavam dela? – assustou-se. Sentiu a capa dura do livro entre os dedos, longe longe como se um abismo a separasse de suas próprias mãos. O quê então? Por que tinha cada criatura alguma coisa a lhe dizer? Por quê, por quê? E que exigiam, sugando-a sempre? A vertigem, rápida como um rodamoinho, tomou conta de sua cabeça, fez vacilarem suas pernas. Ela estava de pé diante deles há alguns minutos, calada, sentindo a casa, mas por que as pessoas não se surpreendiam inteiramente com sua atitude para elas inexplicável? Ah, tudo era de esperar dela própria, a víbora, mesmo o que parecia estranho, a víbora, oh a dor, a alegria doendo. Os dois se destacavam das sombras, parados à sua frente e apenas no olhar do professor havia um pouco de surpresa.

– Fiquei tonta, disse-lhes à meia-voz e a cristaleira continuou brilhando como um santo.

Mal falara, ainda com a vista escurecida, Joana sentiu um movimento quase imperceptível na esposa do professor. Olharam-se e qualquer coisa maldosa, ávida e humilhada na mulher fez com que Joana estupefacta começasse a compreender... Era a segunda vertigem naquele dia! Sim, era a segunda vertigem naquele dia! Como um clarim... Fitou-os intensamente. Vou embora dessa casa, gritou-se agitada. E cada vez mais a sala se fechava, de um momento para outro despertaria a fúria no homem e na mulher! Como a chuva que rebenta, como a chuva que rebenta...

Na areia seus pés afundavam e emergiam de novo pesados. Já era noite, o mar rolava escuro, nervoso, as ondas mordiam-se na praia. O vento aninhara-se nos seus cabelos, fazia esvoaçar como louca a franja curta. Joana não sentia mais tontura, agora um braço bruto pesava sobre seu peito, um peso bom. Alguma coisa virá em breve, pensou depressa. Era a segunda vertigem num só dia! De manhã, ao saltar da cama, e agora... Estou cada vez mais viva, soube vagamente. Começou a correr. Estava subitamente mais livre, com mais raiva de tudo, sentiu triunfante. No entanto não era raiva, mas amor. Amor tão forte que só esgotava sua paixão na força do ódio. Agora sou uma víbora sozinha. Lembrou-se de que se separara realmente do professor, que depois daquela conversa jamais poderia voltar... Sentiu-o longe, no ambiente que já agora ela recordava com espanto e sem familiaridade. Sozinha...

O tio e a tia já estavam à mesa. Mas a quem deles ela diria: tenho cada vez mais força, estou crescendo, serei moça? Nem a eles, nem a ninguém. Porque também a nenhum poderei perguntar: diga-me, como são as coisas? e ouvir: também não sei, como o professor respondera. O professor ressurgiu à sua frente como no último instante, inclinado para ela, assustado ou feroz, não o sabia, mas recuando, isso, recuando. A resposta, sentiu, não importava tanto. O que valia era que a indagação fora aceita, podia existir. Sua tia retrucaria, surpresa: que coisas? E se chegasse a entender, certamente diria: são assim, assim e assim. Com quem Joana falaria agora das coisas que existem com a naturalidade com que se fala das outras, das que estão apenas?

Coisas que existem, outras que apenas estão... Surpreendeu-se com o pensamento novo, inesperado, que viveria dagora em diante como flores sobre o túmulo. Que viveria, que viveria, outros pensamentos nasceriam e viveriam e ela própria estava mais viva. A alegria cortou-lhe o coração, feroz, iluminou-lhe o corpo. Apertou o copo entre os dedos, bebeu água com os olhos fechados como se fosse vinho, sangrento e glorioso vinho, o sangue de Deus. Sim, a nenhum deles explicaria que tudo mudava lentamente... Que ela guardara o sorriso como quem apaga finalmente a lâmpada e resolve deitar-se. Agora as criaturas não eram admitidas no seu interior, nele fundindo-se. As relações com as pessoas tornavam-se cada vez mais diferentes das relações que mantinha consigo mesma. A doçura da infância desaparecia nos seus últimos traços, alguma fonte estancava para o exterior e o que ela oferecia aos passos dos estranhos era areia incolor e seca. Mas ela caminhava para frente, sempre para a frente como se anda na praia, o vento alisando o rosto, levando para trás os cabelos.

Como entregar-lhes: é a segunda vertigem num só dia? mesmo que ardesse por confiar o segredo a alguém. Porque ninguém mais na sua vida, ninguém mais talvez haveria de lhe dizer, como o professor: vive-se e morre-se. Todos esqueciam, todos só sabiam brincar. Olhou-os. Sua tia brincava com uma casa, uma cozinheira, um marido, uma filha casada, visitas. O tio brincava com dinheiro, com trabalho, com uma fazenda, com jogo de xadrez, com jornais. Joana procurou analisá-los, sentindo que assim os destruiria. Sim, gostavam-se de um modo longínquo e velho. De quando em quando, ocupados com seus brinquedos, lançavam-se olhares inquietos, como para se assegurarem de que continuavam a existir. Depois retomavam a morna distância que diminuía por ocasião de algum resfriado ou de um aniversário. Dormiam juntos certamente, pensou Joana sem prazer na malícia.

A tia estendeu-lhe o prato de pão em silêncio. O tio não levantava os olhos do prato.

A comida era uma das grandes preocupações da casa, continuou Joana. À hora das refeições, os braços apoiados pesadamente sobre a mesa, o homem se alimentava arfando ligeiramente, porque sofria do coração, e enquanto mastigava, algum farelo esquecido fora da boca, seu olhar se fixava vidrado em qualquer ponto, a atenção voltada às sensações interiores que a comida lhe produzia. A tia cruzava os pés sob a cadeira, e, as sobrancelhas franzidas, comia com uma curiosidade que se renovava a cada garfada, o rosto rejuvenescido e móvel. Mas por que hoje não se abandonavam nas cadeiras? Por que cuidavam de não chocar os talheres, como se alguém estivesse morto ou dormindo? Sou eu, adivinhou Joana.

Ao redor da mesa escura, sob a luz enfraquecida pelas franjas sujas do lustre, também o silêncio se sentara nessa noite. Joana em momentos parava para ouvir o ruído das duas bocas mastigando e o tique-taque leve e nervoso do relógio. Então a mulher erguia os olhos e imobilizada com o garfo na mão, esperava ansiosa e humilde. Joana desviava a vista, vitoriosa, abaixava a cabeça numa alegria profunda que inexplicavelmente vinha misturada a um aperto doloroso na garganta, a uma impossibilidade de soluçar.

– Armanda não veio? – a voz de Joana apressou o tique-taque do relógio, fez nascer um súbito e rápido movimento na mesa.

Os tios se entreolharam furtivamente. Joana respirou alto: tinham medo dela, pois?

– O marido de Armanda hoje não está de plantão, por isso ela não veio jantar aqui, respondeu finalmente a tia. E de repente, satisfeita, pôs-se a comer. O tio mastigava mais depressa. O silêncio voltou sem dissolver o murmúrio longínquo do mar. Eles não tinham coragem, então.

– Quando é que eu vou para o internato? – perguntou Joana.

A terrina de sopa escorregou das mãos da tia, o caldo escuro e cínico espalhou-se rapidamente pela mesa. O tio abandonou os talheres sobre o prato, o rosto angustiado.

– Como sabe que..., balbuciou confuso...

Ela escutara à porta...

A toalha embebida fumegava docemente como restos de um incêndio. Imóvel e fascinada como diante de algo irremediável, a mulher fitava a sopa derramada que esfriava rapidamente.

A água cega e surda mas alegremente não muda brilhando e borbulhando de encontro ao esmalte claro da banheira. O quarto abafado de vapores mornos, os espelhos embaçados, o reflexo do corpo já nu de uma jovem nos mosaicos úmidos das paredes.

A moça ri mansamente de alegria de corpo. Suas pernas delgadas, lisas, os seios pequenos brotaram da água. Ela mal se conhece, nem cresceu de todo, apenas emergiu da infância. Estende uma perna, olha o pé de longe, move-o terna, lentamente como a uma asa frágil. Ergue os braços acima da cabeça, para o teto perdido na penumbra, os olhos fechados, sem nenhum sentimento, só movimento. O corpo se alonga, se espreguiça, refulge úmido na meia escuridão – é uma linha tensa e trêmula. Quando abandona os braços de novo se condensa, branca e segura. Ri baixinho, move o longo pescoço de um a outro lado, inclina a cabeça para trás – a relva é sempre fresca, alguém vai beijá-la, coelhos macios e pequenos se agasalham uns nos outros de olhos fechados. – Ri de novo, em leves murmúrios como os da água. Alisa a cintura, os quadris, sua vida.

Imerge na banheira como no mar. Um mundo morno se fecha sobre ela silenciosamente, quietamente. Pequenas bolhas deslizam suaves até se apagarem de encontro ao esmalte. A jovem sente a água pesando sobre seu corpo, para um instante como se lhe tivessem tocado de leve o ombro. Atenta para o que está sentindo, a invasão suave da maré. Que houve? Torna-se uma criatura séria, de pupilas largas e profundas. Mal respira. O que houve? Os olhos abertos e mudos das coisas continuam brilhando entre os vapores. Sobre o mesmo corpo que adivinhou alegria existe água – água. Não, não... Por quê? Seres nascidos no mundo como a água. Agita-se, procura fugir. Tudo – diz devagar como entregando uma coisa, perscrutando-se sem se entender. Tudo. E essa palavra é paz, grave e incompreensível como um ritual. A água cobre seu corpo. Mas o que houve? Murmura baixinho, diz sílabas mornas, fundidas.

O quarto de banho é indeciso, quase morto. As coisas e as paredes cederam, se adoçam e diluem em fumaças. A água esfria ligeiramente sobre sua pele e ela estremece de medo e desconforto.

Quando emerge da banheira é uma desconhecida que não sabe o que sentir. Nada a rodeia e ela nada conhece. Está leve e triste, move-se lentamente, sem pressa por muito tempo. O frio corre com os pezinhos gelados pelas suas costas mas ela não quer brincar, encolhe o torso ferida, infeliz. Enxuga-se sem amor, humilhada e pobre, envolve-se no roupão como em braços mornos. Fechada dentro de si, não querendo olhar, ah, não querendo olhar, desliza pelo corredor – a longa garganta vermelha e escura e discreta por onde afundará no bojo, no tudo. Tudo, tudo, repete misteriosamente. Cerra as janelas do quarto – não ver, não ouvir, não sentir. Na cama silenciosa, flutuante na escuridão, aconchega-se como no ventre perdido e esquece. Tudo é vago, leve e mudo.

Atrás dela alinhavam-se as camas do dormitório do internato. E à frente a janela se abria para a noite.

Descobri em cima da chuva um milagre – pensava Joana – um milagre partido em estrelas grossas, sérias e brilhantes, como um aviso parado: como um farol. O que tentam dizer? Nelas pressinto o segredo, esse brilho é o mistério impassível que ouço fluir dentro de mim, chorar em notas largas, desesperadas e românticas. Meu Deus, pelo menos comunicai-me com elas, fazei realidade meu desejo de beijá-las. De sentir nos lábios a sua luz, senti-la fulgurar dentro do corpo, deixando-o faiscante e transparente, fresco e úmido como os minutos que antecedem a madrugada. Por que surgem em mim essas sedes estranhas? A chuva e as estrelas, essa mistura fria e densa me acordou, abriu as portas de meu bosque verde e sombrio, desse bosque com cheiro de abismo onde corre água. E uniu-o à noite. Aqui, junto à janela, o ar é mais calmo. Estrelas, estrelas, rezo. A palavra estala entre meus dentes em estilhaços frágeis. Porque não vem a chuva dentro de mim, eu quero ser estrela. Purificai-me um pouco e terei a massa desses seres que se guardam atrás da chuva. Nesse momento minha inspiração dói em todo o meu corpo. Mais um instante e ela precisará ser mais do que uma inspiração. E em vez dessa felicidade asfixiante, como um excesso de ar, sentirei nítida a impotência de ter mais do que uma inspiração, de ultrapassá-la, de possuir a própria coisa – e ser realmente uma estrela. Aonde leva a loucura, a loucura. No entanto é a verdade. Que importa que em aparência eu continue nesse momento no dormitório, as outras moças mortas sobre as camas, o corpo imóvel? Que importa o que é realmente?

Na verdade estou ajoelhada, nua como um animal, junto à cama, minha alma se desesperando como só o corpo de uma virgem pode se desesperar. A cama desaparece aos poucos, as paredes do aposento se afastam, tombam vencidas. E eu estou no mundo, solta e fina como uma corça na planície. Levanto-me suave como um sopro, ergo minha cabeça de flor e sonolenta, os pés leves, atravesso campos além da terra, do mundo, do tempo, de Deus. Mergulho e depois emerjo, como de nuvens, das terras ainda não possíveis, ah ainda não possíveis. Daquelas que eu ainda não soube imaginar, mas que brotarão. Ando, deslizo, continuo, continuo... Sempre, sem parar, distraindo minha sede cansada de pousar num fim. – Onde foi que eu já vi uma lua alta no céu, branca e silenciosa? As roupas lívidas flutuando ao vento. O mastro sem bandeira, erecto e mudo fincado no espaço... Tudo à espera da meia-noite... – Estou me enganando, preciso voltar. Não sinto loucura no desejo de morder estrelas, mas ainda existe a terra. E porque a primeira verdade está na terra e no corpo. Se o brilho das estrelas dói em mim, se é possível essa comunicação distante, é que alguma coisa quase semelhante a uma estrela tremula dentro de mim. Eis-me de volta ao corpo. Voltar ao meu corpo. Quando me surpreendo ao fundo do espelho assusto-me. Mal posso acreditar que tenho limites, que sou recortada e definida. Sinto-me espalhada no ar, pensando dentro das criaturas, vivendo nas coisas além de mim mesma. Quando me surpreendo ao espelho não me assusto porque me ache feia ou bonita. É que me descubro de outra qualidade. Depois de não me ver há muito quase esqueço que sou humana, esqueço meu passado e sou com a mesma libertação de fim e de consciência quanto uma coisa apenas viva. Também me surpreende, os olhos abertos para o espelho pálido, de que haja tanta coisa em mim além do conhecido, tanta coisa sempre silenciosa. Por que calada? Essas curvas sob a blusa vivem impunemente? Por que caladas? Minha boca, meio infantil, tão certa de seu destino, continua igual a si mesma apesar de minha distração total. Às vezes, à minha descoberta, segue-se o amor por mim mesma, um olhar constante ao espelho, um sorriso de compreensão para os que me fitam. Período de interrogação ao meu corpo, de gula, de sono, de amplos passeios ao ar livre. Até que uma frase, um olhar – como o espelho – relembram-me surpresa outros segredos, os que me tornam ilimitada. Fascinada mergulho o corpo no fundo do poço, calo todas as suas fontes e sonâmbula sigo por outro caminho. – Analisar instante por instante, perceber o núcleo de cada coisa feita de tempo ou de espaço. Possuir cada momento, ligar a consciência a eles, como pequenos filamentos quase imperceptíveis mas fortes. É a vida? Mesmo assim ela me escaparia. Outro modo de captá-la seria viver. Mas o sonho é mais completo que a realidade, esta me afoga na inconsciência. O que importa afinal: viver ou saber que se está vivendo? – Palavras muito puras, gotas de cristal. Sinto a forma brilhante e úmida debatendo-se dentro de mim. Mas onde está o que quero dizer, onde está o que devo dizer? Inspirai-me, eu tenho quase tudo; eu tenho o contorno à espera da essência; é isso? – O que deve fazer alguém que não sabe o que fazer de si? Utilizar-se como corpo e alma em proveito do corpo e da alma? Ou transformar sua força em força alheia? Ou esperar que de si mesma nasça, como uma consequência, a solução? Nada posso dizer ainda dentro da forma. Tudo o que possuo está muito fundo dentro de mim. Um dia, depois de falar enfim, ainda terei do que viver? Ou tudo o que eu falasse estaria aquém e além da vida? – Tudo o que é forma de vida procuro afastar. Tento isolar-me para encontrar a vida em si mesma. No entanto apoiei-me demais no jogo que distrai e consola e quando dele me afasto, encontro-me bruscamente sem amparo. No momento em que fecho a porta atrás de mim, instantaneamente me desprendo das coisas. Tudo o que foi distancia-se de mim, mergulhando surdamente nas minhas águas longínquas. Ouço-a, a queda. Alegre e plana espero por mim mesma, espero que lentamente me eleve e surja verdadeira diante de meus olhos. Em vez de me obter com a fuga, vejo-me desamparada, solitária, jogada num cubículo sem dimensões, onde a luz e a sombra são fantasmas quietos. No meu interior encontro o silêncio procurado. Mas dele fico tão perdida de qualquer lembrança de algum ser humano e de mim mesma, que transformo essa impressão em certeza de solidão física. Se desse um grito – imagino já sem lucidez – minha voz receberia o eco igual e indiferente das paredes da terra. Sem viver coisas eu não encontrarei a vida, pois? Mas, mesmo assim, na solitude branca e ilimitada onde caio, ainda estou presa entre montanhas fechadas. Presa, presa. Onde está a imaginação? Ando sobre trilhos invisíveis. Prisão, liberdade. São essas as palavras que me ocorrem. No entanto não são as verdadeiras, únicas e insubstituíveis, sinto-o. Liberdade é pouco. O que desejo ainda não tem nome. – Sou pois um brinquedo a quem dão corda e que terminada esta não encontrará vida própria, mais profunda. Procurar tranquilamente admitir que talvez só a encontre se for buscá-la nas fontes pequenas. Ou senão morrerei de sede. Talvez não tenha sido feita para as águas puras e largas, mas para as pequenas e de fácil acesso. E talvez meu desejo de outra fonte, essa ânsia que me dá ao rosto um ar de quem caça para se alimentar, talvez essa ânsia seja uma ideia – e nada mais. Porém – os raros instantes que às vezes consigo de suficiência, de vida cega, de alegria tão intensa e tão serena como o canto de um órgão – esses instantes não provam que sou capaz de satisfazer minha busca e que esta é sede de todo o meu ser e não apenas uma ideia? Além do mais, a ideia é a verdade! grito-me. São raros os instantes. Quando ontem, na aula, repentinamente pensei, quase sem antecedentes, quase sem ligação com as coisas: o movimento explica a forma. A clara noção do perfeito, a liberdade súbita que senti... Naquele dia, na fazenda de titio, quando caí no rio. Antes estava fechada, opaca. Mas, quando me levantei, foi como se tivesse nascido da água. Saí molhada, a roupa colada à pele, os cabelos brilhantes, soltos. Qualquer coisa agitava-se em mim e era certamente meu corpo apenas. Mas num doce milagre tudo se torna transparente e isso era certamente minha alma também. Nesse instante eu estava verdadeiramente no meu interior e havia silêncio. Só que meu silêncio, compreendi, era um pedaço do silêncio do campo. E eu não me sentia desamparada. O cavalo de onde eu caíra, esperava-me junto ao rio. Montei-o e voei pelas encostas que a sombra já invadia e refrescava. Freei as rédeas, passei a mão pelo pescoço latejante e quente do animal. Continuei a passo lento, escutando dentro de mim a felicidade, alta e pura como um céu de verão. Alisei meus braços, onde ainda escorria a água. Sentia o cavalo vivo perto de mim, uma continuação do meu corpo. Ambos respirávamos palpitantes e novos. Uma cor maciamente sombria deitara-se sobre as campinas mornas do último sol e a brisa leve voava devagar. É preciso que eu não esqueça, pensei, que fui feliz, que estou sendo feliz mais do que se pode ser. Mas esqueci, sempre esqueci.

Eu estava sentada na Catedral, numa espera distraída e vaga. Respirava opressa o perfume roxo e frio das imagens. E, subitamente, antes que pudesse compreender o que se passava, como um cataclisma, o órgão invisível desabrochou em sons cheios, trêmulos e puros. Sem melodia, quase sem música, quase apenas vibração. As paredes compridas e as altas abóbadas da igreja recebiam as notas e devolviam-nas sonoras, nuas e intensas. Elas traspassavam-me, entrecruzavam-se dentro de mim, enchiam meus nervos de estremecimentos, meu cérebro de sons. Eu não pensava pensamentos, porém música. Insensivelmente, sob o peso do cântico, escorreguei do banco, ajoelhei-me sem rezar, aniquilada. O órgão emudeceu com a mesma subitaneidade com que iniciara, como uma inspiração. Continuei respirando baixinho, o corpo vibrando ainda aos últimos sons que restavam no ar num zumbido quente e translúcido. E era tão perfeito o momento que eu nada temia nem agradecia e não caí na ideia de Deus. Quero morrer agora, gritava alguma coisa dentro de mim liberta, mais do que sofrendo. Qualquer instante que sucedesse àquele seria mais baixo e vazio. Queria subir e só a morte como um fim me daria o auge sem a queda. As pessoas se levantavam ao meu redor, movimentavam-se. Ergui-me, caminhei para a saída, frágil e pálida.

A MULHER DA VOZ E JOANA

Joana não a olhou mais atentamente senão quando ouviu sua voz. O tom baixo e curvo, sem vibrações, despertou-a. Fitou a mulher com curiosidade. Deveria ter vivido alguma coisa que Joana ainda não conhecera. Não compreendia aquela intonação, tão longe da vida, tão longe dos dias...

Joana lembrou-se de como uma vez, poucos meses depois de casada, dirigira-se ao marido perguntando-lhe qualquer coisa. Estavam na rua. E antes mesmo de terminar a frase, com surpresa de Otávio, ela parara – a testa franzida, o olhar divertido. Ah – descobrira – então ela repetia uma daquelas vozes que ouvira em solteira tantas vezes, sempre vagamente perplexa. A voz de uma mulher jovem junto de seu homem. Como a dela própria que soara naquele instante para Otávio: aguda, vazia, lançada para o alto, com notas iguais e claras. Algo inacabado, extático, um pouco saciado. Tentando gritar... Claros dias, límpidos e secos, voz e dias assexuados, meninos de coro em missa campal. E alguma coisa perdida, encaminhando-se para um brando desespero... Aquele timbre de recém-casada tinha uma história, uma história frágil que passava despercebida da dona da voz, mas não desta.

Desde aquele dia, Joana sentia as vozes, compreendia-as ou não as compreendia. Provavelmente no fim da vida, a cada timbre ouvido, uma onda de lembranças próprias subiria até sua memória, ela diria: quantas vozes eu tive...

Inclinou-se para a mulher. Chegara até ela à procura de uma casa onde morar e agradecia-se ter ido sem o marido porque, sozinha, estava mais livre para observar. E ali, sim, ali estava qualquer coisa que ela não esperara, uma pausa. Mas a outra nem a olhava sequer. Pensando pela cabeça de

Otávio, Joana adivinhou que ele consideraria a mulher apenas vulgar, com aquele nariz grande, pálido e calmo. A criatura explicava as conveniências e inconveniências da casa a alugar, e ao mesmo tempo passeava os olhos pelo chão, pela janela, pela paisagem, sem impaciência, sem interesse. O corpo limpo, os cabelos escuros. Grande, forte. E a voz, voz de terra. Sem chocar-se com nenhum objeto, macia e longínqua como se tivesse percorrido longos caminhos sob o solo até chegar à sua garganta.

– Casada? – perguntou Joana, debruçada sobre ela.

– Viúva, com um filho. – E continuou a destilar seu canto sobre os aluguéis da zona.

– Não, creio que a casa não interessa, é grande demais para um casal, disse Joana apressada, um pouco áspera. Mas – adoçou as palavras, escondeu a avidez – posso visitá-la uma vez ou outra para conversarmos?

A outra não se surpreendeu. Alisou com uma das mãos a cintura engrossada pela maternidade e pela lentidão de movimentos:

– Acho que vai ser difícil... Vou visitar amanhã meu filho. É casado. Vou viajar...

Sorria sem alegria, sem emoção. Apenas: vou viajar. O que interessava àquela mulher? – indagava-se Joana. Teria um amante...

– Vive só, a senhora? – perguntou-lhe.

– Minha irmã mais moça foi ser irmã de caridade. Moro com a outra.

– Não é triste viver sem um homem na casa? – prosseguiu Joana.

– Acha? – retrucou a mulher.

– Estou perguntando se a senhora acha e não eu. Sou casada, ajuntou Joana, tentando dar um ar íntimo à conversa.

– Ah, eu não acho triste não. – E sorria sem cor. – Bem, vou lhe pedir licença para me despedir, já que não lhe interessa a casa. Preciso lavar umas peças de roupa antes de tomar minha fresca na janela.

Joana prosseguiu seu caminho humilhada. Débil mental, sem dúvida... Mas a voz? Não pôde libertar-se dela durante todo o resto da tarde.

Sua imaginação corria em busca do sorriso da mulher, de seu corpo largo e quieto. Ela não tinha história, descobriu Joana devagar. Porque se lhe aconteciam coisas, estas não eram ela e não se misturavam à sua verdadeira existência. O principal – incluindo o passado, o presente e o futuro – é que estava viva. Esse o fundo da narrativa. Às vezes esse fundo aparecia apagado, de olhos cerrados, quase inexistente. Mas bastava uma pequena pausa, um pouco de silêncio, para ele agigantar-se e surgir em primeiro plano, os olhos abertos, o murmúrio leve e constante como o de água entre pedras. Por que descrever mais do que isso? É certo que lhe aconteciam coisas vindas de fora. Perdeu ilusões, sofreu alguma pneumonia. Aconteciam-lhe coisas. Mas apenas vinham adensar ou enfraquecer o murmúrio do seu centro. Por que contar fatos e detalhes se nenhum a dominava afinal? E se ela era apenas a vida que corria em seu corpo sem cessar?

Nunca suas interrogações foram inquietas à procura de resposta – continuou Joana descobrindo. Nasciam mortas, sorridentes, amontoavam-se sem desejo nem esperanças. Ela não tentava qualquer movimento para fora de si.

Muitos anos de sua existência gastou-os à janela, olhando as coisas que passavam e as paradas. Mas na verdade não enxergava tanto quanto ouvia dentro de si a vida. Fascinara-a o seu ruído – como o da respiração de uma criança tenra –, o seu brilho doce – como o de uma planta recém-nascida. Ainda não se cansara de existir e bastava-se tanto que às vezes, de grande felicidade, sentia a tristeza cobri-la como a sombra de um manto, deixando-a fresca e silenciosa como um entardecer. Ela nada esperava. Ela era em si, o próprio fim.

Uma vez dividiu-se, inquietou-se, passou a sair e a procurar-se. Foi a lugares onde se encontravam homens e mulheres. Todos disseram: felizmente despertou, a vida é curta, precisa-se aproveitar, antes ela era apagada, agora é que é gente. Ninguém sabia que ela estava sendo infeliz a ponto de precisar buscar a vida. Foi então que escolheu um homem, amou-o e o amor veio adensar-lhe o sangue e o mistério. Deu à luz um filho, o marido morreu depois de fecundá-la. Ela continuou e desenvolvia-se muito bem. Juntou todos os seus pedaços e não procurou mais as pessoas. Reencontrou a janela onde se instalava em companhia de si mesma. E agora, mais do que sempre, nunca se vira uma coisa ou uma criatura mais feliz e mais completa. Apesar de que muitos a olhavam com complacência, achando-a fraca. Pois seu espírito era tão forte que nunca ela deixara de almoçar ou jantar muito bem, sem excesso de prazer aliás. Nada do que diziam lhe importava, assim como os acontecimentos, e tudo deslizava sobre ela e ia perder-se em águas outras que não as interiores.

Um dia, depois de viver sem tédio muitos iguais, viu-se diferente de si mesma. Estava cansada. Andou de um lado para outro. Ela própria não sabia o que queria. Pôs-se a cantar baixinho, com a boca fechada. Depois cansou-se e passou a pensar em coisas. Mas não o conseguia inteiramente. Dentro de si algo tentava parar. Ficou esperando e nada vinha dela para ela. Vagarosamente entristeceu de uma tristeza insuficiente e por isso duplamente triste. Continuou a andar por vários dias e seus passos soavam como o cair de folhas mortas no chão. Ela mesma estava interiormente forrada de cinzento e nada enxergava em si senão um reflexo, como gotas esbranquiçadas a escorrerem, um reflexo de seu ritmo antigo, agora lento e grosso. Então soube que estava esgotada e pela primeira vez sofreu porque realmente dividira-se em duas, uma parte diante da outra, vigiando-a, desejando coisas que esta não podia mais dar. Na verdade ela sempre fora duas, a que sabia ligeiramente que era e a que era mesmo, profundamente. Apenas até então as duas trabalhavam em conjunto e se confundiam. Agora a que sabia que era trabalhava sozinha, o que significava que aquela mulher estava sendo infeliz e inteligente. Tentou num último esforço inventar alguma coisa, um pensamento, que a distraísse. Inútil. Ela só sabia viver.

Até que a ausência de si mesma acabou por fazê-la cair dentro da noite e pacificada, escurecida e fresca, começou a morrer. Depois morreu docemente, como se fosse um fantasma. Não se sabe de mais nada porque ela morreu. Adivinha-se apenas que no fim ela também estava sendo feliz como uma coisa ou uma criatura podem ser. Porque ela nascera para o essencial, para viver ou morrer. E o intermediário era-lhe o sofrimento. Sua existência foi tão completa e tão ligada à verdade que provavelmente na hora de entregar-se e findar, teria pensado, se tivesse o hábito de pensar: eu nunca fui. Também não se sabe o que se fez dela. A uma vida tão bela deve ter-se seguido uma morte bela também. Certamente hoje é grãos de terra. Olha para cima, para o céu, durante todo o tempo. Às vezes chove, ela fica cheia e redonda nos seus grãos. Depois vai secando com o estio e qualquer vento a dispersa. Ela é eterna agora.

Depois de um instante de absorção, Joana percebeu que a invejara, aquele ser meio morto que lhe sorrira e falara num tom de voz desconhecido. Sobretudo, pensou ainda, compreende a vida porque não é suficientemente inteligente para não compreendê-la. Mas de que valia qualquer raciocínio... Se se subisse ao ponto de entendê-la, sem enlouquecer no entanto, não se poderia conservar o conhecimento como conhecimento mas transformá-lo-iam em atitude, em atitude de vida, único modo de possuí-lo e exprimi-lo integralmente. E essa atitude não seria muito diversa daquela na qual repousava a mulher da voz. Eram tão pobres os caminhos da ação.

Teve um rápido movimento com a cabeça, impaciente. Pegou num lápis, num papel, rabiscou em letra intencionalmente firme: “A personalidade que ignora a si mesma realiza-se mais completamente.” Verdade ou mentira? Mas de certo modo vingara-se jogando sobre aquela mulher entumescida de vida seu pensamento frio e inteligente.

... OTÁVIO...

"De profundis." Joana esperou que a ideia se tornasse mais clara, que subisse das névoas aquela bola brilhante e leve que era o germe de um pensamento. "De profundis." Sentia-o vacilar, quase perder o equilíbrio e mergulhar para sempre em águas desconhecidas. Ou senão, a momentos, afastar as nuvens e crescer trêmulo, quase emergir completamente... Depois o silêncio.

Fechou os olhos, vagarosamente foi descansando. Quando os abriu recebeu um pequeno choque. E durante longos e profundos segundos soube que aquele trecho de vida era uma mistura do que já vivera com o que ainda viveria, tudo fundido e eterno. Estranho, estranho. A luz alaranjada das 9 horas, aquela impressão de intervalo, um piano longínquo insistindo nas notas agudas, seu coração batendo apressado de encontro ao calor da manhã e, atrás de tudo, feroz, ameaçador, o silêncio latejando grosso e impalpável. Tudo desvaneceu-se. O piano interrompeu a insistência nas últimas notas e após um instante de repouso retomou docemente alguns sons do meio, em melodia nítida e fácil. E em breve ela não saberia dizer se a impressão da manhã fora verdadeira ou se apenas uma ideia. Deteve-se atenta para reconhecê-la... Um súbito cansaço confundiu-a um instante. Os nervos abandonados, o rosto relaxado, sentiu uma leve onda de ternura por si mesma, de quase agradecimento, embora não soubesse por quê. Por um minuto pareceu-lhe que já vivera e que estava no fim. E logo em seguida, que tudo fora branco até agora, como um espaço vazio, e que ouvia longínqua e surdamente o fragor da vida se aproximando, densa, caudalosa e violenta, as ondas altas rasgando o céu, aproximando-se, aproximando-se... para submergi-la, para submergi-la, afogá-la asfixiando-a...

Caminhou para a janela, estendeu os braços para fora e esperou inutilmente que um pouco de brisa viesse alisá-los. Ficou assim esquecida por longo tempo. Conservava os ouvidos entrefechados por uma contração dos músculos do rosto, os olhos cerrados mal deixando passar a luz, a cabeça projetada para frente. Aos poucos conseguiu realmente isolar-se. Esse estado meio inconsciente, onde parecia-lhe mergulhar profundamente em ar morno, cinzento... Pôs-se diante do espelho e entre dentes, os olhos ardendo de ódio:

– E agora?

Não pôde deixar de notar seu próprio rosto, pequeno e aceso. Com ele distraiu-se um instante, esquecendo a raiva. Justamente sempre acontecia uma pequena coisa que a desviava da torrente principal. Era tão vulnerável. Odiava-se por isso? Não, odiar-se-ia mais se já fosse um tronco imutável até a morte, apenas capaz de dar frutos mas não de crescer dentro de si mesma. Desejava ainda mais: renascer sempre, cortar tudo o que aprendera, o que vira, e inaugurar-se num terreno novo onde todo pequeno ato tivesse um significado, onde o ar fosse respirado como da primeira vez. Tinha a sensação de que a vida corria espessa e vagarosa dentro dela, borbulhando como um quente lençol de lavas. Talvez se amasse... E se, pensou longinquamente, de súbito um clarim cortasse com seu som agudo aquela manta da noite e deixasse a campina livre, verde e extensa... E então cavalos brancos e nervosos com movimentos rebeldes de pescoço e pernas, quase voando, atravessassem rios, montanhas, vales... Neles pensando, sentia o ar fresco circular dentro de si próprio como saído de alguma gruta oculta, úmida e fresca no meio do deserto.

Mas em breve voltou a si mesma, numa queda vertical. Examinou os braços, as pernas. Lá estava ela. Lá estava ela. Mas era preciso se distrair, pensou com dureza e ironia. Com urgência. Pois não morreria? Riu alto e olhou-se rapidamente ao espelho para observar o efeito do riso no rosto. Não, não o aclarava. Parecia uma gata selvagem, os olhos ardendo acima das faces incendiadas, pontilhadas de sardas escuras de sol, os cabelos castanhos despenteados sobre as sobrancelhas. Enxergava em si púrpura sombria e triunfante. O que fazia com que brilhasse tanto? O tédio... Sim, apesar de tudo havia fogo sob ele, havia fogo mesmo quando representava a morte. Talvez isso fosse o gosto de viver.

De novo a inquietação tomou-a, pura, sem raciocínios. Ah, talvez eu deva andar, talvez... Fechou os olhos um instante, permitindo-se o nascimento de um gesto ou de uma frase sem lógica. Fazia sempre isso, confiava em que no fundo, embaixo das lavas, houvesse um desejo já dirigido para um fim. Às vezes, quando por um mecanismo especial, do mesmo modo como se desliza para o sono, fechava as portas da consciência e se deixava agir ou falar, recebia surpreendida – porque a percepção do gesto vinha-lhe apenas no momento de sua execução – uma bofetada de suas próprias mãos em seu próprio rosto. Às vezes ouvia palavras estranhas e loucas de sua própria boca. Mesmo sem entendê-las, elas deixavam-na mais leve, mais liberta. Repetiu a experiência, os olhos cerrados.

E de lá do fundo de si mesma, após um momento de silêncio e abandono, subiu, a princípio pálido e vacilante, depois cada vez mais forte e doloroso: das profundezas chamo por vós... das profundezas chamo por vós... das profundezas chamo por vós... Permaneceu ainda uns instantes parada, o rosto sem expressão, lasso e cansado como se ela tivesse tido um filho. Aos poucos foi renascendo, abriu os olhos vagarosamente e voltou à luz do dia. Frágil, respirando de leve, feliz como uma convalescente que recebesse a primeira brisa.

Então começou a pensar que na verdade rezara. Ela não. Alguma coisa mais do que ela, de que já não tinha consciência, rezara. Mas não queria orar, repetiu-se mais uma vez fracamente. Não queria porque sabia que esse seria o remédio. Mas um remédio como a morfina que adormece qualquer espécie de dor. Como a morfina de que se precisa cada vez mais de maiores doses para senti-la. Não, ainda não estava tão esgotada que desejasse covardemente rezar em vez de descobrir a dor, de sofrê-la, de possuí-la integralmente para conhecer todos os seus mistérios. E mesmo se rezasse... Terminaria num convento, porque para sua fome quase toda a morfina seria pouca. E isto seria a degradação final, o vício. No entanto, por um caminho natural, se não buscasse um deus exterior terminaria por endeusar-se, por explorar sua própria dor, amando seu passado, buscando refúgio e calor em seus próprios pensamentos, então já nascidos com uma vontade de obra de arte e depois servindo de alimento velho nos períodos estéreis. Havia o perigo de se estabelecer no sofrimento e organizar-se dentro dele, o que seria um vício também e um calmante.

O que fazer então? O que fazer para interromper aquele caminho, conceder-se um intervalo entre ela e ela mesma, para mais tarde poder reencontrar-se sem perigo, nova e pura?

O que fazer?

O piano foi atacado deliberadamente em escalas fortes e uniformes. Exercícios, pensou. Exercícios... Sim, descobriu divertida... Por que não? Por que não tentar amar? Por que não tentar viver?

Música pura desenvolvendo-se numa terra sem homens, sonhava Otávio. Movimentos ainda sem adjetivos. Inconscientes como a vida primitiva que pulsa nas árvores cegas e surdas, nos pequenos insetos que nascem, voam, morrem e renascem sem testemunhas. Enquanto a música volteia e se desenvolve, vivem a madrugada, o dia forte, a noite, com uma nota constante na sinfonia, a da transformação. É a música sem apoio em coisas, em espaço ou tempo, da mesma cor que a vida e a morte. Vida e morte em ideia, isoladas do prazer e da dor. Tão distantes das qualidades humanas que poderiam se confundir com o silêncio. O silêncio, porque essa música seria a necessária, a única possível, projeção vibrante da matéria. E do mesmo modo por que não se entende a matéria e não se a percebe até que os sentidos com ela se choquem, não se ouviria sua música.

E depois? – pensou. Fechar os olhos e ouvir a minha própria que se escoa vagarosa e turva como um rio barrento. A covardia é morna e eu a ela me resigno, depondo todas as armas de herói que vinte e sete anos de pensamento me concederam. O que sou hoje, nesse momento? Uma folha plana, muda, caída sobre a terra. Nenhum movimento de ar balançando-a. Mas respirando para não se acordar. Mas por que, sobretudo por que não usar as palavras próprias e enovelar-me, aconchegar-me em imagens? Por que me chamar de folha morta quando sou apenas um homem de braços cruzados?

Novamente, no meio do raciocínio inútil, veio-lhe um cansaço, um sentimento de queda. Orar, orar. Ajoelhar-se diante de Deus e pedir. O quê? A absolvição. Uma palavra tão larga, tão cheia de sentidos. Não era culpado – ou era? de quê? sabia que sim, porém continuou com o pensamento – não era culpado, mas como gostaria de receber a absolvição. Sobre a testa os dedos largos e gordos de Deus, abençoando-o como um bom pai, um pai feito de terra e de mundo, contendo tudo, tudo, sem deixar de possuir uma partícula sequer que mais tarde pudesse lhe dizer: sim, mas eu não lhe perdoei! Cessaria então aquela acusação muda que todas as coisas aconchegavam contra ele.

O que pensava afinal? Há quanto tempo brincava consigo mesmo imóvel? Teve um gesto qualquer.

Prima Isabel entrou. "Bendito, bendito, bendito", dizia seu olhar apressado e míope, ansioso por se retirar. Só abandonava aquele ar de estrangeira quando se sentava ao piano. Otávio encolheu-se como em pequeno. Ela então sorria, era humana, chegava a perder o ar perfurador. Adquiria uma qualidade plana, mais fácil. Sentada ao piano, os lábios enfarinhados e velhos, tocava Chopin, Chopin, sobretudo todas as valsas.

– Os dedos ficaram duros, dizia orgulhosa de tocar de cor. Falando, movia a cabeça para trás num jeito subitamente coquete, de dançarina de café. Otávio corava. Prostituta, pensava, e apagava imediatamente a palavra com um movimento doloroso. Mas como ousava? Lembrava-se de seu rosto inclinado atentamente sobre ele, cuidando de suas dores de estômago. Detesto-a por isso mesmo, pensava sem lógica. E era sempre tarde: o pensamento antecedia-o. Prostituta – como se batesse em si mesmo com um chicote. No entanto, mesmo quando se arrependia, voltava a pecar. Quantas vezes, em criança, um instante antes de adormecer, subitamente tinha consciência de que prima Isabel estava na cama, insone, talvez sentada, os cabelos grisalhos em trança, a camisola de pano grosso fechada como a de uma virgem. Sentia o remorso como um ácido espalhar-se pelo interior do corpo. Mas cada vez mais odiava-a por não poder amá-la.

Ela não conseguia dar mais aquela antiga suavidade entre uma nota e outra, como um desmaio. Um som prendia-se ao outro, áspero, sincopado, e as valsas explodiam fracas, saltitantes e falhadas. Às vezes as badaladas espaçadas e ocas do velho relógio vinham dividir a música em compassos assimétricos. Otávio ficava à espreita da pancada seguinte, o coração em sobressalto. Como se elas precipitassem todas as coisas numa dança muda e docemente maluca. Aquelas batidas cortando implacáveis a música, sempre no mesmo tom, frio e sorridente, arremessavam-no para dentro de si como num vácuo sem apoio. Espiava as costas duras de sua tia, suas mãos – dois animais escuros pulando sobre as teclas amarelas do piano. Ela se voltava e dizia-lhe, concedendo a frase por pura euforia, levemente, como quem joga flores:

– Que é que você tem? Vou tocar uma coisa mais alegre...

Vinha uma daquelas valsas de salão, ingênuas e nervosas, as quais não se lembrava de ter ouvido mas que se uniam misteriosamente a velhos trechos em sua memória.

– Isso não, prima, isso não...

Era cômico demais. Ele tinha medo. Pedir perdão por não se extasiar diante de sua música, pedir perdão por achá-la insuportável desde pequeno, com aquele seu cheiro de panos velhos, de joias guardadas, quando a via preparar o "seu chazinho contra dores", quando ela lhe prometia tocar uma coisa muito bonita se ele estudasse bastante. Reviu-a saindo de casa, o pó branco e leve sobre a pele cinzenta, o grande decote redondo descobrindo o pescoço onde as veias arquejavam, trágicas. Os sapatinhos rasos de menina, o guarda-chuva usado com aterrorizante desenvoltura, como bengala. Pedir perdão por desejar – não, não! – que ela enfim morresse. – Estremeceu, começou a suar. Mas eu não tenho culpa! Oh! ir embora, fazer o plano do livro de direito civil, afastar-se daquele mundo horrível, repugnantemente íntimo e humano.

– Então lá vai "Gorjeio da Primavera"... – disse prima Isabel.

Sim, sim. Eu quero a primavera... Ajudai-me. Eu sufoco. A primavera ridícula era ainda mais primavera e alegria.

– Essa música parece uma rosa azul, disse ela voltada a meio em sua direção, sorrindo levemente maliciosa. No rosto seco e rugoso repentinamente, um veio d'água no deserto, os dois pequenos brilhantes tremiam de suas orelhas murchas, duas pequenas gotas úmidas, cintilantes. Ah, eram excessivamente frescas e voluptuosas... A velha possuía bens. Mas se usava os pendentes era por uma razão que ele nunca soubera: ela própria comprara as pedras, mandara engastá-las em brincos, carregava-os como dois fantasmas sob os cabelos grisalhos e arrepiados.

Essa música parece uma rosa azul, dissera bem consciente de que só ela podia compreender. Por experiência ele sabia que deveria perguntar-lhe o significado da frase e pacientemente dar-lhe o prazer de responder, mordendo o lábio inferior:

– Ah, isso é cá comigo.

Dessa vez no entanto o antigo jogo emocionante não se realizou. Apenas ele evitou olhar para a velha e encontrar seu desapontamento. Levantou-se e foi bater no quarto da noiva.

Ela cosia perto da janela. Fechou a porta, trancou-a a chave, ajoelhou-se perto dela. Encostou a cabeça no seu seio e de novo aspirou aquele perfume morno e adocicado de rosas velhas. Ela continuava a sorrir, ausente, quase misteriosa, como se prestasse ouvido ao rolar suave de um rio dentro de seu peito.

– Otávio, Otávio, disse ela com sua voz doce e longínqua.

Nenhum dos habitantes daquela casa, nem a prima solteirona, nem Lídia, nem os criados, viviam – pensou Otávio. Mentira, retrucou-se: só ele estava morto. Mas continuou: fantasmas, fantasmas. As vozes distantes, nenhuma espera, a felicidade.

– Lídia, disse, me perdoe.

– Mas o quê? – espantou-se ela discretamente.

– Tudo.

Vagamente ela achou que deveria concordar e silenciou. Otávio, Otávio. Tão mais fácil falar com as outras criaturas. Se não o quisesse tanto, como seria difícil suportar toda aquela incompreensão da parte dele. Só se entendiam quando se beijavam, quando Otávio encostava a cabeça assim, no seu seio. Mas a vida era mais longa, pensava assustada. Haveria momentos em que olharia de frente para ele sem que sua mão pudesse alcançar a dele. E então – o silêncio pesando. Estaria sempre separado dela e apenas se comunicariam nos instantes destacados – nas horas de muita vida e nas horas de ameaça de morte. Mas não bastava, não bastava... A vida em comum era necessária exatamente para viver os outros momentos, pensava assustada, raciocinando com esforço. A Otávio só poderia dizer as palavras imprescindíveis, como se ele fosse um deus com pressa. Se se alongava numa daquelas conversas vagarosas e sem objetivo, que lhe davam tanto prazer, notava-lhe a impaciência ou senão o rosto excessivamente paciente, heroico. Otávio, Otávio... O que fazer? Sua aproximação era um toque mágico, transformava-a num ser realmente vivo, cada fibra respirando cheia de sangue. Ou senão não a agitava. Adormecia-a como se viesse simplesmente, quietamente, aperfeiçoá-la.

Sabia que era inútil resolver sobre o próprio destino. Amava Otávio desde o momento em que ele a quisera, desde pequenos, sob o olhar alegre da prima. E sempre o amaria. Inútil seguir por outros caminhos, quando para um só seus passos a guiavam. Mesmo quando ele a feria, ela se refugiava nele contra ele. Ela era tão fraca. Em vez de sofrer ao reconhecer sua fraqueza, alegrava-se: sabia vagamente, sem se explicar, que desta é que vinha o seu apoio para Otávio. Sentia que ele sofria, que escondia alguma coisa viva e doente na sua alma e que ela só poderia ajudá-lo usando de toda a passividade que dormia em seu ser.

Às vezes revoltava-se longinquamente: a vida é longa... Temia os dias, um atrás do outro, sem surpresas, de puro devotamento a um homem. A um homem que disporia de todas as forças da mulher para sua própria fogueira, num sacrifício sereno e inconsciente de tudo o que não fosse sua própria personalidade. Era uma falsa revolta, uma tentativa de libertação que vinha sobretudo com muito medo de vitória. Procurava durante alguns dias tomar uma atitude de independência, o que só realizava com um pouco de sucesso pela manhã, quando acordava, ainda sem ter visto o homem. Bastava sua presença, apenas pressentida, para toda ela anular-se e ficar à espera. À noite, sozinha no quarto, queria-o. Todos os seus nervos, todos os seus músculos doentes. Resignou-se pois. A resignação era doce e fresca. Nascera para ela.

Otávio espiou-lhe os cabelos escuros, presos modestamente atrás das orelhas grandes e feias. Espiou-lhe o corpo grosso e firme, como um tronco, as mãos sólidas e bonitas. E, de novo, como o refrém mole de uma canção, repetiu-se: "O que me liga a ela?" Tinha pena de Lídia, sabia que, mesmo sem motivo, mesmo sem conhecer outra mulher, embora ela fosse a única, ele a abandonaria alguma vez. No dia seguinte até. Por que não?

– Sabe? – disse – sonhei essa noite com você.

Ela abriu os olhos, iluminando-se toda:

– Mesmo? O quê?

– Sonhei que íamos os dois por um campo cheio de flores, que eu colhia lírios para você, que você estava toda de branco.

– Mas que sonho bonito...

– Sim, bem bonito.

– Otávio.

– Sim?...

– Você não se incomoda que eu pergunte? Quando vamos casar? Não há nada que nos impeça... Preciso saber por causa do enxoval.

– Só por isso?

Ela corou, contente em poder falar de alguma coisa que a enfeitasse. Tentou desajeitada mostrar-se faceira:

– É por isso e... mesmo porque eu não queria esperar. É tão difícil.

– Entendo. Mas não sei quando.

– Mas por que não imediatamente? Você precisava resolver... Há tanto tempo que...

De repente Otávio ergueu-se e disse:

– Você sabe que é mentira? Que eu não sonhei com você?

Ela olhou-o espantada, pálida.

– Você está brincando...

– Não, estou falando sério. Não sonhei com você.

– Sonhou com quem?

– Com ninguém. Dormi de um sono só, sem sonhos.

Ela retomou a costura.

Joana passou a mão pelo ventre estufado da cachorra, alisando-o com suas mãos finas. Deteve-se ligeiramente atenta.

– Ela está grávida – disse.

E havia qualquer coisa no seu olhar, nas suas mãos apalpando o corpo da cachorra que a ligava diretamente à realidade desnudando-a. Como se ambas formassem um só bloco, sem descontinuidade. A mulher e a cadela ali estavam, vivas e nuas, com algo de feroz na comunhão. Fala com uma justeza de termos que horroriza, pensou Otávio com mal-estar, sentindo-se repentinamente inútil e afeminado. E era apenas a primeira vez em que a via.

Nela havia uma qualidade cristalina e dura que o atraía e repugnava-lhe simultaneamente, notou ele. Até o modo como andava. Sem ternura e gosto pelo próprio corpo, mas jogando-o como uma afronta aos olhos de todos, friamente. Otávio observava-a mover-se e refletia que nem fisicamente era a mulher de quem ele gostaria. Preferia corpos pequenos, acabados, sem intenções. Ou grandes, como o da noiva, fixos, mudos. O que ele lhes dissesse seria o bastante. Aquelas linhas de Joana, frágeis, um esboço, eram inconfortáveis. Cheias de sentido, de olhos abertos, incandescentes. Não era bonita, fina demais. Mesmo sua sensualidade deveria ser diferente da dele, excessivamente luminosa.

Otávio procurava, desde o instante em que a conhecera, não perder nenhum de seus detalhes, dizendo-se: que não se cristalize em mim qualquer sentimento terno; preciso enxergá-la bem. Mas, como se adivinhasse seu exame, Joana se voltava para ele no momento preciso, sorridente, fria, pouco passiva. E tolamente ele agia, falava, confuso e apressado em obedecer-lhe. Em vez de obrigá-la a revelar-se e assim destruir-se no seu poder. E apesar daquele ar de quem ignorava as coisas mais comuns, como logo no primeiro encontro ela o precipitara em si mesmo! Jogara-o na intimidade dele próprio, esquecendo friamente as pequenas e cômodas fórmulas que o sustentavam e lhe facilitavam a comunicação com as pessoas.

Joana contou-lhe...

... O velho foi-se aproximando, a balançar o corpo gordo, o crânio liso. Chegou-se junto dela, os lábios em forma de muxoxo, os olhos arredondados, a voz chorosa. Disse, imitando o tatibitate infantil:

– Machuquei aqui... Tá dodói... Botei remedinho, já tá melhorzinho...

Revirou os olhos e num momento as gorduras tremeram, o brilho dos lábios molhados e frouxos fulgurou docemente. Joana inclinou-se um pouco e viu suas gengivas vazias.

– Não diz que tem pena de mim?

Ela olhava-o séria. Ele não estranhou:

– Não diz nem "tadinho"?

Era de uma pessoa se torcer de riso e de perplexidade vê-lo baixinho, o traseiro saliente, os grandes olhos atentos, numa larga continência trêmula. Ficou ainda silenciosa. Depois, devagar, no mesmo tom:

– Coitadinho.

Ele riu, considerou finda a brincadeira e voltou as costas para a porta. Joana acompanhou-o com o olhar, inclinou-se um pouco para alcançá-lo todo com a vista, mal ele se afastou da mesa. Encarava-o erecta e fria, os olhos abertos, claros. Olhou para a mesa, procurou um instante, pegou num livro pequeno e grosso. No momento em que ele punha a mão no trinco, recebeu-o na nuca, com toda a força. Voltou-se instantaneamente, a mão na cabeça, com os olhos arregalados de dor e de espanto. Joana continuava na mesma posição. Bem, pensava ela, agora já perdeu aquele ar repugnante. Um velho só deveria sofrer.

Disse, a voz alta e simpática:

– Perdoe. Uma pequena lagartixa ali, em cima da porta. – Pequena pausa. – Errei na pontaria.

O velho continuou a olhá-la, sem compreender. Depois um vago terror apossou-se dele diante daquele rosto sorridente:

– Até logo... Não foi nada... – Meu Deus! – Até logo...

Quando a porta fechou-se, ela ficou ainda um tempo com o sorriso no rosto. Alçou os ombros ligeiramente. Foi à janela, o olhar cansado e vazio:

– Talvez eu deva ouvir música.

– Sim, é verdade, joguei o livro em cima dele, respondeu Joana à pergunta de Otávio.

Ele procurou triunfar:

– Mas você não contou isso ao velho!

– Não, eu menti.

Otávio olhou-a, procurou em vão algum remorso, algum sinal de confissão.

– Só depois de viver mais ou melhor, conseguirei a desvalorização do humano, dizia-lhe Joana às vezes. Humano – eu. Humano – os homens individualmente separados. Esquecê-los porque com eles minhas relações apenas podem ser sentimentais. Se eu os procuro, exijo ou dou-lhes o equivalente das velhas palavras que sempre ouvimos, "fraternidade", "justiça". Se elas tivessem um valor real, seu valor não estaria em ser cume, mas base de triângulo. Seriam a condição e não o fato em si. Porém terminam ocupando todo o espaço mental e sentimental exatamente porque são impossíveis de se realizar, são contra a natureza. São fatais, apesar de tudo, no estado de promiscuidade em que se vive. Nesse estado transforma-se o ódio em amor, que nunca passa na verdade de procura de amor, jamais obtido senão em teoria, como no cristianismo.

Oh, poupe-me, gritava Otávio. Ela quisera parar mas o cansaço e a excitação da presença do homem aguçavam-lhe a mente e as palavras rolavam sem cessar.

– É difícil tal desvalorização do humano, continuava, difícil fugir dessa atmosfera de fracasso de revolução – a adolescência –, de solidariedade com os homens na mesma impotência de conseguir. No entanto como seria bom construir alguma coisa pura, liberta do falso amor sublimizado, liberta do medo de não amar... Medo de não amar, pior do que o medo de não ser amado...

Oh, poupe-me, ouvia Joana no silêncio de Otávio. Mas ao mesmo tempo ela gostava de pensar alto, de desenvolver um raciocínio sem plano, seguindo-se apenas. Às vezes mesmo, por puro prazer, inventava reflexões: se uma pedra cai, essa pedra existe, houve uma força que fez com que ela caísse, um lugar de onde ela caiu, um lugar onde ela caiu, um lugar por onde ela caiu – acho que nada escapou à natureza do fato, a não ser o próprio mistério do fato. Mas agora ela falava também porque não sabia dar-se e porque sobretudo apenas pressentia, sem entender, que Otávio poderia abraçá-la e dar-lhe paz.

– Uma noite, mal me deitara, disse-lhe ela, uma das pernas da cama partiu-se jogando-me ao chão. Depois de um movimento de cólera, porque nem ao menos tinha sono bastante para dispensar o conforto, pensei subitamente: por que motivo uma cama inteira, e não uma quebrada? Deitei-me e em breve dormia...

Ela não era bonita. Às vezes como que o espírito a abandonava e então revelava-se o que, por uma vigilância sobre-humana – imaginava Otávio –, jamais se descobria. No rosto que então surgia, os traços limitados e pobres não tinham beleza própria. Nada restava do antigo mistério senão a cor da pele, creme, sombria, fugitiva. Se os instantes de abandono prolongavam-se e se sucediam, então ele via assustado a feiura, e mais que a feiura, uma espécie de vileza e brutalidade, alguma coisa cega e inapelável dominar o corpo de Joana como numa decomposição. Sim, sim, talvez subisse então à superfície alguma coisa liberta do medo de não amar.

– Sim, eu sei, continuava Joana. A distância que separa os sentimentos das palavras. Já pensei nisso. E o mais curioso é que no momento em que tento falar não só não exprimo o que sinto como o que sinto se transforma lentamente no que eu digo. Ou pelo menos o que me faz agir não é, seguramente, o que eu sinto mas o que eu digo.

Ela falara do velho, falara da gravidez da cadela mal ele a conhecera e de repente, assustado, ele se sentira como depois de uma confissão, como se tivesse dito àquela estranha toda a sua vida. Que vida? A que se debatia dentro dele e que não era nada, repetiu-se com medo de surgir aos próprios olhos como grandioso e cheio de responsabilidades. – Ele nada era, nada era e nada precisava pois fazer, repetia-se, os olhos mentalmente fechados. – Como se tivesse contado a Joana o que não sentia senão no escuro. E o mais surpreendente de tudo: como se ela tivesse escutado e risse depois, perdoando – não como Deus, mas como o diabo –, abrindo-lhe portas largas para a passagem!

Sobretudo no momento em que a tocara, compreendera: o que se seguisse entre eles seria irremediável. Porque quando a abraçara, sentira-a viver subitamente em seus braços como água correndo. E vendo-a tão viva, entendera esmagado e secretamente contente que se ela o quisesse ele nada poderia fazer... No momento em que finalmente a beijara sentira-se ele próprio de repente livre, perdoado além do que ele sabia de si mesmo, perdoado no que estava sob tudo o que ele era...

Daí em diante não havia escolha. Caíra vertiginosamente de Lídia para Joana. Sabendo disso ajudava-se a amá-la. Não era difícil. Uma vez ela se distraíra olhando pelo vidro da janela, lábios soltos, esquecida de si mesma. Ele a chamara e o modo suave e abandonado como ela voltava a cabeça e dissera: hein...?, fizera-o cair dentro de si mesmo, mergulhando numa tonta e escura onda de amor. Otávio voltara então o rosto para o lado, não querendo vê-la.

Poderia amá-la, poderia tomar a nova e incompreensível aventura que ela lhe oferecia. Mas continuava agarrado ao primeiro impulso que o jogara contra ela. Não era como mulher, não era assim, cedida, que ele a queria... Precisava-a fria e segura. Para que ele pudesse dizer como em pequeno, refugiado e quase vitorioso: a culpa não é minha...

Casariam, ver-se-iam minuto por minuto e que ela fosse pior que ele. E forte, para ensinar-lhe a não ter medo. Nem mesmo o medo de não amar... Ele a queria não para fazer sua vida como ela, mas para que ela lhe permitisse viver. Viver sobre si mesmo, sobre seu passado, sobre as pequenas vilezas que cometera covardemente e a que covardemente continuava unido. Otávio pensava que ao lado de Joana poderia continuar a pecar.

Quando Otávio a beijara, segurara-lhe as mãos, apertando-as contra seu seio, Joana mordera os lábios a princípio cheia de raiva porque ainda não sabia com que pensamento vestir aquela sensação violenta, como um grito, que lhe subia do peito até entontecer a cabeça. Olhou-o sem vê-lo, os olhos nublados, o corpo sofredor. Precisavam despedir-se. Afastou-se bruscamente e foi embora sem se voltar para trás, sem saudade.

No quarto, já despida sobre a cama, não conseguia adormecer. Seu corpo pesava-lhe, existia além dela mesma como um estranho. Sentia-o palpitante, aceso. Fechou a luz e os olhos, tentou fugir, dormir. Mas continuou por longas horas a perscrutar-se, a vigiar o sangue que se arrastava grosso pelas suas veias como um animal bêbedo. E a pensar. Como não se conhecia até então. Aquelas formas finas e ligeiras, aquelas linhas delicadas de adolescente. Abriam-se, respiravam sufocadas e cheias de si mesmas até o limite.

De madrugada a viração alisou a cama, acenou as cortinas. Joana foi serenando suavemente. A frescura do fim da noite acariciou-lhe o corpo dolorido. O cansaço tomou-a devagar e de repente exausta entregou-se a um sono profundo.

Acordou tarde e alegre. Cada célula, imaginava, abrira-se florescente. Milagrosamente todas as energias despertas, prontas para lutar. Quando pensava em Otávio, respirava com cuidado como se o ar lhe fizesse mal. Durante os dias que se seguiram não o viu nem procurou vê-lo. Evitava-o mesmo como se sua presença fosse dispensável.

E foi tão corpo que foi puro espírito. Atravessava os acontecimentos e as horas imaterial, esgueirando-se entre eles com a leveza de um instante. Mal se alimentava e seu sono era fino como um véu. Acordava muitas vezes durante a noite, sem susto, preparando-se antes de pensar para sorrir. Adormecia de novo sem mudar de posição, apenas cerrando os olhos. Procurou-se muito no espelho, amando-se sem vaidade. A pele serena, os lábios vivos faziam-na quase tímida voltar as costas para sua imagem, sem força para sustentar seu olhar contra o daquela mulher, fresco e úmido, tão brandamente claro e seguro.

Depois cessou a felicidade.

A plenitude tornou-se dolorosa e pesada e Joana era uma nuvem prestes a chover. Respirava mal como se dentro dela não houvesse lugar para o ar. Caminhou de um lado para outro, perplexa com a mudança. Como? – perguntava-se e sentia que estava sendo ingênua, aquilo tinha dois lados? Sofrer pelo mesmo motivo que a tornara terrivelmente feliz?

Carregou consigo o corpo doente, um ferido incômodo, durante os dias. A leveza fora substituída por miséria e cansaço. Saciada – um animal que matara sua sede inundando seu corpo d'água. Mas ansiosa e infeliz como se apesar de tudo restassem terras ainda não molhadas, áridas e sedentas. Sofreu sobretudo de incompreensão, sozinha, atônita. Até que encostando a testa no vidro da janela – rua quieta, a tarde caindo, o mundo lá fora –, sentiu o rosto molhado. Chorou livremente, como se esta fosse a solução. As lágrimas corriam grossas, sem que ela contraísse um só músculo da face. Chorou tanto que não soube contar. Sentiu-se depois como se tivesse voltado às suas verdadeiras proporções, miúda, murcha, humilde. Serenamente vazia. Estava pronta.

Procurou-o então. E a nova glória e o novo sofrimento foram mais intensos e de qualidade mais insuportável.

Casou-se.

O amor veio afirmar todas as coisas velhas de cuja existência apenas sabia sem nunca ter aceito e sentido. O mundo rodava sob seus pés, havia dois sexos entre os humanos, um traço ligava a fome à saciedade, o amor dos animais, as águas das chuvas encaminhavam-se para o mar, crianças eram seres a crescer, na terra o broto se tornaria planta. Não poderia mais negar... o quê? – perguntava-se suspensa. O centro luminoso das coisas, a afirmação dormindo embaixo de tudo, a harmonia existente sob o que não entendia.

Erguia-se para uma nova manhã, docemente viva. E sua felicidade era pura como o reflexo do sol na água. Cada acontecimento vibrava em seu corpo como pequenas agulhas de cristal que se espedaçassem. Depois dos momentos curtos e profundos vivia com serenidade durante largo tempo, compreendendo, recebendo, resignando-se a tudo. Parecia-lhe fazer parte do verdadeiro mundo e estranhamente ter-se distanciado dos homens. Apesar de que nesse período conseguia estender-lhes a mão com uma fraternidade de que eles sentiam a fonte viva. Falavam-lhe das próprias dores e ela, embora não ouvisse, não pensasse, não falasse, tinha um olhar bom – brilhante e misterioso como o de uma mulher grávida.

O que sucedia então? Milagrosamente vivia, liberta de todas as lembranças. Todo o passado se esfumaçara. E também o presente eram névoas, as doces e frescas névoas separando-a da realidade sólida, impedindo-a de tocá-la. Se rezasse, se pensasse seria para agradecer ter um corpo feito para o amor. A única verdade tornou-se aquela brandura onde mergulhara. Seu rosto era leve e impreciso, boiando entre os outros rostos opacos e seguros, como se ele ainda não pudesse adquirir apoio em qualquer expressão. Todo o seu corpo e sua alma perdiam os limites, misturavam-se, fundiam-se num só caos, suave e amorfo, lento e de movimentos vagos como matéria simplesmente viva. Era a renovação perfeita, a criação.

E sua ligação com a terra era tão profunda e sua certeza tão firme – de quê? de quê? – que agora podia mentir sem se entregar. Tudo isso deixava-a pensar às vezes:

– Por Deus, quem sabe se não estou fazendo disto mais do que amor?

Aos poucos habituou-se ao novo estado, acostumou-se a respirar, a viver. Aos poucos foi envelhecendo dentro de si, abriu os olhos e novamente era uma estátua, não mais plástica, porém definida. Bem longe renascia a inquietação. À noite, entre os lençóis, um movimento qualquer ou um pensamento inesperado acordava-a para si mesma. Levemente surpreendida dilatava os olhos, percebia seu corpo mergulhado na confortável felicidade. Não sofria, mas onde estava?

– Joana... Joana... – chamava-se ela docemente. E seu corpo mal respondia devagar, baixinho: Joana.

Os dias foram correndo e ela desejava achar-se mais. Chamava-se agora fortemente e não lhe bastava respirar. A felicidade apagava-a, apagava-a... Já queria sentir-se de novo, mesmo com dor. Mas submergia cada vez mais. Amanhã, adiava, amanhã vou-me ver. O novo dia porém perpassava pela sua superfície, leve como uma tarde de estio, mal franzindo seus nervos.

Só não se habituara a dormir. Dormir era cada noite uma aventura, cair da claridade fácil em que vivia para o mesmo mistério, sombrio e fresco, atravessar a escuridão. Morrer e renascer.

Nunca terei pois uma diretriz, pensava meses depois de casada. Resvalo de uma verdade a outra, sempre esquecida da primeira, sempre insatisfeita. Sua vida era formada de pequenas vidas completas, de círculos inteiros, fechados, que se isolavam uns dos outros. Só que no fim de cada um deles, em vez de Joana morrer e principiar a vida noutro plano, inorgânico ou orgânico inferior, recomeçava-a mesmo no plano humano. Apenas diversas as notas fundamentais. Ou apenas diversas as suplementares e as básicas eternamente iguais?

Era sempre inútil ter sido feliz ou infeliz. E mesmo ter amado. Nenhuma felicidade ou infelicidade tinha sido tão forte que tivesse transformado os elementos de sua matéria, dando-lhe um caminho único, como deve ser o verdadeiro caminho. Continuo sempre me inaugurando, abrindo e fechando círculos de vida, jogando-os de lado, murchos, cheios de passado. Por que tão independentes, por que não se fundem num só bloco, servindo-me de lastro? É que eram demasiado integrais. Momentos tão intensos, vermelhos, condensados neles mesmos que não precisavam de passado nem de futuro para existir. Traziam um conhecimento que não servia como experiência – um conhecimento direto, mais como sensação do que percepção. A verdade então descoberta era tão verdade que não podia subsistir senão no seu recipiente, no próprio fato que a provocara. Tão verdadeira, tão fatal, que vive apenas em função de sua matriz. Uma vez terminado o momento de vida, a verdade correspondente também se esgota. Não posso moldá-la, fazê-la inspirar outros instantes iguais. Nada pois me compromete.

No entanto a justificação de sua curta glória talvez não tivesse outro valor senão o de lhe dar certo prazer de raciocínio, assim como: se uma pedra cai, essa pedra existe, essa pedra caiu de um lugar, essa pedra... Ela errava tanto.

SEGUNDA PARTE

O CASAMENTO

Joana lembrou-se de repente, sem aviso prévio, dela mesma em pé no topo da escadaria. Não sabia se alguma vez estivera no alto de uma escada, olhando para baixo, para muita gente ocupada, vestida de cetim, com grandes leques. Muito provável mesmo que nunca tivesse vivido aquilo. Os leques, por exemplo, não tinham consistência na sua memória. Se queria pensar neles não via na realidade leques porém manchas brilhantes nadando de um lado para outro entre palavras em francês, sussurradas com cuidado por lábios juntos, para frente, assim como um beijo enviado de longe. O leque principiava como leque e terminava com as palavras em francês. Absurdo. Era pois mentira.

Mas apesar de tudo a impressão continuava querendo ir para frente, como se o principal estivesse além da escadaria e dos leques. Parou um instante os movimentos e só os olhos batiam rápidos, à procura da sensação. Ah, sim. Desceu pela escadaria de mármore, sentindo na planta dos pés aquele medo frio de escorregar, nas mãos um suor cálido, na cintura uma fita apertando, puxando-a como um leve guindaste para cima. Depois o cheiro das fazendas novas, o olhar brilhante e curioso de um homem atravessando-a e deixando-lhe, como se tivesse comprimido um botão no escuro, o corpo iluminado. Ela era percorrida por longos músculos inteiros. Qualquer pensamentozinho descia por essas cordas polidas até tremer ali, nos tornozelos, onde a carne era macia como a de um frango.

Parava no último degrau, no largo e sem perigo, pousava levemente a palma da mão sobre o corrimão frio e liso. E sem saber por que sentia uma súbita felicidade, quase dolorosa, um quebranto no coração, como se ele fosse de massa mole e alguém mergulhasse os dedos nele, revolvendo-o maciamente. Por quê? Levantou fragilmente a mão, num gesto de recusa. Não queria saber. Mas agora já lhe surgira a pergunta e como resposta absurda veio-lhe o corrimão refulgente lançado com desenvoltura do alto como uma serpentina envernizada em dia de carnaval. Só que não era carnaval, porque havia silêncio no salão, podia-se ver tudo através dele. Os reflexos úmidos das lâmpadas sobre os espelhos, os broches das damas e as fivelas dos cintos dos homens comunicando-se a intervalos com o lustre, por delgados raios de luz.

Cada vez mais entendia o ambiente. Entre os homens e as mulheres não havia espaços duros, tudo se misturava molemente. De algum aquecedor invisível subia um vapor úmido e emocionante. De novo o coração lhe doeu levemente e ela sorriu, o nariz franzido, a respiração fraca.

Houve uma pequena pausa de repouso. Foi recuperando aos poucos, apesar de seu esforço em contrário, a realidade, novamente o corpo insensível, opaco e forte como uma coisa viva há muito tempo. Enxergou o quarto, as cortinas acenando irônicas, a cama obstinadamente imóvel, inútil. Tentou inquieta transpor-se para o topo da escadaria, descê-la novamente. Enxergou-se caminhando, mas não sentiu mais as pernas trêmulas, nem o suor nas mãos. Então viu que esgotara a lembrança.

Ficou ainda à espera, junto da estante de livros, onde fora buscar... o quê? Franziu a testa sem muito interesse. O quê? Procurou achar engraçada aquela impressão de que no centro da testa existia agora um buraco no lugar de onde tinham extraído a ideia do que fora buscar.

Inclinou-se pela porta e perguntou alto, os olhos fechados:

– Que é que você queria, Otávio?

– O de Direito Público, disse ele e antes que prestasse de novo atenção ao caderno lançou-lhe um rápido olhar surpreso.

Levou-lhe o livro, ausente, os movimentos vagarosos. Ele esperou-o com a mão estendida, sem levantar a cabeça. Demorou um instante com o livro em sua direção, a uma pequena distância dele. Mas Otávio não notou a demora e com um pequeno movimento de ombros ela colocou-o entre seus dedos.

Sentou-se numa cadeira próxima, sem comodidade, como se devesse partir daí a um instante. Aos poucos, nada acontecendo, aproximou o corpo do encosto e abandonou-se, os olhos vazios, sem pensar.

Otávio continuava no Direito Público, demorando-se em alguma linha e depois impaciente mordendo a unha e voltando rápido várias páginas ao mesmo tempo. Até que parava de novo, distraído, a língua passeando pelo bordo dos dentes, uma das mãos puxando com ternura os fios das sobrancelhas. Qualquer palavra imobilizou-o, a mão no ar, a boca aberta como um peixe morto. De repente afastou o livro com um safanão. O olhar brilhante e ganancioso, escreveu depressa no caderno, parando um instante para respirar ruidosamente e, num gesto que a sobressaltou, bater nos dentes com os nós dos dedos.

Que animal, pensou ela. Ele interrompeu o que escrevia e olhou-a aterrorizado, como se ela lhe tivesse jogado alguma coisa. Continuou a fixá-lo sem força e Otávio mexeu-se na cadeira, pensando apenas que não estava sozinho. Sorriu, tímido e importunado, estendeu-lhe a mão por cima da mesa. Ela afastou o corpo da cadeira e ofereceu-lhe por sua vez as pontas dos dedos. Otávio comprimiu-os rapidamente, sorridente, e logo depois, antes mesmo que ela tivesse tempo de recolher o braço, voltou-se furiosamente para o caderno, o rosto quase afundando nele, a mão trabalhando.

Era ele quem estava sentindo agora, pensou Joana. E, de repente, talvez de inveja, sem nenhum pensamento, odiou-o com uma força tão bruta que suas mãos se fecharam sobre os braços da poltrona e seus dentes se cerraram. Palpitou durante alguns instantes, reanimada. Temendo que o marido sentisse seu olhar agudo, obrigasse-a a disfarçá-lo e assim diminuir a intensidade de seu sentimento.

A culpa era dele, pensou friamente, à espreita de nova onda de raiva. A culpa era dele, a culpa era dele. Sua presença, e mais que sua presença: saber que ele existia, deixavam-na sem liberdade. Só raras vezes agora, numa rápida fugida, conseguia sentir. Isso: a culpa era dele. Como não descobrira antes? – perguntou-se vitoriosa. Ele roubava-lhe tudo, tudo. E como a frase ainda fosse fraca, pensou com intensidade, os olhos fechados: tudo! Sentiu-se melhor, pensou com mais nitidez.

Antes dele estava sempre de mãos estendidas e quanto oh quanto não recebia de surpresa! De violenta surpresa, como um raio, de doce surpresa, como uma chuva de pequenas luzes... Agora tinha todo o seu tempo entregue a ele e os minutos que eram seus ela os sentia concedidos, partidos em pequenos cubos de gelo que devia engolir rapidamente, antes que se derretessem. E fustigando-se para andar a galope: olhe, que esse tempo é liberdade! olhe, pense depressa, olhe, encontre-se depressa, olhe... acabou-se! Agora – só mais tarde, de novo a bandeja de cubinhos de gelo e você diante dela fascinada, vendo os pingos d'água já escorrerem.

Depois ele vinha. E ela repousava enfim, com um suspiro, pesadamente. – Mas não queria repousar! – O sangue corria-lhe mais vagarosamente, o ritmo domesticado, como um bicho que adestrou suas passadas para caber dentro da jaula.

Lembrou-se de quando fora buscar – o quê? ah, Direito Público – na estante, do topo da escadaria, uma lembrança tão gratuita, tão livre, até imaginada... Como estava nova então. Água límpida correndo por dentro e por fora. Teve saudades da sensação, necessidade de sentir de novo. Olhou ansiosa de um lado para outro, procurando alguma coisa. Mas tudo ali era como era há muito. Velho. Vou deixá-lo, achou num primeiro pensamento, sem antecedentes. Abriu os olhos, à espreita de si mesma. Sabia que desse pensamento poderiam vir consequências. Pelo menos antigamente, quando suas resoluções não precisavam de grandes fatos, só de uma pequena ideia, de uma visão insignificante, para nascerem. Vou deixá-lo, repetiu-se e dessa vez do pensamento partiam pequenos filamentos prendendo-o a si mesma. D'agora em diante ele estava dentro dela e cada vez mais os filamentos engrossariam até formarem raízes.

Quantas vezes ainda ela se proporia isso, até deixá-lo mesmo? Cansou--se previamente das pequenas lutas que ainda teria, revoltando-se e cedendo em seguida, até o fim. Teve um rápido e impaciente movimento interior que se refletiu apenas num levantar imperceptível da mão. Otávio desviou por um segundo os olhos para ela e continuou como um sonâmbulo a escrever. Como ele era sensível, pensou num intervalo. Continuou seguindo--se: por que adiar? Sim, por que adiar? – perguntou-se. E a indagação era sólida, reclamava uma resposta séria. Ajeitou-se na cadeira, tomou uma atitude de cerimônia, como para ouvir o que tinha a dizer.

Então Otávio suspirou alto, fechou o livro e o caderno com estrépito, jogou-os longe, exagerado, as pernas compridas estiradas para longe da cadeira. Ela olhou-o assustada, ofendida. Então... – começou com ironia. Mas não sabia como continuar e esperou, olhando-o.

Ele disse, um cômico ar severo:

– Muito bem. Agora a senhora faça o favor de se aproximar e encostar a cabeça nesse valoroso peito, porque estou precisando disso.

Ela riu, só para satisfazê-lo. Mas no meio do riso já estava achando um pouco de graça. Continuou sentada, tentando prosseguir: então, ele..., e fazia com os lábios um jeito de desprezo e de vitória, como quem recebe as provas esperadas. Então, ele... Era assim? Esperava que Otávio visse sua atitude, adivinhasse sua resolução de não se mover da cadeira. Ele, no entanto, como sempre, nada adivinhava e justamente nos momentos em que deveria olhar, distraía-se com qualquer coisa. Agora, exatamente agora, lembrara-se de ajeitar o livro e o caderno jogados sobre a mesa. Nem olhava para Joana, estava certo de que ela viria? Riu um mau sorriso, pensando como ele se enganara e quantos pensamentos ela tivera sem que ele pudesse imaginar sequer. Sim, por que adiar?

Ele ergueu os olhos, um pouco surpreso pela demora. E como ela continuasse sentada, ficaram se olhando de longe. Ele estava intrigado.

– Então? – disse sem gosto: Meu valoroso...

Joana interrompeu-o com um gesto, porque não suportava a piedade que a invadira de súbito e a impressão de ridículo da frase, quando ela própria estava tão lúcida e resolvida a falar. Ele não se assustou com o seu movimento e ela teve que engolir a saliva com cuidado para empurrar para dentro de si a estúpida vontade de chorar que principiava a nascer mole dentro do peito.

Agora sua piedade abrangia-a também e ela via os dois juntos, coitados e infantis. Os dois iam morrer, esse mesmo homem que batera com os dedos nos dentes, num movimento tão vivo. Ela mesma, com o topo da escadaria e toda a sua capacidade de querer sentir. As coisas principais assaltavam-na em quaisquer momentos, também nos vazios, enchendo-os de significados. Quantas vezes não dera uma gorjeta exagerada ao garçom só porque se lembrara de que ele ia morrer e não o sabia.

Olhava-o misteriosamente, séria e terna. E agora procurava emocionar-se pensando nos dois futuros mortos.

Encostou a cabeça no seu peito e lá um coração batia. Pensou: mas mesmo assim, apesar da morte, vou deixá-lo um dia. Conhecia bem o pensamento que lhe poderia vir, fortalecendo-a, se antes de deixá-lo se comovesse: "Eu tirei tudo o que poderia ter. Não o odeio, não o desprezo. Por que procurá-lo, mesmo que o ame? Não gosto tanto de mim a ponto de gostar das coisas de que eu gosto. Amo mais o que quero do que a mim mesma." Oh, sabia igualmente que a verdade poderia estar no contrário do que pensara. Abandonou a cabeça, comprimiu a testa na camisa branca de Otávio. Aos poucos, muito de leve, foi-se apagando a ideia de morte e já não encontrava de que rir. Seu coração era maciamente moldado. Com o ouvido ela sabia que o outro, indiferente a tudo, prosseguia nas suas batidas regulares, no seu caminho fatal. O mar.

– Adiar, só adiar, pensou Joana antes de deixar de pensar. Porque os últimos cubos de gelo haviam-se derretido e agora ela era tristemente uma mulher feliz.

O ABRIGO NO PROFESSOR

Joana bem se lembrava: dias antes de casar procurara o professor.

Subitamente precisara encontrá-lo, senti-lo firme e frio antes de ir embora. Porque de algum modo parecia-lhe estar traindo toda a sua vida passada com o casamento. Queria rever o professor, sentir seu apoio. E quando lhe surgiu a ideia de visitá-lo, acalmara-se aliviada.

Ele haveria de lhe dar a palavra justa. Que palavra? Nada, respondia-se misteriosamente, querendo numa repentina vontade de fé e de boa espera guardar-se para ouvi-lo completamente nova, sem ter sequer uma ideia do que ia ganhar. Um dia já lhe sucedera isso: quando pela primeira vez se preparava para o circo, em pequena. Teve os melhores momentos aprontando-se para ele. E quando se aproximou do largo campo onde branquejava o barracão redondo e imenso, como uma dessas cúpulas que escondem até certo instante o melhor prato da mesa, quando se aproximou na mão da criada, sentiu o medo e a angústia e a alegria trêmula no coração, queria voltar, fugir. No momento em que a criada lhe disse: seu pai deu dinheiro para pipocas, então Joana olhou estupefacta para as coisas, sob a tarde cheia de sol, como se elas estivessem loucas.

Sabia que o professor adoecera, que fora abandonado pela mulher. Mas apesar de envelhecido, encontrara-o mais gordo, o olhar brilhante. Também temera a princípio que a última cena em comum, quando fugira assustada para a puberdade, dificultasse a visita, deixasse-os em mal-estar, naquela mesma sala estranha e sonsa onde agora a poeira vencera o brilho.

O professor recebera-a com ar sereno e distraído. Com as olheiras escuras parecia uma fotografia antiga. Fazia perguntas a Joana e mal ela iniciava a resposta ele deixava de ouvir, como enfim desobrigado. Várias vezes se interrompia, a atenção voltada para o relógio e para a mesinha dos remédios. Ela olhava ao redor e a meia escuridão era úmida e ofegante. O professor parecia um grande gato castrado reinando num porão.

– Agora pode abrir as janelas, dissera ele. Você sabe, um pouco de escuridão e depois bastante ar; todo o organismo se beneficia, recebe vida. É como uma criança malcuidada. Quando recebe tudo, de repente reage, refloresce, mais do que as outras, às vezes.

Joana escancarara as janelas e as portas e o ar frio entrara numa rajada triunfante. Um pouco de sol vinha pela porta atrás dele. O professor alargara a gola do pijama, expusera-se ao vento.

– É assim, declarara.

Olhando-o Joana descobria que ele era apenas um velho gordo ao sol, os ralos cabelos sem resistir à brisa, o grande corpo largado sobre a cadeira. E o sorriso, meu Deus, um sorriso.

Quando haviam soado três horas, repentinamente agitara-se, parara no meio da frase e, os gestos medidos, o rosto ávido e grave, contara vinte gotas dum frasco para um cálice de água. Levantara-o à altura dos olhos, observando-o, os lábios apertados, inteiramente absorvido. Bebera o líquido escuro sem medo, fitando depois o cálice com uma careta amarga e um semissorriso que ela não soubera explicar. Colocara-o sobre a mesa, batera palmas chamando o criado, um moleque magro e distraído. Esperara pela sua volta em silêncio, o olhar atento como se procurasse ouvir de longe. Só quando recebera o copinho lavado, após bem examiná-lo e emborcá-lo sobre um pires, tivera um leve suspiro:

– Bem, de que estávamos falando?

Ela continuava sem atentar às próprias palavras, observando-o. Nenhum traço no rosto do homem marcava o abandono de sua mulher. Fugitivamente revia aquela figura quase sempre muda, de rosto impassível e soberano, que ela temera e odiara. E, apesar da repulsa que a outra ainda lhe inspirava, numa reminiscência, Joana descobrira surpresa que não só então, mas talvez sempre, se sentira unida a ela, como se ambas tivessem algo secreto e mau em comum.

Nada na fisionomia dele denunciava a partida da esposa. Havia mesmo em sua atitude e em seu olhar uma tranquilidade como que finalmente adquirida, um repouso que Joana nunca lhe tinha notado antes. Perscrutava-o quase angustiada como as águas engrossadas pela chuva e cuja profundidade fosse agora impossível de avaliar. Viera ouvi-lo, sentir sua lucidez como um ponto fixo!

– A tortura de um homem forte é maior que a de um doente –, experimentara fazê-lo falar.

Ele mal erguera os olhos. Sua frase flutuava no ar, tola e tímida. Vou continuar, é exatamente de minha natureza nunca me sentir ridícula, eu me aventuro sempre, entro em todos os palcos. Otávio, pelo contrário, com uma estética tão frágil que basta um riso mais agudo para quebrá-la e torná-la miserável. Ele me ouviria agora inquieto ou senão sorrindo. Otávio já estava pensando dentro dela? ela já se transformara numa mulher que ouve e espera o homem? Estava cedendo alguma coisa... Queria salvar-se, ouvir o professor, sacudi-lo. Então esse velho que estava à sua frente não se lembrava de tudo o que lhe dissera? "Pecar contra si mesma..."

– O doente imagina o mundo e o são o possui, continuara Joana. O doente pensa que não pode apenas pela sua doença e o forte sente inútil sua força.

Sim, sim, ele balançava a cabeça, tímido. Ela percebia que seu mal-estar era somente o de alguém que não deseja ser interrompido. Continuara porém até o fim, a voz morta repetindo o pensamento que tivera há muito.

– Por isso a poesia dos poetas que sofreram é doce, terna. E a dos outros, dos que de nada foram privados, é ardente, sofredora e rebelde.

– Sim – dizia ele ajeitando a gola frouxa do pijama.

Ela via humilhada e perplexa seu pescoço escuro, enrugado. Sim, dizia ele de quando em quando sem que sua atenção, procurando um apoio, se desviasse do relógio. Como dizer-lhe que ia casar?

Às quatro horas novamente repetira-se o ritual. Dessa vez o moleque desviara o corpo para não receber um pontapé, porque quase deixara cair o vidro de remédio. Com a tentativa frustrada, o chinelo do professor voara longe e seu pé de unhas recurvas e amareladas surgira nu. O menino apanhara o chinelo e jogara-o até Joana, rindo, com medo de se aproximar. Depois do cálice guardado, ela aventurara a primeira palavra sobre sua doença, devagar, envergonhada, porque nunca antes haviam eles penetrado na intimidade dos próprios casos, sempre se haviam entendido fora deles mesmos.

Não seria preciso tentar maior aproximação... Ele tomara a direção do assunto, alisara-o lentamente, com vagar e volúpia explicava-lhe todos os detalhes. O ar um pouco benevolente e misterioso a princípio, achando impossível que ela entrasse no seu mundo. Mas depois de uns instantes, esquecido de sua presença, docemente empolgado, já falava abertamente.

– O médico disse que ainda não estou melhor. Mas vou ficar bom, eu sei mais do que todos os médicos, acrescentara. Pois se sou eu o doente...

Ela descobrira finalmente, assombrada, que ele era feliz...

Aproximavam-se as cinco horas. Sentia que ele ansiava por sua partida. Mas não o deixaria assim, ainda tentou empurrar-se. Olhara-o bem nos olhos, cruelmente. Ele lhe retribuíra um olhar morno e indiferente de início e logo em seguida furtara-se com raiva, importunado.

A PEQUENA FAMÍLIA

Antes de começar a escrever, Otávio ordenava os papéis sobre a mesa minuciosamente, ajeitava a roupa em si mesmo. Gostava dos pequenos gestos e dos velhos hábitos, como vestes gastas, onde se movia com seriedade e segurança. Desde estudante assim se preparava para um trabalho. Depois de instalar-se junto à mesa, arrumava-a e, a consciência avivada pela noção das coisas ao redor –, não me perder em grandes ideias, sou também uma coisa – deixava a pena correr um pouco livremente para libertar-se de alguma imagem ou reflexão obsedante que porventura quisesse acompanhá-lo e impedir a marcha do pensamento principal.

Por isso trabalhar diante dos outros era um suplício. Receava o ridículo dos pequenos rituais e sem eles não podia passar, apoiavam tanto como uma superstição. Do mesmo modo como para viver cercava-se de permitidos e tabus, das fórmulas e das concessões. Tudo tornava-se mais fácil, como ensinado. O que fascinava e amedrontava em Joana era exatamente a liberdade em que ela vivia, amando repentinamente certas coisas ou, em relação a outras, cega, sem usá-las sequer. Pois ele se via obrigado diante do que existia. Bem dissera Joana que ele precisava ser possuído por alguém... Você pega no dinheiro com uma intimidade... – brincara Joana uma vez enquanto ele pagava uma conta num restaurante e de tal modo ela o encontrava distraído e assustara-o que, diante do garçom, irônico certamente, as notas e as moedas escorregaram-lhe das mãos e espalharam-se aos seus pés. Embora não se seguisse nenhuma frase irônica – bem, justiça lhe seja feita, Joana não ri – ainda guardava um argumento pronto desde então: mas o que fazer com o dinheiro senão guardá-lo para gastá-lo? Irritava-se, envergonhado. Sentia que o argumento não respondia a Joana.

A verdade é que se não tivesse dinheiro, se não possuísse os "estabelecidos", se não amasse a ordem, se não existisse a Revista de Direito, o vago plano do livro de civil, se Lídia não estivesse dividida de Joana, se Joana não fosse mulher e ele homem, se... oh, Deus, se tudo... que faria? Não, não "que faria", mas a quem se dirigiria, como se moveria? Impossível deslizar por entre os blocos, sem vê-los, sem deles necessitar...

Contrariando a regra de trabalho – uma concessão –, pegou no papel e no lápis mesmo antes de estar inteiramente preparado. Mas desculpou-se, não queria perder aquela nota, talvez lhe servisse um dia: "É necessário certo grau de cegueira para poder enxergar determinadas coisas. É essa talvez a marca do artista. Qualquer homem pode saber mais do que ele e raciocinar com segurança, segundo a verdade. Mas exatamente aquelas coisas escapam à luz acesa. Na escuridão tornam-se fosforescentes." – Pensou um pouco. Depois, apesar da concessão prolongar-se demais, anotou: "Não é o grau que separa a inteligência do gênio, mas a qualidade. O gênio não é tanto uma questão de poder intelectivo, mas da forma por que se apresenta esse poder. Pode-se assim ser facilmente mais inteligente que um gênio. Mas o gênio é ele. Infantil esse 'o gênio é ele'. Ver em relação a Spinoza, se se pode aplicar a descoberta." – Era dele mesmo? Toda a ideia que lhe surgia, porque se familiarizava com ela em segundos, vinha com o temor de tê-la roubado.

Bem, agora a ordem. Lápis largado, recomendou-se, libertar-me das obsessões. Um, dois, três! Lamento muito sofrer como sofro entre os bambus do noroeste desta cidade, começou. Faço o que quero – continuou –, e ninguém me obriga a escrever a Divina Comédia. Não há outra maneira de ser senão a que é, o resto é bordado inútil e tão incômodo como aquele, em relevo, com anjos e flores, com que prima Isabel enfeitava meus travesseiros. Quando eu estava distraído e ela vinha, como uma nuvem roxa e idiota, qual o meu pensamento, diga qual, qual, mais quatro vezes qual, qual, qual, qual. Assim, assim, não fuja: "o quê? ainda estás viva? ainda não morreste?" Sim, sim, foi isso, não fugir de mim, não fugir de minha letra, como é leve e horrível, teia de aranha, não fugir de meus defeitos, meus defeitos, eu vos adoro, minhas qualidades são tão pequenas, iguais às dos outros homens, meus defeitos, meu lado negativo é belo e côncavo como um abismo. O que não sou deixaria um buraco enorme na terra. Eu não agasalho meus erros, enquanto Joana não erra, eis a diferença. Hein, hein, diga alguma coisa, rapaz. As mulheres olham para mim, as mulheres, as mulheres, minha boca, deixo crescer de novo o bigode, elas morrem de alegria e grande amor, cheio de ameixas e passas. Eu compro todas elas sem dinheiro, dinheiro guardo, se uma escorrega numa casca lá na rua, nada há a fazer senão ter vergonha. Nada se perde, nada se cria. O homem que sentisse isso, quer dizer, não apenas compreendesse, mas adorasse, seria tão feliz como o que acredita realmente em Deus. No começo dói um pouco, mas depois a gente se acostuma. Quem escreve esta página nasceu um dia. Agora são exatamente sete e pouco da manhã. Há névoas lá fora, além da janela, da Janela Aberta, o grande símbolo. Joana diria: eu me sinto tão dentro do mundo que me parece não estar pensando, mas usando de uma nova modalidade de respirar. Adeus. Isso é o mundo, eu sou eu, está chovendo no mundo, é mentira, eu sou um trabalhador intelectual, Joana dorme no quarto, alguém deve estar acordando agora, Joana diria: outro morrendo, outro ouvindo música, alguém entrou num banheiro, isto é o mundo. Vou comover todos, chamá-los para se enternecerem comigo. Vivo com uma mulher nua e fria, não fugir, não fugir, que me olha bem nos olhos, não fugir, que me espia, mentira, mentira, mas é verdade. Agora está deitada dormindo, dorme vencida pelo sono, vencida, vencida. É um pássaro fino numa camisola branca. Vou comover todos, não agasalho meus erros, mas que todos me agasalhem.

Endireitou o busto, alisou o cabelo, ficou sério. Agora ia trabalhar. Como se todos assistissem e aprovassem com a cabeça, cerrando os olhos no assentimento: isso, isso mesmo, muito bem. Alguém real incomodava-o e sozinho ficava solto, nervoso. "Todos" pois assistiam-no. Tossiu ligeiramente. Afastou o tinteiro com cuidado. Começou. "A tragédia moderna é a procura vã de adaptação do homem ao estado de coisas que ele criou."

Distanciou-se um pouco, olhou o caderno, endireitou o pijama. "De tal modo a imaginação é a base do homem – Joana de novo – que todo o mundo que ele tem construído encontra sua justificativa na beleza da criação e não na sua utilidade, não em ser o resultado de um plano de fins adequados às necessidades. Por isso é que vemos multiplicarem-se os remédios destinados a unir o homem às ideias e instituições existentes – a educação, por exemplo, tão difícil – e vemo-lo continuar sempre fora do mundo que ele construiu. O homem levanta casas para olhar e não para nelas morar. Porque tudo segue o caminho da inspiração. O determinismo não é um determinismo de fins, mas um estreito determinismo de causas. Brincar, inventar, seguir a formiga até seu formigueiro, misturar água com cal para ver o resultado, eis o que se faz quando se é pequeno e quando se é grande. É erro considerar que chegamos a um alto grau de pragmatismo e materialismo. Na verdade o pragmatismo – o plano orientado para um dado fim real – seria a compreensão, a estabilidade, a felicidade, a maior vitória de adaptação que o homem conseguisse. No entanto fazer as coisas 'para quê' parece-me, perante a realidade, uma perfeição impossível de exigir do homem. O início de toda sua construção é 'porquê'. A curiosidade, o devaneio, a imaginação – eis o que formou o mundo moderno. Seguindo a inspiração, misturou ingredientes, criou combinações. Sua tragédia: ter que se alimentar com elas. Confiou em que pudesse imaginar numa vida e encontrar-se noutra, à parte. De fato essa outra continua, mas sua purificação sobre o imaginado age lentamente e um homem só não encontra o pensamento tonto de um lado e a paz da vida verdadeira noutro. Não se pode pensar impunemente." Joana pensava sem medo e sem castigo. Teria a loucura por fim ou o quê? Não podia adivinhar. Talvez sofrimento apenas.

Parou, releu. Não sair desse mundo, pensou com certo ardor. Não ter que enfrentar o resto. Só pensar, só pensar e ir escrevendo. Que exigissem dele artigos sobre Spinoza, mas que não fosse obrigado a advogar, a olhar e a lidar com aquelas pessoas afrontosamente humanas, desfilando, expondo-se sem vergonha.

Releu as anotações sobre a leitura anterior. – O cientista puro deixa de crer no que gosta, mas não pode impedir-se de gostar do que crê. A necessidade de gostar: marca do homem. – Não esquecer: "o amor intelectual de Deus" é o verdadeiro conhecimento e exclui qualquer misticismo ou adoração. – Muitas respostas encontram-se em afirmações de Spinoza. Na ideia por exemplo de que não pode haver pensamento sem extensão (modalidade de Deus) e vice-versa, não está afirmada a mortalidade da alma? É claro: mortalidade como alma distinta e raciocinante, impossibilidade clara da forma pura dos anjos de S. Tomaz. Mortalidade em relação ao humano. Imortalidade pela transformação na natureza. – Dentro do mundo não há lugar para outras criações. Há apenas oportunidade de reintegração e continuação. Tudo o que poderia existir, já existe. Nada mais pode ser criado senão revelado. – Se, quanto mais evoluído o homem, mais procura sintetizar, abstrair e estabelecer princípios e leis para sua vida, como poderia Deus – em qualquer acepção, mesmo na do Deus consciente das religiões – não ter leis absolutas pela sua própria perfeição? Um Deus dotado de livre-arbítrio é menor que um Deus de uma só lei. Do mesmo modo por que tanto mais verdadeiro é um conceito quanto ele é um só e não precisa transformar-se diante de cada caso particular. A perfeição de Deus prova-se mais na impossibilidade do milagre do que na sua possibilidade. Fazer milagres, para um Deus humanizado das religiões, é ser injusto – milhares de pessoas precisam igualmente e ao mesmo tempo desse milagre – ou reconhecer um erro, corrigindo-o – o que, mais do que uma bondade ou "prova de caráter", significa ter errado. – Nem o entendimento nem a vontade pertencem à natureza de Deus, diz Spinoza. Isso me faz mais feliz e me deixa mais livre. Porque a ideia da existência de um Deus consciente nos torna horrivelmente insatisfeitos.

No topo do estudo colocaria *in litteris* Spinoza traduzido: "Os corpos se distinguem uns dos outros em relação ao movimento e ao repouso, à velocidade e à lentidão e não em relação à substância." Mostrara a frase a Joana. Por quê? Encolheu os ombros, sem procurar mais fundo a explicação. Ela se mostrara curiosa, quisera ler o livro.

Otávio estendeu a mão e tomou-o. Uma folha de caderno intercalava suas páginas. Olhou-a e descobriu a letra incerta de Joana. Inclinou-se com avidez. "A beleza das palavras: natureza abstrata de Deus. É como ouvir Bach." Por que preferia que ela não tivesse escrito essa frase? Joana sempre o encontrava desprevenido. Ele se envergonhava como se ela estivesse claramente mentindo e ele fosse obrigado a enganá-la, dizendo-lhe que acreditava nela...

Ler o que ela escrevera foi como estar diante de Joana. Evocou-a e, furtando-se aos seus olhos, viu-a nos seus momentos de distração, o rosto branco, vago e leve. E de repente grande melancolia desceu sobre ele. Que estou fazendo afinal? – perguntou-se e nem sabia por que se agredira tão subitamente. Não, não escrever hoje. E como essa era uma concessão, uma ordem indiscutível – perscrutou-se: se quisesse sinceramente poderia trabalhar? e a resposta foi resoluta: não – e uma vez que a decisão era mais poderosa que ele, sentiu-se quase alegre. Hoje alguém lhe dava o descanso. Não Deus. Não Deus, mas alguém. Muito forte.

Levantar-se-ia, arrumaria os papéis, guardaria o livro, vestiria uma roupa quente, iria ver Lídia. O conforto da Ordem. Como seria recebido por Lídia? Diante da janela aberta, olhando as crianças caminharem para a escola, viu-se a segurar seus ombros, subitamente em cólera, talvez um pouco forçada, em face daquela mesma pergunta: que estou fazendo afinal?

– Você não tem medo? – gritara-lhe.

Lídia continuara igual.

– Você não tem medo de seu futuro, de nosso futuro, de mim? Não sabe que... que... sendo apenas minha amante... só tem lugar ao meu lado?

Ela balançara a cabeça surpreendida, chorosa:

– Mas não...

Ele sacudira-a, longinquamente envergonhado de mostrar tanta força, quando junto de Joana, por exemplo, calava-se.

– Não tem medo de que eu deixe você? Não sabe que se eu deixar você, você será uma mulher sem marido, sem nada... Um pobre-diabo... que um dia foi abandonada pelo noivo e que se tornou amante desse noivo enquanto ele casava com outra...

– Não quero que você me deixe...

– Ah...

– ... mas não tenho medo...

Olhara-a espantado. Estava emagrecendo, notou. Mas o aspecto saudável ainda. Apesar de tudo mais nervosa, facilidade para chorar, para comover-se. De repente pusera-se a rir.

– Não sei de que você é feita, juro.

Lídia rira também, contente de que tudo estivesse acabado. Ele se intimidara com seu olhar radiante, puxara-a para si a fim de não ver seus olhos. E permaneceram um instante abraçados, cheios de desejos diferentes.

E agora? Lídia o receberia como sempre. Escreveu um bilhete a Joana, avisando-lhe que não almoçaria em casa. Pobre Joana..., poderia ele dizer se quisesse. Jamais saberia. Tão íntegra na sua altivez ignorante... Mas ele ferozmente a pouparia, ria ele, o coração batendo. Bem, amanhã escreveria algo definitivo sobre o artigo.

Olhou-se ao espelho antes de sair, de olhos entrefechados observou o rosto bem-feito, o nariz reto, os lábios redondos e carnudos. Mas afinal de nada tenho culpa, disse. Nem de ter nascido. E de repente não compreendeu como pudera acreditar em responsabilidade, sentir aquele peso constante, todas as horas. Ele era livre... Como tudo se simplificava às vezes...

Saiu à rua, escolheu demoradamente um saco de bombons. Terminou comprando um, bastante grande, de damasco. Quando dobrasse a esquina, chuparia o primeiro bombom, as mãos nos bolsos. Seus olhos se enterneceram pensando nisso. Por que não? – perguntou-se de repente irritado. Quem disse que os grandes homens não comem bombons? Só que nas biografias ninguém se lembra de contar isso. Se Joana soubesse desse seu pensamento? Não, na verdade nunca mostrou ironia para... Teve um movimento de raiva, apressou o passo.

Antes de dobrar a esquina, pegou o saco de bombons e despejou-os na sarjeta. Angustiado, viu-os misturarem-se à lama, rolarem até um vão escuro cortado de teias de aranha.

Continuou o caminho mais devagar, encolhido. Fazia um pouco de frio. Agora alguém deveria estar satisfeito, pensou longinquamente. Como um castigo, uma confissão.

– Mesmo os grandes homens só são verdadeiramente reconhecidos e homenageados depois de mortos. Por quê? Porque os que elogiam precisam se sentir de algum modo superiores ao elogiado, precisam conceder. Depois que... nasce uma superioridade evidente... quem elogia... conseguiu se manter... há mesmo certa condescendência... saiu... piedade..., dizia-lhe Otávio.

Lídia observava-o num de seus momentos feios. Os lábios adelgaçados, a testa enrugada, o olhar estúpido – Otávio pensava. E amava-o neste instante. Sua feiura não a excitava, não lhe causava pena. Simplesmente ligava-se mais a ele e com maior alegria. Alegria de aceitar inteiramente, de sentir que unia o que havia de verdadeiro e primitivo em si a alguém, independente de qualquer das ideias recebidas sobre beleza. Lembrava-se das antigas colegas – daquelas meninas sempre vivas, sabendo tudo, tendo ligação com cinemas, livros, namoros, roupas, daquelas moças de quem nunca pudera aproximar-se de verdade, calada como era, sem ter propriamente o que dizer. Lembrava-se delas e sabia que haveriam de achar Otávio feio naquele instante. Pois aceitava-o tanto que desejá-lo-ia pior para provar ainda mais seu amor sem luta.

Olhava-o sem prestar atenção às suas palavras. Era doce e bom saber que entre ambos havia segredos tecendo uma vida fina e leve sobre a outra vida, a real. Ninguém adivinharia jamais que Otávio a beijara nas pálpebras uma vez, que ele sentira nos lábios os seus cílios e que sorrira por isso. E milagrosamente ela compreendera tudo sem que falassem. Ninguém saberia que um dia tinham se querido tanto que haviam permanecido mudos, sérios, parados. Dentro de cada um deles acumulavam-se conhecimentos nunca devassados por estranhos. Ele fora embora um dia. Mas não importava tanto. Ela sabia que entre os dois havia "segredos", que ambos eram irremediavelmente cúmplices. Se fosse embora, se amasse outra mulher, iria embora e amaria outra mulher para participar-lhe depois, mesmo que nada lhe contasse. Lídia tomaria parte na sua vida de qualquer modo. Certas coisas não acontecem sem consequência, pensava olhando-o. Depois que se fuja – e nunca se estará livre... Uma vez ia caindo, ele amparou-a, endireitou seu cabelo num gesto distraído. Ela agradeceu-lhe com uma ligeira pressão no braço. Olharam-se com um sorriso e de repente sentiram-se ofuscantemente felizes... Puseram-se a andar mais depressa, os olhos abertos, deslumbrados.

Talvez ele não se lembrasse disso particularmente. Ela é quem tinha memória para aquelas coisas. Verdade é que a qualidade desses acontecimentos era tal, que não se podia rememorá-los falando. Nem mesmo pensando com palavras. Só parando um instante e sentindo de novo. Que ele esquecesse. Na sua alma, porém, restaria certamente qualquer marca, clara, cor-de-rosa, anotando a sensação e aquela tarde. Quanto a ela – cada dia que chegava trazia-lhe nas suas águas mais lembranças de que se alimentar. E aos poucos uma certeza de felicidade, de fim alcançado, subia-lhe vagarosa pelo corpo, deixando-a satisfeita, quase saciada, quase angustiada. Quando revia Otávio olhava-o agora sem grande emoção, achando-o inferior ao que ele lhe dera. Desejava falar-lhe de sua alegria. Mas vagamente temia feri-lo, como se lhe contasse uma traição com outro homem. Ou como se quisesse escancarar-lhe sua felicidade – a ele que se dividia entre duas casas e duas mulheres –, mostrá-la superior à sua.

Sim, pensava longinquamente, fitando-o – há coisas indestrutíveis que acompanham o corpo até a morte como se tivessem nascido com ele. E uma delas é o que se criou entre um homem e uma mulher que viveram juntos certos momentos.

E quando seu filho nascesse – alisou o ventre que já se arredondava – eles três seriam uma pequena família. Pensou em palavras: uma pequena família. Era isso o que desejava. Como um bom fim para toda a sua história. Otávio e ela haviam sido criados juntos, pela prima comum. Vivera perto de Otávio. Ninguém passara por sua vida senão ele. Nele descobrira o homem, antes de saber sobre homens e mulheres. Sem raciocínios, confusamente, reunia a espécie em Otávio. Vivia-o tanto que nunca sentira os outros senão como mundos fechados, estranhos, superficiais. Sempre, em todas as suas fases, perto dele. Mesmo naquele período em que se tornara sonsa, escondendo tudo o que podia, até o que não havia necessidade de esconder. Mesmo no outro, em que a olhavam nas ruas, as colegas aceitavam-na admirando seus cabelos grossos e bonitos, Otávio seguindo-a com os olhos... aquela certeza, nunca mais apagada, de que era alguém... Foi quando compreendeu que não era pobre, que tinha o que dar a Otávio, que havia um modo de entregar-lhe sua vida, tudo o que ela fora... Esperara-o. Quando o alcançara, Joana viera e ele fugira. Continuou esperando. Ele voltara. Um filho nasceria. Sim, mas antes que nascesse ela reclamaria seus direitos. "Reclamar seus direitos" parecia-lhe uma frase que dormia desde sempre dentro dela, à espera. À espera de que ela tivesse força. Queria que a criança brotasse entre os pais. E no fundo disso tudo, desejava para si mesma "a pequena família".

Sorriu levemente, ouvindo Otávio discorrer sobre qualquer coisa de que ela nem sabia o começo. Desde que o feto começara a se formar dentro de si, perdera certos trejeitos, ganhara outros, ousava avançar em certos pensamentos. Parecia-lhe que até então vivera mentindo. Seus movimentos eram mais libertos do corpo, como se agora houvesse mais espaço no mundo para o seu ser. Havia de cuidar da criança e de Otávio, ora se havia... Recostou-se melhor na poltrona, o bordado escorregou para o tapete. Entrecerrou os olhos e o ventre assim crescia, farto, brilhante. Abandonou-se ao bem-estar, certa preguiça que a dominava agora frequentemente. Não tivera o menor enjoo, nem no princípio. E sabia que seu parto seria simples, simples como tudo. Pousou a mão sobre os flancos ainda não deformados. De algum modo desprezava bastante as outras mulheres.

Otávio surpreendeu sua expressão, assustado. Uma crueldade distraída... Perscrutou-a, sem conseguir decifrá-la, compreendendo apenas que estava excluído daquele semissorriso. Porque era um sorriso, um sorriso horrível, satisfeito, apesar dela conservar o rosto sério, os olhos abertos, olhando para diante. O temor assaltou-o, quase gritou:

– Você nem estava ouvindo!

Lídia afastou o corpo da cadeira com um sobressalto, novamente dele, novamente entregue:

– Eu...

– Nem ao menos me compreendeu, repetiu fitando-a, a respiração opressa. A cena da última vez se repetiria? Não, havia um filho dentro dela. Por que terei eu um filho? Por que eu? Exatamente eu? É estranho... Perguntar-se-ia daí a um instante: o que estou fazendo afinal? Não, não...

– Mas eu faço mais do que te compreender, disse ela apressada, eu te amo...

Ele suspirou imperceptivelmente, ainda com um pouco do susto que lhe provocara a fuga da mulher. Verdade é que ela não voltava mais inteiramente, como antes da gravidez. E ele mesmo lhe dera o reinado, o tolo... Sim, mas quando ela se libertasse da criança, quando ela se libertasse da criança... Poucos minutos depois, já serenado, Otávio se deixava invadir pelo abandono e pela moleza que tão bem sustentavam suas relações com Lídia.

O ENCONTRO DE OTÁVIO

A noite densa e escura foi cortada ao meio, separada em dois blocos negros de sono. Onde estava? Entre os dois pedaços, vendo-os – o que já dormira e o que ainda iria dormir –, isolada no sem-tempo e no sem-espaço, num intervalo vazio. Esse trecho seria descontado de seus anos de vida.

O teto e as paredes uniam-se sem arestas, caladas, de braços cruzados, e ela estava dentro de um casulo. Joana espiou-o sem pensamentos, sem emoção, uma coisa olhando para outra coisa. Aos poucos, de um movimento com a perna, nasceu-lhe longinquamente a consciência misturada a um gosto de sono na boca, estirando-se depois por todo o corpo. O luar empalidecia o quarto, a cama. Um momento, mais um momento, mais um momento, mais um momento. De repente, como um pequeno raio, alguma coisa acendeu dentro dela, disse rapidamente sem mover um só músculo do rosto: olhe para o lado. Continuou fixando o teto, aparentemente sem ligar sequer, mas o coração batendo assustado. Olhe para o lado. Adivinhava que terminaria olhando, vagamente sabia o que havia ao lado, mas agia como se não pretendesse olhar. Como se ignorasse o resto da cama. Olhe para o lado. Então vencida, diante de uma multidão de caras assistindo à cena lá do palco, voltou lentamente a cabeça sobre o travesseiro e espiou. Lá estava um homem. Compreendeu que esperara exatamente isto.

O peito nu, os braços abertos, crucificado. Ajeitou a cabeça na posição antiga. Bem, já espiei. Mas logo em seguida levantou o corpo e apoiada sobre o próprio cotovelo fitou-o, talvez sem curiosidade, porém exigente, esperando uma resposta. Ou atendendo a que as caras impassíveis aguardavam esse gesto? Lá estava um homem. Quem era? A pergunta nasceu leve, já perdida, ia carregada como uma pobre folha pelas ondas escuras.

Mas antes que Joana pudesse esquecê-la inteiramente, viu-a crescer de importância, apresentar-se como nova e urgente, a voz debruçada sobre ela: quem era?

Impacientou-se, cansada da insistência da multidão de faces que, em lugar de brinquedo a dirigir, agora exigia, agora exigia. Quem era? Um homem, um macho, respondeu. Mas seu homem, aquele estranho. Olhou-o no rosto, um rosto cansado de criança dormindo. Os lábios entreabertos. As pupilas, sob as grossas pálpebras descidas, voltadas para dentro, mortas. Tocou-o no ombro de leve e antes mesmo que recebesse alguma impressão, recuou rápida, assustada. Parou um pouco sentindo o próprio coração ressoar no peito. Ajeitou a camisola, dando-se tempo para recuar se ainda quisesse. Porém continuou. Aproximou seu braço claro do braço nu daquela criatura e, embora já previsse o pensamento que se seguiu, estremeceu tocada pela diferença violenta de cor, tão firme e audaciosa como um grito. Havia dois corpos limitados sobre a cama. E dessa vez não podia queixar-se de se conduzir consciente à tragédia: o pensamento impusera-se sem que ela o tivesse escolhido. E se ele acordasse e a surpreendesse inclinada sobre ele? Se abrisse os olhos subitamente, estes se encontrariam tão de frente com os seus, as duas luzes cruzando-se com as outras duas luzes... Retirou-se depressa, encolheu-se dentro de si mesma, cheia de medo, daquele temor inconfessado das antigas noites sem chuva, na escuridão sem sono. Quantas vezes terei que viver as mesmas coisas em situações diversas? Imaginou aqueles olhos como duas placas de cobre, brilhando sem expressão. Que voz poderia sair daquela garganta adormecida? Sons como setas grossas cravando-se nos móveis, nas paredes, nela própria maciamente. E todos também de braços cruzados, olhar varando o espaço longe. Implacavelmente. Badaladas de relógio só terminam quando terminam, nada há a fazer. Ou joga-se uma pedra em cima, e depois do barulho de vidros e molas quebradas, o silêncio derramando-se de dentro como sangue. Por que não matar o homem? Tolice, esse pensamento era inteiramente forjado. Olhou-o. Medo de que “aquilo” tudo, como ao aperto de um botão – bastaria tocá-lo – começasse a funcionar ruidosa, mecanicamente, enchendo o quarto de movimentos e de sons, vivendo. Teve medo do próprio medo, que a deixava isolada. Enxergou de longe, do alto da lâmpada apagada, a si mesma, perdida e miúda, coberta de luas, junto do homem que podia viver a qualquer momento.

E subitamente, traiçoeiramente, teve um medo real, tão vivo como as coisas vivas. O desconhecido que havia naquele animal que era seu, naquele homem que ela só soubera amar! Medo no corpo, medo no sangue! Talvez ele a estrangulasse, a assassinasse... Por que não? – assustou-se – a audácia com que seu próprio pensamento avançava, guiando-a como uma luzinha móvel e trêmula através do escuro. Para onde ia? Mas por que Otávio não a estrangularia? Não estavam sós? E se ele estivesse louco sob o sono? – Estremeceu. Teve um movimento involuntário com as pernas, afastou os lençóis, pronta para se defender, para fugir... Ah, se gritasse não teria medo, o medo fugiria com o grito... Otávio respondeu ao seu movimento erguendo por sua vez as sobrancelhas, apertando os lábios, abrindo-os de novo e continuando morto! Ela olhava-o, olhava-o... esperava...

Não, não era perigoso. Passou as costas da mão pela testa.

Havia ainda o silêncio, o mesmo silêncio.

Talvez, quem sabe, tivesse vivido um pouco de sonho misturado com a realidade, pensou. Procurou rememorar o dia passado. Nada de importante, senão o bilhete de Otávio avisando que almoçaria fora, como vinha acontecendo quase regularmente, há tempos. Ou o medo fora mais do que uma alucinação? O quarto era agora nítido e frio. Repousou de olhos cerrados. Felizmente eram raras as noites de pesadelo.

Que tola tinha sido. Aproximou a mão, tentou tocá-lo. Deixou a palma estirada sobre o seu peito, a princípio de leve, quase flutuante, mas vencendo-se aos poucos. Depois, de momento a momento mais confiante, abandonou-a inteiramente sobre aquele largo campo que uma vegetação ligeira cobria. Os olhos abertos, sem ver, toda a atenção voltada para si própria e para o que sentia.

Um móvel estalou, as sombras agarraram-se mais firmes no guarda-roupa.

Então nasceu-lhe uma ideia. Uma ideia tão quente que o coração acompanhou-a com pancadas fortes. Assim: aproximou-se dele, aninhou com cuidado a cabeça no seu braço, junto de seu peito. Ficou parada, à espera. Aos poucos sentiu o calor do estranho transmitindo-se a ela mesma pela nuca. Ouviu o bater ritmado, longínquo e sério de um coração. Perscrutou-se atenta. Aquele ser vivo era seu. Aquele desconhecido, aquele outro mundo era seu. Via-o de longe, do alto da lâmpada, o corpo nu – perdido e fraco. Fraco. Como eram frágeis e delicadas suas linhas descobertas, sem proteção. Ele, ele, o homem. De uma fonte oculta veio-lhe subindo pelo corpo a angústia, enchendo-lhe todas as células, empurrando-a desamparada para o fundo da cama. Meu deus, meu deus. Depois, num parto doloroso, sob a respiração difícil, sentiu o óleo macio da renúncia derramar-se dentro de si, enfim, enfim. Ele era seu.

Desejou chamá-lo, pedir-lhe apoio, pedir-lhe que dissesse palavras de apaziguamento. Mas não queria acordá-lo. Temia que ele não soubesse fazê-la subir para uma sensação mais alta, para a realização daquilo que agora era ainda um doce embrião. Sabia que mesmo nesse momento estava sozinha, que o homem acordaria distante. Que ele poderia interceptar-lhe com um bloco – uma palavra distraída e morna – o estreito e luminoso caminho onde tropeçava nos primeiros passos. No entanto imaginá-lo ignorante do que se passava dentro dela não diminuía sua ternura. Aumentava-a, fazia-a maior que seu corpo e sua alma como para compensar a distância do homem.

Joana sorria, mas não podia evitar que o sofrimento começasse a lhe palpitar em todo o corpo, como uma sede amarga. Mais que sofrimento, um desejo de amor crescendo e dominando-a. Dentro de um vago e leve turbilhão, como uma rápida vertigem, veio-lhe a consciência do mundo, de sua própria vida, do passado aquém de seu nascimento, do futuro além de seu corpo. Sim, perdida como um ponto, um ponto sem dimensões, uma vez, um pensamento. Ela nascera, ela morreria, a terra... Veloz, profunda a sensação: um mergulho cego numa cor – vermelha, serena e larga como um campo. A mesma consciência violenta e instantânea que a assaltava às vezes nos grandes instantes de amor, como a um afogado que vê pela última vez.

– Meu... – começou baixo.

Mas tudo o que ela pudesse dizer não bastava. Ela estava vivendo, vivendo. Espiou-o. Como ele dormia, como existia. Nunca o sentira tanto. Quando se unira a ele, nos primeiros tempos de casada, o deslumbramento lhe viera de seu próprio corpo descoberto. A renovação fora sua, ela não transbordara até o homem e continuara isolada. Agora subitamente compreendia que o amor podia fazer com que se desejasse o momento que vem num impulso que era a vida... – Sentia o mundo palpitar docemente em seu peito, doía-lhe o corpo como se nele suportasse a feminilidade de todas as mulheres.

Silenciou de novo olhando para dentro de si. Lembrou-se: sou a onda leve que não tem outro campo senão o mar, me debato, deslizo, voo, rindo, dando, dormindo, mas ai de mim, sempre em mim, sempre em mim. De quando era aquilo? Lido em criança? Pensado? De súbito recordou-se: ainda agora pensara-o, talvez antes de encostar o braço no de Otávio, talvez naquele momento em que tivera vontade de gritar... Cada vez mais tudo era passado... E o passado tão misterioso como o futuro.

Sim... e também vira, rapidamente como um carro silencioso em disparada, aquele homem que ela encontrava às vezes na rua... aquele homem que a fitava mudo, magro e afiado como uma faca. Já o sentira naquela noite de leve, encostando na sua consciência como a cabeça de um alfinete... como um pressentimento... mas em que momento? No sonho? Na vigília? Um novo fluxo de dor e de vida cresceu, inundou-a, com a angústia da prisão.

– Eu... – recomeçou tímida para Otávio.

Estava mais escuro, ela não o via senão como uma sombra. Ele se apagava cada vez mais, escorregava-lhe por entre as mãos, morto no fundo do sono. E ela, solitária como o tique-taque de um relógio numa casa vazia. Esperava sentada sobre a cama, os olhos engrandecidos, o frio da madrugada próxima atravessando-lhe a camisa fina. Sozinha no mundo, esmagada pelo excesso de vida, sentindo a música vibrar alta demais para um corpo.

Mas a libertação veio e Joana tremeu ao seu impulso... Porque, branda e doce como um amanhecer num bosque, nasceu a inspiração... Então ela inventou o que deveria dizer. Os olhos fechados, entregue, disse baixinho palavras nascidas naquele instante, nunca antes ouvidas por alguém, ainda tenras da criação – brotos novos e frágeis. Eram menos que palavras, apenas sílabas soltas, sem sentido, mornas, que fluíam e se entrecruzavam, fecundavam-se, renasciam num só ser para desmembrarem-se em seguida, respirando, respirando...

Seus olhos se umedeceram de alegria suave e de gratidão. Falara... As palavras vindas de antes da linguagem, da fonte, da própria fonte. Aproximou-se dele, entregando-lhe sua alma e sentindo-se no entanto plena como se tivesse sorvido um mundo. Ela era como uma mulher.

As árvores escuras do jardim vigiavam secretamente o silêncio, ela bem sabia, bem sabia... Adormeceu.

LÍDIA

A manhã seguinte era de novo como um primeiro dia, sentiu Joana.

Otávio saíra cedo e ela o abençoava por isso como se ele lhe tivesse concedido intencionalmente tempo para pensar, para observar-se. Ela não queria precipitar-se em nenhuma atitude, sentia que qualquer de seus movimentos poderia tornar-se precioso e perigoso.

Foram instantes, horas rápidas apenas. Porque ela recebeu o bilhete de Lídia convidando-a a visitá-la.

Sua leitura fizera Joana sorrir antes mesmo de provocar aquelas rápidas e pesadas batidas do coração. E também a lâmina fria de aço encostando no interior morno do corpo. Como se sua tia morta ressurgisse e lhe falasse, Joana imaginou-lhe o susto, sentiu seus olhos abertos – ou seria os seus próprios olhos a quem ela não permitia surpresas?: – Otávio voltou para Lídia, apesar de Joana? – diria a tia.

Joana alisou os cabelos vagarosamente, a lâmina fria encostada ao coração quente, sorriu de novo, oh só para ganhar tempo. Mas sim, por que não continuar com Lídia? – respondeu à tia morta. A lâmina agora, a esse pensamento claro, oprimiu-lhe rindo os pulmões, gelada. Por que recusar acontecimentos? Ter muito ao mesmo tempo, sentir de várias maneiras, reconhecer a vida em diversas fontes... Quem poderia impedir a alguém de viver largamente?

Mais tarde caiu num estado de estranha e leve excitação. Deslizou pela casa sem destino, chorou mesmo um pouco, sem grande sofrimento, só por chorar – convenceu-se – simplesmente, como quem acena com a mão, como quem olha. Estou sofrendo? – indagava-se às vezes e de novo quem pensava enchia toda ela de surpresa, curiosidade e orgulho e não restava lugar para quem sofrer. Mas sua fina exaltação não lhe permitiu continuar num mesmo plano durante muito tempo. Passou logo a outro tom de comportamento, tocou um pouco de piano, esqueceu a carta de Lídia. Quando dela se lembrava, vagamente, um pássaro que vem e volta, não sabia decidir-se, se ficava triste ou alegre, se calma ou agitada. Lembrava-se continuamente da noite anterior, a vidraça erguida brilhava serenamente à lua, do peito nu de Otávio, da Joana que adormecera profundamente, quase pela primeira vez na vida, confiando-se a um homem que dormia ao seu lado. Na verdade não se distanciara da Joana cheia de ternura da véspera. Envergonhada, humilde e rejeitada, essa vagara até voltar e Joana estava cada vez mais dura, mais concentrada e cada vez mais perto de si mesma – julgava. Até melhor. Só que o aço frio se renovava sempre, nunca esquentava. Sobretudo, no fundo de qualquer pensamento pairava um outro, perplexo, quase encantado, como no dia da morte do pai: aconteciam coisas sem que ela as inventasse...

De tarde pôde enfim observar Lídia e soube que estava tão longe dela como da mulher da voz. Olhavam-se e não podiam se odiar ou mesmo se repelir. Lídia falara, pálida e discreta, sobre vários assuntos sem interesse para nenhuma das duas. Sua gravidez nascente boiava por toda a sala, enchia-a, penetrava Joana. Até aqueles móveis apagados, com os paninhos de croché, pareciam guardar-se no mesmo segredo quase revelado, na mesma espera de um filho. Os olhos abertos de Lídia eram sem sombras. Que mulher bela. Os lábios cheios mas pacíficos, sem estremecimentos, como de alguém que não tem receio do prazer, que o recebe sem remorsos. Que poesia seria a base de sua vida? Que diria aquele murmúrio que ela adivinhava no interior de Lídia? A mulher da voz multiplicava-se em inúmeras mulheres... Mas onde estava afinal a divindade delas? Até nas mais fracas havia a sombra daquele conhecimento que não se adquire com a inteligência. Inteligência das coisas cegas. Poder da pedra que tombando empurra outra que vai cair no mar e matar um peixe. Às vezes encontrava-se o mesmo poder em mulheres apenas ligeiramente mães e esposas, tímidas fêmeas do homem, como a tia, como Armanda. No entanto aquela força, a unidade na fraqueza... Oh, estava exagerando talvez, talvez a divindade das mulheres não fosse específica, estivesse apenas no fato de existirem... Sim, sim, aí estava a verdade: elas existiam mais do que os outros, eram o símbolo da coisa na própria coisa. E a mulher era o mistério em si mesmo, descobriu. Havia em todas elas uma qualidade de matéria-prima, alguma coisa que podia vir a definir-se mas que jamais se realizava, porque sua essência mesma era a de "tornar-se". Através dela exatamente não se unia o passado ao futuro e a todos os tempos?

Lídia e Joana calaram um longo momento. Não se sentiam propriamente juntas, mas sem necessidade de palavras, como se na realidade se tivessem encontrado apenas para se olhar e retirar-se então. A estranheza da situação tornou-se mais nítida quando as duas mulheres sentiram que não estavam lutando. Em ambas houve um movimento de impaciência, ainda havia um dever a cumprir. Joana afastou-o, subitamente saciada:

– Bem – o tom da própria voz acordou-a desagradavelmente – creio que está finda a entrevista.

Lídia assombrou-se. Mas como? pois se nada tinham dito! Sobretudo, repugnava-lhe a ideia de uma coisa inacabada:

– Nós nada dissemos ainda... E precisamos falar...

Joana sorriu. Nesse sorriso começou a agir, não com força – o cansaço – mas exatamente como eu a impressionaria. Que tolice estou pensando afinal?

– Não sente – disse Joana – que nos afastamos do motivo que nos reuniu? Se falássemos nele seria pelo menos agora sem interesse nem ardor... Deixemos tudo para outro dia.

Por um instante a figura do homem apareceu-lhes apagada, inoportuna. Mas Lídia sabia que mal aquela mulher desaparecesse, desapareceria também a inércia e o torpor em que ela a deixara, tirando-lhe a vontade de se mover. E de novo desperta, quereria o filho. A pequena família. Fazia esforço por sair daquele sono, por abrir os olhos e lutar:

– É absurdo perdermos essa ocasião...

Sim, compremos o artigo, compremos o artigo. Minha moleza vem de que me preparei demais para a festa. Joana riu novamente, sem alegria.

– Sei que nada posso esperar de sua parte, retomou a grávida subitamente com força – uma nuvem destapando o sol, tudo rebrilhando de novo, insuflado de vida. Também Joana se aclarou, sentiu a nuvem descobrindo o sol, tudo borbulhando levemente de mãos dadas numa roda suave, como de crianças.

– Conheço-a bem, continuou Lídia. As palavras caíram serenamente enfaradas no lago, depositavam-se no seu fundo, sem consequência.

Mas de repente a moça se empurrou e à sua gravidez, num último esforço para despertar:

– Conheço-a, sei quanto é firme sua maldade.

Agora a sala revivia.

– Ah, sabe?

Sim, revivia, acordou Joana. Que estou dizendo? Como ouso vir aqui? Estou longe, longe. Basta olhar para essa mulher para compreender que não se poderia gostar de mim. O aço encostou subitamente em seu coração. Ah, o ciúme, era isso o ciúme, a mão fria amassando-a lentamente, apertando-a, diminuindo sua alma. Comigo acontece o seguinte ou senão ameaça acontecer: de um momento para outro, a certo movimento, posso me transformar numa linha. Isso! numa linha de luz, de modo que a pessoa fica só ao meu lado, sem poder me pegar e à minha deficiência. Enquanto Lídia tem vários planos. A cada gesto revela-se outro aspecto de sua dimensão. Ao seu lado ninguém escorrega e se perde, porque se apoia sobre seus seios – sérios, plácidos, pálidos, enquanto os meus são fúteis – sou sobre sua barriga onde até um filho cabe. Não exagerar sua importância, em todos os ventres de mulheres pode nascer um filho. Como é bela e é mulher, serenamente matéria-prima, apesar de todas as outras mulheres. O que há no ar? estou sozinha. Os lábios grandes de Lídia, de linhas vagarosas, tão bem pintados de claro, enquanto eu de batom escuro, sempre escarlate, escarlate, escarlate, o rosto branco e magro. Esses seus olhos castanhos, enormes e tranquilos, talvez nada tenham a dar, mas recebem tanto que ninguém poderia resistir, muito menos Otávio. Sou um bicho de plumas, Lídia de pelos, Otávio se perde entre nós, indefeso. Como escapar ao meu brilho e à minha promessa de fuga e como escapar à certeza dessa mulher? Nós duas formaríamos uma união e forneceríamos à humanidade, sairíamos de manhã cedo de porta em porta, tocaríamos a campainha: qual é que a senhora prefere: meu ou dela? e entregaríamos um filhinho. Compreendo por que Otávio não se desligou de Lídia: ele está sempre disposto a se lançar aos pés daqueles que andam para frente. Nunca vê um monte sem enxergar apenas sua firmeza, nunca vê uma mulher de busto grande sem pensar em deitar a cabeça sobre ele. Como sou pobre junto dela, tão segura. Ou me acendo e sou maravilhosa, fugazmente maravilhosa, ou senão obscura, envolvo-me em cortinas. Lídia, o que quer que seja, é imutável, sempre com a mesma base clara. As minhas mãos e as dela. As minhas – esboçadas, solitárias, traços lançados para a frente e para trás, descuido e rapidez num pincel molhado em tinta branco-triste, estou sempre levando a mão à testa, sempre ameaçando deixá-las no ar, oh como sou fútil, só agora compreendo. As de Lídia – recortadas, bonitas, cobertas por uma pele elástica, rosada, amarelada, como uma flor que vi em alguma parte, mãos que repousam em cima das coisas, cheias de direção e sabedoria. Eu toda nado, flutuo, atravesso o que existe com os nervos, nada sou senão um desejo, a raiva, a vaguidão, impalpável como a energia. Energia? mas onde está minha força? na imprecisão, na imprecisão, na imprecisão... E vivificando-a, não a realidade, mas apenas o vago impulso para diante. Quero deslumbrar Lídia, tornar a conversa algo estranho, fino, escapando, mas não, mas sim, não, mas por que não? Lembrou-se subitamente de Otávio, mexendo e soprando a xícara de café para esfriá-la, o ar sério, interessado e ingênuo. Surpreender Lídia, sim, arrastá-la... Como naquele tempo do internato, quando subitamente precisava pôr à prova seu poder, sentir a admiração das colegas, com quem geralmente pouco falava. Então representava friamente, inventando, brilhando como numa vingança. Do silêncio em que se escondia, saía para a luta:

– Olhem aquele homem... Toma café com leite de manhã, bem devagar, molhando o pão na xícara, deixando escorrer, mordendo-o, levantando-se depois pesado, triste...

As colegas olhavam, viam um homem qualquer e no entanto, apesar de surpreendidas e intencionalmente distantes a princípio, no entanto... era milagrosamente exato! Elas chegavam a ver o homem se levantando da mesa... a xícara vazia... algumas moscas... Joana continuava a ganhar tempo, a avançar, os olhos acesos:

– E aquele outro... De noite tira com esforço os sapatos, joga-os longe, suspira, diz: o que importa é não desanimar, o que importa é não desanimar...

As mais fracas murmuravam já sorridentes, dominadas: é mesmo... como é que você sabe? As outras retraíam-se. Porém terminavam ao redor de Joana, esperando que ela lhes mostrasse mais alguma coisa. Seus gestos a essa altura se tornavam leves, febris, e inspirada cada vez mais tocava em todas:

– Vejam os olhos daquela mulher... redondos, transparentes, tremem, tremem, de um instante para outro podem cair numa gota d'água...

– E aquele olhar? – às vezes Joana era mais audaciosa, encontrando súbita timidez naquelas meninas que liam certos livros nos corredores da escola. E aquele olhar? de quem busca prazer onde quer que o encontre...

As colegas riam, mas aos poucos nascia alguma coisa de inquieto, doloroso e incômodo na cena. Elas terminavam por rir demais, nervosas e insatisfeitas. Joana, animada, subia sobre si mesma, prendia as moças à sua vontade e à sua palavra, cheia de uma graça ardente e cortante como ligeiras chicotadas. Até que, finalmente envoltas, elas aspiravam o seu brilhante e sufocante ar. Numa súbita saciedade, Joana parava então, os olhos secos, o corpo trêmulo sobre a vitória. Desamparadas, sentindo o rápido afastamento de Joana e seu desprezo, também elas tombavam murchas, como envergonhadas. Alguma dizia antes de se dispersarem, cansadas umas das outras:

– Joana fica insuportável quando está alegre...

Lídia corou. O "Ah, sabe?" de Joana soara tão curto, distraído e curioso, tão longe da emoção de Lídia.

– Não tem importância, não tem importância – tentou Joana apaziguá-la. É claro que você não pode saber o que é maldade. Então vai ter um filho..., continuou. Quer Otávio, o pai. É compreensível. Por que não trabalha para sustentar o guri? Certamente você estava esperando de mim grandes bondades, apesar do que disse agora sobre minha maldade. Mas a bondade me dá realmente ânsias de vomitar. Por que não trabalha? Assim não precisaria de Otávio. Não estou disposta a lhe ceder exatamente tudo. Mas me conte antes seu romance com Otávio, me conte como conseguiu que ele voltasse para você. Ou melhor: o que ele pensa de mim. Diga sem medo. Eu o faço muito infeliz?

– Não sei, não tocamos no seu nome.

Eu estava então sozinha? e essa alegria de dor, o aço franzindo minha pele, esse frio que é ciúme, não, esse frio que é assim: ah, andaste tudo isso? pois tens que voltar. Mas dessa vez não recomeçarei, juro, nada reconstruirei, ficarei atrás como uma pedra lá longe, no começo do caminho. Há qualquer coisa que roda comigo, roda, roda, me atordoa, me atordoa, e me deposita tranquilamente no mesmo lugar.

Dirigiu-se à grávida:

– Não é possível... Ele não se libertaria tão facilmente.

– Mas ele de certo modo detesta você! – gritara Lídia.

Ah, bem.

– Você também sente isso? – perguntara Joana. – Sim, sim... Não é ódio somente, apesar de tudo. – A noite de ontem, minha ternura, não importa, no fundo eu sabia que estava só, nem ao menos fui enganada, porque sabia, sabia. – E se fosse medo também?

– Medo? Não compreendo, surpreendia-se Lídia, medo de quê?

– Talvez porque eu seja infeliz, medo de se aproximar. Talvez seja isso: medo de ter que sofrer também...

– É infeliz? – indagara a outra baixo.

– Mas não se assuste, a infelicidade nada tem a ver com a maldade, rira Joana. – O que houve afinal? Não estou presente, não estou presente, o que houve, o cansaço, vontade de sair chorando. Eu sei, eu sei: gostaria de passar pelo menos um dia vendo Lídia andar da cozinha para a sala, depois almoçando ao seu lado numa sala quieta – algumas moscas, talheres tilintando –, onde não entrasse calor, vestida num largo e velho robe florido. Depois, de tarde, sentada e olhando-a coser, dando-lhe aqui e ali uma pequena ajuda, a tesoura, a linha, à espera da hora do banho e do lanche, seria bom, seria largo e fresco. Será um pouco disso o que sempre me faltou? Por que é que ela é tão poderosa? O fato de eu não ter tido tardes de costura não me põe abaixo dela, suponho. Ou põe? Põe, não põe, põe, não põe. Eu sei o que quero: uma mulher feia e limpa com seios grandes, que me diga: que história é essa de inventar coisas? nada de dramas, venha cá imediatamente! – E me dê um banho morno, me vista uma camisola branca de linho, trance meus cabelos e me meta na cama, bem zangada, dizendo: o que então? fica aí solta, comendo fora de hora, capaz de pegar uma doença, deixe de inventar tragédias, pensa que é grande coisa na vida, tome essa xícara de caldo quente. Me levanta a cabeça com a mão, me cobre com um lençol grande, afasta alguns fios de cabelo de minha testa, já branca e fresca, e me diz antes de eu adormecer mornamente: vai ver como em pouco tempo engorda esse rosto, esquece as maluquices e fica uma boa menina.

Alguém que me recolha como a um cão humilde, que me abra a porta, me escove, me alimente, me queira severamente como a um cão, só isso eu quero, como a um cão, a um filho.

– Você gostaria de estar casada – casada de verdade – com ele? – indagou Joana.

Lídia olhara-a rapidamente, procurava saber se havia sarcasmo na pergunta:

– Gostaria.

– Por quê? – surpreendeu-se Joana. Não vê que nada se ganha com isso? Tudo o que há no casamento você já tem – Lídia corou, mas eu não tinha malícia, mulher feia e limpa. – Aposto como você passou toda a vida querendo casar.

Lídia teve um movimento de revolta: era tocada bem na ferida, friamente.

– Sim. Toda mulher... – assentiu.

– Isso vem contra mim. Pois eu não pensava em me casar. O mais engraçado é que ainda tenho a certeza de que não casei... Julgava mais ou menos isso: o casamento é o fim, depois de me casar nada mais poderá me acontecer. Imagine: ter sempre uma pessoa ao lado, não conhecer a solidão. – Meu Deus! – não estar consigo mesma nunca, nunca. E ser uma mulher casada, quer dizer, uma pessoa com destino traçado. Daí em diante é só esperar pela morte. Eu pensava: nem a liberdade de ser infeliz se conserva porque se arrasta consigo outra pessoa. Há alguém que sempre a observa, que a perscruta, que acompanha todos os seus movimentos. E mesmo o cansaço da vida tem certa beleza quando é suportado sozinha e desesperada – eu pensava. Mas a dois, comendo diariamente o mesmo pão sem sal, assistindo à própria derrota na derrota do outro... Isso sem contar com o peso dos hábitos refletidos nos hábitos do outro, o peso do leito comum, da mesa comum, da vida comum, preparando e ameaçando a morte comum. Eu sempre dizia: nunca.

– Por que casou? – indagava Lídia.

– Não sei. Só sei que esse "não sei" não é uma ignorância particular, em relação ao caso, mas o fundo das coisas. – Estou fugindo da questão, daqui a pouco ela me olhará daquele jeito que eu já conheço. – Casei certamente porque quis casar. Porque Otávio quis casar comigo. É isso, é isso: descobri: em lugar de pedir para viver comigo sem casamento, sugeriu-me outra coisa. Aliás daria no mesmo. E eu estava tonta, Otávio é bonito, não é? não me lembrei de mais nada. – Pausa. – Como é que você o quer: com o corpo?

– Sim, com o corpo – balbuciara Lídia.

– É amor.

– E você? – atreveu-se Lídia.

– Não tanto.

– Mas ele me disse, ao contrário...

Lídia interrompera-se. Olhava-a com cuidado. Como Joana parecia inexperiente. Falava do amor com tanta simplicidade e clareza porque certamente nada ainda lhe tinha sido revelado através dele. Ela não caíra nas suas sombras, ainda não sentira suas transformações profundas e secretas. Senão teria, como ela própria, quase vergonha de tanta felicidade, manter-se-ia vigilante à sua porta, protegendo da luz fria aquilo que não deveria crestar-se para continuar a viver. No entanto aquela vivacidade de Joana... o que compreendera através de Otávio... que existia vida dentro dela... Mas seu amor não abrigava, nem a Joana mesma, sentiu Lídia. Inexperiente, íntegra, intocada, podia confundir-se com uma virgem. Lídia olhava-a e tentava explicar-se o que havia de oscilante e lúcido naquele rosto. Certamente o amor não a ligava nem mesmo ao amor. Enquanto ela própria, Lídia, quase um instante após o primeiro beijo, transformara-se em mulher.

– Sim, sim, mas nada altera, prosseguia Joana serena. Eu o quero também mais friamente, como a uma criatura, como a um homem. – Será que ela vai olhar daquele jeito medroso, assombrado, reverente: oh, porque você fala em coisas difíceis, porque empurra coisas enormes num momento simples, me poupe, me poupe. Mas dessa vez tenho culpa, porque realmente nem sei o que pretendia dizer. Porém é assim que eu a vencerei.

Lídia hesitava:

– Isso não é mais do que amor?

– Pode ser, disse Joana surpresa. O que importa é que já não é amor. – E de repente eis que vem o cansaço, o grande "para quê" me envolvendo, e eu sei que vou dizer alguma coisa. – Fique com Otávio. Tenha seu filho, seja feliz e me deixe em paz.

– Sabe o que está dizendo? – gritara a outra.

– Sei, é claro.

– Não gosta dele...

– Gosto. Mas eu nunca sei o que fazer das pessoas ou das coisas de que eu gosto, elas chegam a me pesar, desde pequena. Talvez se eu gostasse realmente com o corpo... Talvez me ligasse mais... – São confidências. Deus meu. Agora vou dizer assim: – Otávio foge de mim porque eu não trago paz a ninguém, dou aos outros sempre a mesma taça, faço com que digam: eu estive cego, não era paz o que eu tinha, agora é que a desejo.

– Mesmo assim... acho... ninguém pode se lamentar... Nem Otávio... suponho que nem eu... – Lídia não soubera explicar, quedara-se vaga, as mãos não pousavam sobre as coisas.

– O quê?

– Não sei. – Olhava para Joana e procurava alguma coisa no seu rosto, intrigada, movendo a cabeça.

– O que é? – repetiu Joana.

– Não consigo compreender.

Joana enrubesceu de leve:

– Também eu. Nunca penetrei no meu coração.

Alguma coisa estava dita.

Joana caminhou até a janela, espiou o jardim onde brincaria o filho de Lídia, que estava agora no ventre de Lídia, que seria alimentado pelos seios de Lídia, que seria Lídia. Ou Otávio, fruto verde? Não, Lídia, a que se transmite. Se a abrissem ao meio – ruído de folhas frescas se partindo – veriam-na como uma romã aberta, sadia e rosada, translúcida como olhos claros. A base de sua vida era mansa como um regato correndo no campo. E nesse campo ela própria se movia segura e serena como um animal a pastar. Comparou-a com Otávio, para quem a vida nunca passaria de uma estreita aventura individual. E com ela mesma, usando os outros para fundo sombrio onde se recortasse sua figura brilhante e alta. A poesia de Lídia: só este silêncio é minha prece, Senhor, e não sei dizer mais; sou tão feliz em sentir que me calo para sentir mais; foi em silêncio que nasceu em mim uma teia de aranha tenra e leve: esta suave incompreensão da vida que me permite viver. Ou era tudo mentira? Oh, Deus, quando mais precisava agir perdia-se em pensamentos inúteis. Tudo certamente mentira, era até possível que Lídia fosse muito menos pura do que imaginava. Mas mesmo assim receava continuar ao seu lado, olhá-la sem querer com um pouco de força, fazer com que ela tomasse consciência de si própria. Preservá-la, não transformar sua cor, sua preciosa voz.

– Ele me contou aquilo do velhinho... Jogou o livro sobre ele, tão velho... Antes eu compreendi, mas agora não sei como pôde... – perguntara Lídia.

– Mas foi verdade.

Lídia olhava-a, os lábios entreabertos, esperando-a. E de repente sentiu com clareza que não queria lutar contra aquela mulher. Balançou a cabeça desnorteada. Seu rosto dissolveu-se, tremeu, seus traços hesitaram em busca de uma expressão:

– Eu não fiz isso por querer, sabe? Não, eu não fiz... – Lídia continuava inquieta, o rosto picado por estremecimentos rápidos. – Por que haveria eu de querer enganá-la? Não, não é isso que eu quero dizer, não é isso...

E subitamente, sem que Joana pudesse prevê-lo, rompeu num choro livre e forte. Ela vai ter um filho, está nervosa, pensou Joana. A outra se arrastava penosamente:

– Eu não me incomodaria de tirar Otávio de outra mulher. Mas não sabia que havia você... Não uma pessoa qualquer, como eu, mas alguém tão... tão boa... tão sublime...

Joana sobressaltou-se. Ah, eu estive trabalhando para isso: consegui ser sublime... como nos antigos tempos... Não, não é inteiramente assim, não forcei a situação, como o poderia com o aço franzindo e esfriando meu corpo? Não me colocar a essa luz, com o sulco na testa tão evidente. Procurar aquele grau de luz e sombra em que me torno subitamente polpuda, o batom escurecido em mancha velha de sangue, o rosto esbranquiçado sob os cabelos... Encostam-me de novo a lâmina de aço no coração. Quando eu for embora ela me desprezará, é apenas no momento que está deslumbrada. Sou fugazmente maravilhosa... Deus, Deus... caminho correndo, alucinada, o corpo voando, hesitando... para onde? Há uma substância assustada e leve no ar, eu consegui obtê-la, é como o instante que precede o choro de uma criança. Naquela noite, não sei quando, havia escadarias, leques se movendo, luzes ternas balançando os doces raios como cabeças de mães tolerantes, havia um homem olhando para mim lá da linha do horizonte, eu era uma estranha, mas vencia de qualquer modo, mesmo que fosse desprezando alguma coisa. Tudo deslizava suave, em combinação muda. Já era no fim – fim de quê? da escadaria nobre e lânguida, inclinada, acenando o longo braço brilhante, o belo e orgulhoso corrimão, o fim da noite – quando eu resvalava para o centro da sala, suave como uma bolha de ar. E subitamente, forte como um trovão, porém mudo como um espanto mudo, e, subitamente, mais um passo e não pude continuar! A barra de meu vestido de gaze estremeceu num esgar, lutou, torceu-se, rasgou-se no canto agudo do móvel e lá ficou trêmula, arquejante, perplexa sob meu olhar estupefacto. E de repente as coisas haviam endurecido, uma orquestra rebentara em sons tortos e silenciara imediatamente, havia alguma coisa triunfante e trágica no ar. Eu descobri que no fundo não havia em mim surpresa: que tudo caminhava lentamente para aquilo e agora se precipitara no seu verdadeiro plano. Eu queria sair correndo, chorando com meu pobre vestido sem barra, roto e aflito. Agora as luzes brilhavam com força e orgulho, os leques desvendavam caras resplandecentes e astuciosas, lá de longe do horizonte o homem ria para mim, o corrimão retraiu-se, fechou os olhos... Ninguém precisava mais mentir, uma vez que eu já sabia tudo! Também agora me precipitarei em outro estado. Por quê? Por quê? Vou embora daqui, vou para casa, de um instante para outro o rasgão no vestido, ouvir o grito lancinante da orquestra e subitamente o silêncio, todos os músicos caídos mortos sobre o estrado, no grande salão zangado e vazio. Olhar de frente para o rasgão, mas sempre tive medo de rebentar de sofrimento, como o grito da orquestra. Ninguém sabe até que ponto posso chegar quase em triunfo como se fosse uma criação: é uma sensação de poder extra-humano conseguida em certo grau de sofrimento. Porém um minuto mais e a gente não sabe se é de poder ou de absoluta impotência, assim como querer com o corpo e o cérebro movimentar um dedo e simplesmente não consegui-lo. Não é simplesmente não consegui-lo: mas todas as coisas rindo e chorando ao mesmo tempo. Não, seguramente não inventei esta situação, e é isso o que mais me surpreende. Porque minha vontade de experiência não chegaria a provocar esse ferro frio encostando na carne morna, finalmente morna da ternura de ontem. Oh, não se fazer de mártir: você sabe que não continuaria no mesmo estado por muito tempo: de novo abriria e fecharia círculos de vida, jogando-os de lado, murchos... Também aquele momento passaria, mesmo que Lídia não reclamasse Otávio, mesmo que eu jamais viesse a saber que Otávio não a abandonara embora casado comigo. Não é que estou misturando a essa ameaça de dor certa alegria doce e irônica? não é que estou me querendo nesse momento? Só quando sair daqui me permitirei olhar o rasgão do vestido. Nada aconteceu, só que ontem eu iniciara a renovação e agora me retraio porque essa mulher está nervosa porque espera um filho de Otávio. Sobretudo não houve transformação essencial, tudo isso já existia, houve apenas o rasgão do vestido indicando as coisas. E realmente realmente realmente, dor de cabeça, cansaço, realmente tudo caminhava para isso.

– Eu também posso ter um filho, disse alto. A voz soou bela e límpida.

– Sim – murmurara Lídia assombrada.

– Eu também posso. Por que não?

– Não...

– Não? Mas sim... Eu lhe darei Otávio, não agora, porém quando eu quiser. Eu terei um filho e depois lhe devolverei Otávio.

– Mas isso é monstruoso! – gritara Lídia.

– Mas por quê? É monstruoso ter duas mulheres? Você bem sabe que não. É bom estar grávida, imagino. Mas basta para alguém esperar um filho ou ainda é pouco?

– A gente se sente bem, dissera Lídia arrastada, os olhos abertos.

– Bem?

– Também se tem medo do parto às vezes – respondia a outra mecanicamente.

– Não se assuste, qualquer animal tem filhos. Você terá um parto fácil e também eu. Nós duas temos a bacia larga.

– Sim...

– Eu também quero as coisas da vida. Por que não? Pensa que sou estéril? Nem um pouco. Não tive filhos porque não quis.

Eu me sinto segurando uma criança, pensou Joana. Dor-me, meu filho, dorme, eu lhe digo. O filho é morno e eu estou triste. Mas é a tristeza da felicidade, esse apaziguamento e suficiência que deixam o rosto plácido, longínquo. E quando meu filho me toca não me rouba pensamento como os outros. Mas depois, quando eu lhe der leite com estes seios frágeis e bonitos, meu filho crescerá de minha força e me esmagará com sua vida. Ele se distanciará de mim e eu serei a velha mãe inútil. Não me sentirei burlada. Mas vencida apenas e direi: eu nada sei, posso parir um filho e nada sei. Deus receberá minha humildade e dirá: pude parir um mundo e nada sei. Estarei mais perto d'Ele e da mulher da voz. Meu filho se moverá nos meus braços e eu me direi: Joana, Joana, isso é bom. Não pronunciarei outra palavra porque a verdade será o que agradar aos meus braços.

O HOMEM

Entre um instante e outro, entre o passado e as névoas do futuro, a vaguidão branca do intervalo. Vazio como a distância de um minuto a outro no círculo do relógio. O fundo dos acontecimentos erguendo-se calado e morto, um pouco da eternidade.

Apenas um segundo quieto talvez separando um trecho da vida ao seguinte. Nem um segundo, não pôde contá-lo em tempo, porém longo como uma linha reta infinita. Profundo, vindo de longe – um pássaro negro, um ponto crescendo do horizonte, aproximando-se da consciência como uma bola arremessada do fim para o princípio. E explodindo diante dos olhos perplexos em essência de silêncio. Deixando depois de si o intervalo perfeito como um único som vibrando no ar. Renascer depois, guardar a memória estranha do intervalo, sem saber como misturá-lo à vida. Carregar para sempre o pequeno ponto vazio – deslumbrado e virgem, demasiado fugaz para se deixar desvendar.

Joana sentiu-o enquanto atravessava o pequeno jardim de Lídia, ignorando aonde iria, sabendo apenas que deixava atrás de si tudo o que vivera. Quando fechou o portãozinho, afastou-se de Lídia, de Otávio, e, de novo sozinha em si mesma, caminhava.

Um começo de tempestade calmara e o ar fresco circulava docemente. Subiu de novo o morro e seu coração ainda batia sem ritmo. Procurava a paz daqueles caminhos àquela hora, entre a tarde e a noite, uma cigarra invisível sussurrando o mesmo canto. Os velhos muros úmidos em ruína, invadidos de heras e trepadeiras sensíveis ao vento. Parou e sem os seus passos ouvia o silêncio mover-se. Só seu corpo perturbava aquela serenidade. Imaginava-a sem sua presença e adivinhava a frescura que deveriam ter aquelas coisas mortas misturadas às outras, fragilmente vivas como no início da criação.

As altas casas fechadas, recolhidas como torres. Chegava-se a um dos casarões por uma longa rua sombria e quieta, o fim do mundo. Apenas junto dele enxergava-se um declive, o nascimento de outra rua e compreendia-se que não era o fim. O casarão baixo e largo, os vidros quebrados, as venezianas cerradas, cobertas de poeira. Conhecia bem aquele jardim onde se misturavam fofos tufos de erva, rosas vermelhas, velhas latas enferrujadas. Sob os jasmineiros em flor encontraria os jornais desbotados, pedaços de madeira úmida de antigos enxertos. Entre as árvores pesadas e envelhecidas os pardais e os pombos beliscando desde sempre o chão. Um passarinho pousava do voo, passeava pelos arredores até sumir-se numa das moitas. O casarão orgulhoso e doce em seus escombros. Morrer ali. Àquela casa só se podia chegar quando viesse o fim. Morrer naquela terra úmida tão boa para receber um corpo morto. Mas não era morte o que ela queria, tinha medo também.

Um fio d'água corria sem cessar pela parede escura. Joana parou um instante, olhou-o vazia, impassível. Num de seus passeios ela já se sentara junto do portãozinho enferrujado, o rosto comprimido às grades frias, procurando mergulhar no cheiro úmido e escuro do quintal. Aquela quietude fechada, o perfume. Mas isso fora há muito tempo. Agora ela se separara do passado.

Continuou a andar. Não sentia mais o calor da febre que a conversa com Lídia provocara. Estava pálida e o excesso de cansaço deixava-a agora quase leve, os traços mais finos, purificados. De novo esperava um fim, o fim que jamais vinha completar seus momentos. Que descesse sobre ela algo inevitável, queria ceder, submeter-se. Às vezes seus passos erravam na direção, pesavam-lhe, as pernas mal se moviam. Mas ela se empurrava, guardava-se para cair mais longe. Olhava para o chão, as ervas louras que renasciam humildemente após cada esmagamento.

Levantou os olhos e viu-o. Aquele mesmo homem que a seguia frequentemente, sem jamais se aproximar. Já o vira muitas vezes naquelas mesmas ruas, no passeio da tarde. Não se surpreendeu. Alguma coisa teria que vir de algum modo, ela sabia. Afiado como uma faca. Sim, ainda na noite anterior, deitada ao lado de Otávio, ignorante do que sucederia no dia seguinte, ela se lembrara desse homem. Afiado como uma faca... Numa ligeira vertigem, ao tentar divisá-lo de longe, viu-o multiplicado em inúmeros vultos que enchiam trêmulos e informes o caminho. Quando passou a escuridão da vista, a testa úmida de suor, viu-o em contraste como um ponto único e pobre andando para ela, perdido na longa rua deserta. Certamente ele apenas a seguiria, como das outras vezes. Mas ela estava cansada e parou.

Cada vez mais a figura do homem se aproximava e crescia, cada vez mais Joana se sentiu afundando no irremediável. Ainda poderia recuar, ainda poderia voltar as costas e ir embora, evitando-o. Nem seria fugir, ela adivinhava a humildade do homem. Nada a retinha ali imóvel, claramente à espera de sua aproximação. Nada a retinha, nem o medo. Mas mesmo que agora se aproximasse a morte, mesmo a vileza, a esperança ou de novo a dor. Parara simplesmente. Estavam cortadas as veias que a ligavam às coisas vividas, reunidas num só bloco longínquo, exigindo uma continuação lógica, mas velhas, mortas. Só ela própria sobrevivera, ainda respirando. E à sua frente um novo campo, ainda sem cor, a madrugada emergindo. Atravessar suas brumas para enxergá-lo. Não poderia recuar, não sabia por que recuar. Se ainda hesitava diante do estranho cada vez mais perto é que temia a vida que de novo se aproximava implacável. Procurava agarrar-se ao intervalo, nele existir suspensa, naquele mundo frio e abstrato, sem se mesclar ao sangue.

Ele vinha. Parou a alguns passos dela. Permaneceram em silêncio. Ela de olhos fixos, largos e cansados. Ele trêmulo, hesitante. Ao redor as folhas se moviam à brisa, um pássaro pipilava monotonamente.

O silêncio se prolongava à espera do que pudessem dizer. Mas nenhum dos dois descobria no outro o começo de alguma palavra. Fundiam-se ambos na quietude. Aos poucos ele deixou de palpitar, seus olhos pousaram mais fundo no corpo da mulher, apoderaram-se suavemente dele e de seu cansaço. Olhava-a esquecido de si próprio e de sua timidez. Joana sentia-o penetrá-la e deixou-o.

Quando ele falou ela ergueu imperceptivelmente o corpo. Parecia-lhe longuíssimo o tempo que decorrera, mas quando ele pronunciou as primeiras palavras sem tentar um início de conversação soube que na verdade distanciara-se incomensuravelmente do princípio.

– Moro naquela casa, disse ele.

Ela esperava.

– Quer descansar?

Joana assentiu e ele olhou mudamente a aura luminosa que seus cabelos despenteados traçavam em torno da cabeça pequena. Foi na frente e ela seguiu-o.

O quarto do homem estava ainda morno do fim do sol. Ele abaixou as cortinas e a sombra estendeu-se pelo assoalho, até a porta fechada. Aproximou-lhe uma poltrona velha e macia, onde ela mergulhou, as pernas encolhidas. Ele mesmo sentou-se no bordo da cama estreita, coberta com um lençol amarrotado. Ficou imóvel, as mãos juntas, olhando-a.

Joana fechou os olhos. Ouvia ruídos macios se prolongarem longinquamente pela casa, a exclamação de suave surpresa de uma criança. Como de outro mundo, soou o grito fresco de um galo distante. Atrás de tudo, água leve correndo, a respiração arquejante e compassada das árvores.

Um movimento pressentido perto de si fê-la abrir os olhos. Não o percebeu a princípio, na meia escuridão do aposento. Divisou-o aos poucos ajoelhado junto à cama, o rosto vacilando entre as mãos. Quis chamá-lo e não sabia como. Não queria tocá-lo. Porém cada vez mais vinha a angústia do homem para ela mesma e Joana moveu-se sobre a poltrona, esperando seu olhar.

Ele ergueu a cabeça e Joana surpreendeu-se. Os lábios entreabertos do homem brilhavam úmidos como se uma luz o iluminasse interiormente. Seus olhos resplandeciam, mas não se poderia saber se de dor ou de misteriosa alegria. Sua testa alargara-se para o alto, seu corpo mal se equilibrava no esforço de se conter, de não vibrar.

– O quê? – sussurrou Joana fascinada.

Ele olhava-a.

– Tenho medo, disse por fim.

Fitaram-se um segundo. E ela não teve medo, mas sentiu uma alegria compacta, mais intensa que o terror, possuí-la e encher-lhe todo o corpo.

– Eu voltarei a essa casa, disse.

Ele encarou-a subitamente apavorado, sem respirar. Por um instante ela esperou que ele gritasse ou inventasse um movimento louco de que ela nem podia adivinhar o começo. Os lábios do homem tremeram um segundo. E mal se libertando do olhar de Joana, dele fugindo como doido, escondeu bruscamente o rosto nas mãos longas e magras.

O ABRIGO NO HOMEM

Joana. Joana, pensava o homem aguardando sua vinda. Joana, nome nu, santa Joana, tão virgem. Como era inocente e pura. Via-lhe os traços infantis, as mãos eloquentes como as de um cego. Ela não era bonita, pelo menos desde homem nunca sonhara com aquela criatura, nunca a esperara. Talvez por isso a tivesse seguido tantas vezes na rua, mesmo sem aguardar seu olhar, talvez... Não sabia, gostara sempre de vê-la. Não era bonita. Ou era? Como saber? Tão difícil descobrir como se nunca a tivesse visto, como se não a tivesse abraçado tantas vezes. Uma ameaça de transformação no rosto, nos movimentos, instante por instante. Mesmo no repouso ela era alguma coisa que ia se erguer. E o que entendia ele agora e sentia tão milagrosamente, como se ela lhe tivesse explicado? – perguntava-se. Fechou os olhos, os braços ao longo da cama. Mas apenas até o momento em que soassem os passos de Joana lá fora. Porque ele nunca ousara abandonar-se em sua presença. Inclinava-se sobre ela, esperava-a cada segundo, absorvendo-a. Não se cansava, porém, e aquela atitude não lhe tirava a naturalidade. Apenas lançava-o numa outra até então desconhecida. Ele era dois, agora, mas aos poucos seu novo ser nascente crescia e dominava o passado do outro. Apertou os lábios. Parecia-lhe que misteriosamente havia lógica em ter experimentado certas torturas, as serenas baixezas, a falta despreocupada de caminho, para agora receber Joana enfim. Não que o tivessem alguma vez impelido para a lama e contra seu desejo, não que se julgasse um mártir. Jamais aguardara solução. Mesmo quanto às mulheres, que ele espiava, espiava e largava. Mesmo aquela mulher na casa de quem ele agora se instalara preguiçosamente, apesar de mal suportar sua presença, uma sombra cansativa e terna. Ele caminhara sobre os seus próprios pés, o corpo consciente, experimentando e sofrendo sem ternura para consigo mesmo, tudo concedendo friamente, ingenuamente à sua curiosidade. Considerava-se até feliz. E agora viera-lhe Joana, ela, Joana que... Quis acrescentar ao pensamento confuso mais uma palavra, a verdadeira, a difícil, porém assaltou-o de novo a ideia de que não precisava mais pensar, não precisava de nada, de nada... ela viria daqui a pouco. Daqui a pouco. Mas escute: daqui a pouco... Era assim: Joana o libertara. Cada vez mais ele necessitava de menos para viver: pensava menos, comia menos, dormia quase nada. Ela era sempre. E viria daqui a pouco.

Fechou os olhos mais intensamente, mordeu os lábios, sofrendo sem saber por quê. Abriu-os em seguida e no quarto – o quarto vazio! – subitamente não descobriu a marca da passagem de Joana. Como se fosse mentira a sua existência... Ergueu-se. Vem, gritou qualquer coisa nele ardente e mortal. Vem, vem, repetiu baixinho, cheio de temor, o olhar perdido. Vem...

Passos quase silenciosos pisavam lá fora as folhas secas. De novo Joana vinha... de novo ela o ouvia de longe.

Ele quedou-se de pé junto da cama, os olhos ausentes, um cego ouvindo música distante. Aproximava-se, aproximava-se... Joana. Seus passos eram cada vez mais uma realidade, a única realidade. Joana. Com a subitaneidade de uma punhalada, a dor estalou dentro de seu corpo, iluminou-o de alegria e perplexidade.

Quando a porta se abriu para Joana ele deixou de existir. Escorregara muito fundo dentro de si, pairava na penumbra de sua própria floresta insuspeita. Movia-se agora de leve e seus gestos eram fáceis e novos. As pupilas escurecidas e alargadas, de súbito um animal fino, assustado como uma corça. No entanto a atmosfera tornara-se tão lúcida que ele perceberia qualquer movimento de coisa viva ao seu redor. E seu corpo era apenas memória fresca, onde se moldariam como pela primeira vez as sensações.

O pequeno navio branco flutuava sobre grossas ondas, verdes, brilhantes e malfeitas – via ela deitada, espiando o pequeno quadro da parede.

– No dia 3, continuou Joana e fazia a voz clara, leve, com pequenos intervalos redondos, no dia 3 houve uma grande parada em benefício dos que nasciam. Era muito engraçado ver as pessoas cantando e empunhando bandeiras cheias de todas as não cores. Então ergueu-se um homem tênue e rápido como a brisa que sopra quando a gente está triste e disse de longe: eu. Ninguém ouviu, mas ele estava quase satisfeito. Foi quando se ergueu a grande ventania que sopra do noroeste e caminhou sobre todos com os grandes pés fogosos. Todos voltaram para suas casas, murchos, crestados de calor. Tiraram os sapatos, desafogaram os colarinhos. Todos os sangues corriam lentamente, pesadamente em todas as veias. E um grande não-ter-o--que-fazer arrastava-se nas almas. Nesse ínterim a terra continuava a rodar. Foi quando nasceu um menino chamado um nome. Ele era lindo, o menino. Grandes olhos que viam, lábios finos que sentiam, rosto magro que sentia, testa alta que sentia. A cabeça grande. Ele caminhava como quem sabe exatamente o lugar, esgueirando-se sem esforço entre a multidão. Quem fosse atrás dele chegaria. Quando ele se emocionava, quando se surpreendia, balançava a cabeça, assim, devagar, em não, como quem recebe mais do que esperou. Ele era lindo. E sobretudo estava vivo. E sobretudo eu o amava. Eu nascia, e meu coração era novo quando eu o via. Eu nascia, eu nascia, eu nascia. Agora um verso. O que eu quero, meu bem, é te ver sempre, meu bem. Como te vi hoje, meu bem. Mesmo que morreres, meu bem. Outro: Ouvi um dia uma flor cantando e tranquilamente me alegrei; depois me aproximei e, milagre, não era a flor que cantava mas um passarinho sobre a flor.

Joana falava sonolentamente no fim. Pelos olhos semicerrados o navio flutuava torto no quadro, as coisas do quarto espichavam-se, luminosas, o fim de uma dando a mão ao começo de outra. Pois se ela já sabia "que tudo era um", porque continuar a ver e a viver. O homem, de olhos fechados, mergulhara no seu ombro e ouvia sonhando sem dormir. A intervalos ela escutava dentro do silêncio vivo da tarde de verão movimentos abafados e vagarosos no assoalho frouxo de madeira. Era a mulher, a mulher, aquela mulher.

Nas primeiras vezes em que Joana viera à casa grande, desejara perguntar ao homem assim: ela é agora como sua mãe? não é mais sua amante? mesmo eu existindo ela ainda quer você em casa? Mas adiara sempre. No entanto, tão forte era a presença da outra na casa, que os três formavam um par. E jamais Joana e o homem se sentiam inteiramente sós. Joana também já quisera perguntar à própria mulher: mas onde, mas onde se desenrola a alma atrás de você? Isso porém fora um pensamento antigo. Porque um dia a enxergara de relance, as costas gordas concentradas num bloco indissolúvel de angústia sob o vestido de renda preta. Percebera-a também em outros momentos, rápidos, passando de um quarto à sala, sorrindo depressa, escapando horrível. Então Joana descobrira que ela era alguém vivo e negro. Orelhas grossas, tristes e pesadas, com um fundo escuro de caverna. O olhar terno, fugitivo e risonho de prostituta sem glória. Os lábios úmidos, emurchecidos, grandes, tão pintados. Como ela devia amar o homem. Os cabelos fofos eram ralos e avermelhados pelas pinturas sucessivas. E o quarto onde o homem dormia e recebia Joana, aquele quarto com as cortinas, quase sem poeira, ela o arranjara certamente. Como quem cose a mortalha do filho. Joana, aquela mulher e a esposa do professor. O que as ligava afinal? As três graças diabólicas.

– Amêndoas... – disse Joana voltando-se para o homem. O mistério e a doçura das palavras: amêndoa... ouça, pronunciada com cuidado, a voz na garganta, ressoando nas profundezas da boca. Vibra, deixa-me longa e estirada e curva como um arco. Amêndoa amarga, venenosa e pura.

As três graças amargas, venenosas e puras.

– Conte aquilo... – disse-lhe o homem.

– O quê?

– Do marinheiro. Se amares um marinheiro terás amado o mundo inteiro.

– Horrível... – riu Joana. Eu sei: eu mesma disse que devia ser tão verdade que já nascia com rima. Pois já nem me lembro mais.

– Que fazia domingo na praça. O cais do porto... – ajudou o homem.

Um dia, rompendo a quietude em que ficava junto de Joana, ele tentara falar:

– Eu sempre não fui nada.

– Sim, respondeu ela.

– Mas tudo o que houve não faria você ir embora...

– Não.

– Mesmo essa mulher... essa casa... É diferente, você sabe?

– Sei.

– Sempre fui como um mendigo, eu sei. Mas nunca pedia nada, nem precisava, nem sabia. Você veio, sabe? Eu pensava antes: nada era ruim. Mas agora... Por que você me diz sempre coisas tão loucas, juro, não posso...

Ela então se levantara sobre o cotovelo, subitamente séria, o rosto debruçado sobre ele:

– Você acredita em mim?

– Sim... – respondera ele assustado com sua violência.

– Você sabe que eu não minto, que nunca minto, mesmo quando... mesmo sempre? Sente? diga, diga. O resto então não importaria, nada importaria... Quando digo essas coisas... essas coisas loucas, quando não quero saber de seu passado e não quero contar sobre mim, quando eu invento palavras... Quando eu minto você sente que eu não minto?

– Sim, sim...

Ela deixara-se cair de novo sobre a cama, os olhos fechados, cansada. Não importa, não importa se depois ele não acreditar, se correr de mim como o professor. Por enquanto junto dele podia pensar. E por enquanto também é tempo. Abriu os olhos, sorriu para ele. Um menino, é isso que ele é. Deve ter tido muitas mulheres, muito amado, atraente, com os grandes cílios, os olhos frios. Até agora foi mais consistente, eu o dissolvi um pouco. Aquela mulher espera que eu vá embora um dia finalmente. Que ele volte.

– Que fazia domingo na praça? A praça é larga e solitária, disse afinal lentamente procurando recordar e atender ao pedido do homem. Sim...

Tanto sol, preso ao chão como se nascesse dele. O mar, a barriga do mar, calada, arquejante. Os peixes em domingo, volteando rapidamente as caudas e serenos continuando a abrir caminho. Um navio parado. Domingo. Os marinheiros passeando pelo cais, pela praça. Um vestido cor-de-rosa aparecendo e desaparecendo numa esquina. As árvores cristalizadas em domingo – domingo é qualquer coisa como árvores de Natal –, brilhando silenciosas, contendo, assim, assim, a respiração. Um homem passando com uma mulher de vestido novo. O homem quer não ser nada, anda ao lado dela olhando-a quase de frente, indagando, indagando: diga, mande, pise. Ela não respondendo, sorrindo, puro domingo. Satisfação, satisfação. Pura tristeza sem mágoa. Tristeza que parece vir de trás da mulher de cor-de-rosa. Tristeza de domingo no cais do porto, os marinheiros emprestados à terra. Essa tristeza leve é a constatação de viver. Como não se sabe de que modo usar esse conhecimento súbito, vem a tristeza.

– Dessa vez a história foi diferente, queixou-se ele depois de uma pausa.

– É que estou apenas contando o que vi e não o que vejo. Não sei repetir, só sei uma vez as coisas, explicou-lhe ela.

– Foi diferente, mas tudo o que você vê é perfeito.

Ele usava ao redor do pescoço uma correntezinha com uma pequena medalha de ouro. De um lado Santa Teresinha, de outro S. Cristóvão. Ele era devoto dos dois:

– Mas não ligo muito a coisas de santos. Só às vezes.

Ela contara-lhe certa vez que em pequena podia brincar uma tarde inteira com uma palavra. Ele pedia-lhe então para inventar novas. Nunca ela o queria tanto como nesses momentos.

– Diga de novo o que é Lalande – implorou a Joana.

– É como lágrimas de anjo. Sabe o que é lágrimas de anjo? Uma espécie de narcisinho, qualquer brisa inclina ele de um lado para outro. Lalande é também mar de madrugada, quando nenhum olhar ainda viu a praia, quando o sol não nasceu. Toda a vez que eu disser: Lalande, você deve sentir a viração fresca e salgada do mar, deve andar ao longo da praia ainda escurecida, devagar, nu. Em breve você sentirá Lalande... Pode crer em mim, eu sou uma das pessoas que mais conhecem o mar.

Ele não sabia em instantes se vivia ou se estava morto, se tudo o que tinha era pouco ou demais. Quando ela falava, inventava doida, doida! A plenitude enchia-o tão grande como um vazio e sua angústia era a da limpidez do largo espaço acima das águas. Por que ficava estarrecido diante dela, estupefacto como uma parede branca ao luar? Ou talvez fosse acordar de repente, gritar: quem é esta? ela é demais na minha vida! não posso... quero voltar... Mas ele não o poderia mais – sentia subitamente e assustava-se perdido.

– Querido – disse ela interrompendo os pensamentos do homem.

– Sim, sim... – Ele escondeu o rosto naquele ombro macio e ela ficou sentindo sua respiração percorrê-la de ida e de volta, de ida e de volta. Eles dois eram duas criaturas. Que mais importa? – pensava ela. Ele moveu-se, ajeitou a cabeça na sua carne como... como uma ameba, um protozoário procurando cegamente o núcleo, o centro vivo. Ou como uma criança. Lá fora o mundo se escoava, e o dia, o dia, depois a noite, depois o dia. Alguma vez haveria de partir, de separar-se de novo. Ele também. Dela? Sim, em breve ela se tornaria pesada a ele, com seu excesso de milagre. Como as outras pessoas, inexplicavelmente envergonhado de si próprio ansiaria por ir embora. Mas uma vingança: ele não se libertaria inteiramente. Terminaria maravilhado consigo mesmo, comprometendo-se, cheio de uma responsabilidade indefinida e angustiosa. Joana sorriu. Ele terminaria por odiá-la, como se ela exigisse dele alguma coisa. Como sua tia, seu tio que a respeitavam contudo, pressentindo que ela não amava os seus prazeres. Confusamente supunham-na superior e desprezavam-na. Oh Deus, de novo estava recordando, contando a si mesma sua história, justificando-se... Poderia pedir dados ao homem: eu sou assim? Mas o que sabia ele? Afundava o rosto no seu ombro, escondia-se, possivelmente feliz naquele instante. Sacudi-lo, contar-lhe: homem, assim era Joana, homem. E assim fez-se mulher e envelheceu. Acreditava-se muito poderosa e sentia-se infeliz. Tão poderosa que imaginava ter escolhido os caminhos antes de neles penetrar – e apenas com o pensamento. Tão infeliz que, julgando-se poderosa, não sabia o que fazer de seu poder e via cada minuto perdido porque não o orientara para um fim. Assim cresceu Joana, homem, fina como um pinheiro, muito corajosa também. Sua coragem desenvolvera-se dentro do quarto e à luz fechada mundos luminosos se formavam sem medo e sem pudor. Ela aprendeu desde cedo a pensar e como não vira de perto nenhum ser humano senão a si mesma, deslumbrou-se, sofreu, viveu um orgulho doloroso, às vezes leve mas quase sempre difícil de se carregar. Como terminar a história de Joana? Se pudesse colher e acrescentar o olhar que surpreendera em Lídia: ninguém te amará... Sim, terminar assim: apesar de ser das criaturas soltas e sozinhas no mundo, ninguém jamais pensou em dar alguma coisa a Joana. Não amor, entregavam-lhe sempre outro sentimento qualquer. Viveu sua vida, ávida como uma virgem – isso para o túmulo. Fez-se muitas perguntas, mas nunca pôde se responder: parara para sentir. Como nasceu um triângulo? antes em ideia? ou esta veio depois de executada a forma? um triângulo nasceria fatalmente? as coisas eram ricas. – Desejaria deter seu tempo na pergunta. Mas o amor a invadia. Triângulo, círculo, linhas retas... harmônico e misterioso como um arpejo. Onde se guarda a música enquanto não soa? – indagava-se. E rendida respondia: que façam harpas de meus nervos quando eu morrer.

O fim da lucidez de Joana misturou-se ao navio torto sobre as ondas, movendo-se? movendo-se. Bastava menear a cabeça para que as ondas a acompanhassem. Mas ela tivera coisa, ah isso tivera. Um marido, seios, um amante, uma casa, livros, cabelos cortados, uma tia, um professor. Titia, ouça-me, eu conheci Joana, de quem lhe falo agora. Era uma mulher fraca em relação às coisas. Tudo lhe parecia às vezes precioso demais, impossível de ser tocado. E, às vezes, o que usavam como ar de respirar, era peso e morte para ela. Veja se compreende a minha heroína, titia, escute. Ela é vaga e audaciosa. Ela não ama, ela não é amada. Você terminaria notando-o como Lídia, outra mulher – uma jovem mulher cheia do próprio destino –, observou-o. No entanto o que há dentro de Joana é alguma coisa mais forte que o amor que se dá e o que há dentro dela exige mais do que o amor que se recebe. Compreende, titia? Eu não a chamaria de herói, como eu mesma prometera a papai. Pois nela havia um medo enorme. Um medo anterior a qualquer julgamento e compreensão. – Me ocorreu agora isso: quem sabe, talvez a crença na sobrevivência futura venha de se notar que a vida sempre nos deixa intocados. – Compreende, titia? – esqueça a interrupção da vida futura – compreende? Vejo teus olhos abertos, me olhando com medo, com desconfiança, mas querendo mesmo assim, com tua feminilidade de velha, agora morta, é verdade, agora morta, gostar de mim, passando por cima de minha aspereza. Pobre!, a maior revolta que senti em ti, além das que eu provocava, pode ser resumida naquela frase quase diária que ainda ouço, misturada ao teu cheiro que não posso esquecer: "oh, não poder sair à rua na roupa em que se está!" Que mais te contar? Tenho os cabelos cortados, castanhos, às vezes uso franja. Vou morrer um dia. Nasci também. Havia o quarto com os dois. Ele era bonito. O quarto rodava um pouco. Tornava-se transparente e morno um véu um véu se aproximando vindo. Eles três formavam um casal e a quem contar isso? Poderia adormecer porque o homem nunca dormia e vigiaria como a chuva caindo. Otávio também era bonito, olhos. Esse era uma criança uma ameba flores brancura mornidão como o sono por enquanto é tempo por enquanto é vida mesmo que mais tarde... Tudo como a terra uma criança Lídia uma criança Otávio terra de profundis...

A VÍBORA

Que transponho suavemente alguma coisa...

Otávio lia enquanto o relógio estalava os segundos e rompia o silêncio da noite com 11 badaladas.

Que transponho suavemente alguma coisa... É a impressão. A leveza vem vindo não sei de onde. Cortinas inclinam-se sobre as próprias cinturas languidamente. Mas também a mancha negra, parada, dois olhos fitando e nada podendo dizer. Deus pousa numa árvore pipilando e linhas retas se dirigem inacabadas, horizontais e frias. É a impressão... Os momentos vão pingando maduros e mal tomba um ergue-se outro, de leve, o rosto pálido e pequeno. De repente também os momentos acabam. O sem-tempo escorre pelas minhas paredes, tortuoso e cego. Aos poucos acumula-se num lago escuro e quieto e eu grito: vivi!

A noite calava as coisas lá fora, algum sapo coaxava a intervalos. Cada arbusto era um vulto imóvel e recolhido.

Longe brilhavam e tremiam pequenas luzes avermelhadas, olhos insones. Na escuridão como da água.

Os girassóis altos e finos aclaravam o jardim em pausas.

O que pensar naquele instante? Ela estava tão pura e livre que poderia escolher e não sabia. Enxergava alguma coisa, mas não conseguiria dizê-la ou pensá-la sequer, tão diluída achava-se a imagem na escuridão de seu corpo. Sentia-a apenas e olhava expectante pela janela como se olhasse seu próprio rosto na noite. Seria esse o máximo que atingiria? Aproximar-se, aproximar-se, quase tocar, mas sentir atrás de si a onda sugando-a em refluxo firme e suave, sorvendo-a, deixando-lhe após a assombrada e impalpável lembrança de uma alucinação... Mesmo naquele momento, percebendo a noite e seus próprios pensamentos indistintos, ela ainda restava separada deles, sempre um pequeno bloco fechado, assistindo, assistindo. A luzinha brilhando silenciosamente, afastada, solitária, inconquistada. Jamais se entregava.

Olhou ao redor de si mesma, a sala arfando de leve, fracamente iluminada como numa vertigem. Alçou ligeiramente a cabeça, perscrutou o espaço e tinha consciência do resto da casa que se perdia na escuridão, os objetos sérios e vagos flutuando pelos cantos. Teria que andar às apalpadelas mal atravessasse a porta. E sobretudo se fosse uma criança, na casa da tia, acordando de noite, a boca seca, indo à procura de água. Sabendo as pessoas isoladas cada uma dentro do sono intransponível e secreto. Sobretudo se fosse aquela criança e como naquela noite ou naquelas noites, ao atravessar a copa surpreendesse o luar parado no quintal como num cemitério, aquele vento livre e indeciso... Sobretudo se fosse a criança amedrontada esbarraria no escuro em objetos imprecisos e a cada toque eles se condensariam subitamente em cadeiras e mesas, em barreiras, de olhos abertos, frios, inapeláveis. Mas também aprisionados então. Depois da pancada a dor, o luar desnudando o terraço de cimento, a sede subindo pelo corpo como uma lembrança. A quietude profunda na casa, os telhados vizinhos imóveis e lívidos...

De novo Joana procurou voltar à sala, à presença de Otávio. Estava solta das coisas, de suas próprias coisas, por ela mesma criadas e vivas. Largassem-na no deserto, na solidão das geleiras, em qualquer ponto da terra e conservaria as mesmas mãos brancas e caídas, o mesmo desligamento quase sereno. Tomar uma trouxa de roupa, ir embora devagar. Não fugir mas ir. Isso, tão doce: não fugir, mas ir... Ou gritar alto, alto e reto e infinito, com os olhos fechados, calmos. Andar até encontrar as luzinhas vermelhas. Tão trêmulas como num começo ou num fim. Também ela estava a morrer ou a nascer? Não, não ir: ficar presa ao instante como um olhar absorto se prende ao vácuo, quieta, fixa no ar...

A trepidação de um bonde longínquo atravessou-a como num túnel. Um trem noturno num túnel. Adeus. Não, quem viaja à noite apenas olha pela janela e não dá adeus. Ninguém sabe onde estão os casebres, os corpos sujos são escuros e não precisam de luz.

– Otávio – disse porque estava perdida.

A voz de Joana riscou o quarto inexpressiva, leve, direta. Ele ergueu os olhos:

– O que é? – indagou. E sua voz era cheia de sangue e de carne, reuniu a sala na sala, designou e definiu as coisas. Um sogro reavivando as labaredas. Na praça vazia entrara a multidão.

Debateu-se um momento, tremeu, acordou. Tudo rebrilhava sob a lâmpada, tranquilo e alegre como num lar. Dentro da penumbra de seu corpo a inutilidade da espera atravessou-a sonâmbula como um pássaro pela noite.

– Otávio – repetiu.

Ele aguardava. Então de novo consciente da sala, do homem e de si mesma, suas próprias chamas cresceram um pouco, ela soube que deveria prosseguir logicamente, que o homem esperava uma continuação. Procurou um aviso, um pedido, a palavra certa:

– Tenho a impressão de que você só veio para me dar um filho, disse e só agora tivera oportunidade de cumprir a promessa feita a Lídia. Mesmo continuar a querer o filho seria ligar-se ao futuro.

Otávio fitou-a um instante assustado, sem ternura.

– Mas – murmurou ele depois de um tempo e sua voz era hesitante, tímida e rouca – mas você não acha que tudo está quase terminado entre nós? – E quase desde o princípio... – aventurou.

– Só terminará quando eu tiver um filho, repetiu ela vaga, obstinada.

Otávio abriu os olhos em sua direção, o rosto pálido e subitamente cansado sob a lâmpada da mesa, onde o livro jazia aberto.

– Talvez um pouco forçada a ideia, não? – perguntou com ironia.

Ele não a notou:

– O que houve entre nós por si só não basta. Se eu ainda não lhe dei tudo, talvez você me procure um dia ou eu sinta sua falta. Enquanto que depois de um filho nada nos restará senão a separação.

– E o filho? – indagou ele. Qual será o papel do pobre em todo este sábio arranjo?

– Oh, ele viverá – respondeu.

– Só isso? – tentou ele o sarcasmo.

– Que é que se pode fazer além disso? – lançou ela no ar a pergunta, de leve, sem aguardar resposta.

Otávio, julgando-a à espera, apesar da timidez e da raiva em obedecer-lhe, concluiu hesitante:

– Ser feliz, por exemplo.

Joana ergueu os olhos e espiou-o de longe com surpresa e certa alegria – por quê? – indagou-se Otávio assustado. Enrubesceu como se tivesse dito uma graça ridícula. Ela viu-o raivoso e encolhido no fundo da cadeira, ofendido e pisado como se lhe tivessem cuspido no rosto. Imóvel, inclinou-se no entanto para ele, cheia de piedade e mais que piedade – apertou os lábios, confusa – um amor cheio de lágrimas. Fechou os olhos um instante, procurando não vê-lo, não querê-lo mais. No fundo ainda poderia unir-se a Otávio, mal sabia ele quanto. Bastava talvez falar-lhe sobre seus próprios medos, por exemplo, resumindo em palavras aquela sensação de vergonha e timidez quando chamava o garçom bem alto, todos ouviam e só ele não escutava. Ela riu. Otávio gostaria de saber disso. Também ligar-se-ia a ele resumindo-lhe sua vontade de fugir quando se via entre homens e mulheres risonhos e ela própria não sabia como colocar-se entre eles e provar seu corpo. Ou talvez estivesse errada e a confissão não os aproximasse. Do mesmo modo por que em pequena imaginava que, se pudesse contar a alguém o "mistério do dicionário", ligar-se-ia para sempre a esse alguém... Assim: depois do *l* era inútil procurar o *i*... Até o *l*, as letras eram camaradas, esparsas como feijão espalhado sobre a mesa da cozinha. Mas depois do *l*, elas se precipitavam sérias, compactas e nunca se poderia achar por exemplo uma letra fácil como *a* entre elas. Sorriu, descerrou os olhos aos poucos e agora tranquila, enfraquecida, já podia enxergá-lo friamente.

– Você bem sabe que não se trata disso. Oh, Otávio, Otávio... – murmurou depois de um instante, as chamas subitamente reavivadas – que nos acontece afinal, o que nos acontece?

A voz de Otávio era áspera e rápida quando ele respondeu:

– Você sempre me deixou só.

– Não..., assustou-se ela. – É que tudo o que eu tenho não se pode dar. Nem tomar. Eu mesma posso morrer de sede diante de mim. A solidão está misturada à minha essência...

– Não, repetiu ele, obstinado, os olhos turvos. – Você sempre me deixou só porque quis, porque quis.

– Não tenho culpa, gritou Joana, acredite... Está gravado em mim que a solidão vem de que cada corpo tem irremediavelmente seu próprio fim, está gravado em mim que o amor cessa na morte... Minha presença sempre foi essa marca...

– Quando eu me aproximei, disse ele sardônico, pensava que você ia me ensinar alguma coisa mais do que isso. Eu precisava, prosseguiu mais baixo, daquilo que adivinhava em você e que você sempre negou.

– Não, não..., falou ela fragilmente. Acredite, Otávio, meus conhecimentos mais verdadeiros atravessaram minha pele, me vieram quase traiçoeiramente... Tudo o que sei nunca aprendi e nunca poderia ensinar.

Silenciaram um instante. Num rápido momento Joana viu-se sentada junto ao pai, um laço no cabelo, numa sala de espera. O pai despenteado, um pouco sujo, suado, o ar alegre. Ela sentia o laço acima de todas as coisas. Estivera brincando com os pés na terra e calçara apressada os sapatos sem lavá-los e agora eles rangiam ásperos dentro do couro. Como podia o pai estar despreocupado, como não notava que os dois eram os mais miseráveis, que ninguém os olhava sequer? Mas ela queria provar a todos que continuaria assim, que o pai era dela, que o protegeria, que jamais lavaria os pés. Viu-se sentada junto do pai e não sabia o que sucedera um instante antes da cena e um instante depois. Só uma sombra e ela recolheu-se a ela ouvindo a música da confusão murmurar em suas profundezas, impalpável, cega.

– No entanto, prosseguia Otávio, você mesma disse: há certo instante na alegria de poder que ultrapassa o próprio medo da morte. Duas pessoas que vivem juntas – continuou mais baixo – procuram talvez atingir esse instante. Você não quis.

Ela não respondeu. Quando ela não lhe respondia, ele se assustava, voltava ao tempo de criança, as pessoas zangadas e ele obrigado a prometer, a agradar, cheio de remorsos. Lembrou-se de uma antiga culpa em relação a Joana e procurou livrar-se dela imediatamente, que ela nunca mais lhe pesasse. E mesmo sabendo que ia falar fora de propósito, não pôde conter-se:

– Você tem razão, Joana: tudo o que nos vem é matéria bruta, mas nada existe que escape à transfiguração – começou e imediatamente seu rosto cobriu-se de vergonha diante das sobrancelhas erguidas de Joana. Forçou-se a continuar. – Não lembra que um dia você me disse: “a dor de hoje será amanhã tua alegria; nada existe que escape à transfiguração.” Não lembra? Talvez não tenha sido exatamente assim...

– Lembro.

– Bem... Naquele instante não julguei simples suas palavras. Tive até raiva, suponho...

– Sei – disse Joana. – Você me disse que se tivesse dor de fígado eu viria depor aos seus pés a mesma magnificência inútil.

– Sim, sim, foi isso mesmo, disse Otávio depressa, assustado. Você nem se intimidou, parece-me. Mas... olhe, acho que não lhe contei: depois compreendi que não havia riqueza supérflua no que você dissera... Acho que jamais confessei isso a você, ou já? Olhe, até suponho que nessa frase esteja a verdade. Nada existe que escape à transfiguração... – Corou. – Talvez o segredo esteja aí, talvez seja isso o que eu adivinhei em você... Há certas presenças que permitem a transfiguração.

Como ela continuasse calada, ele empurrou-se mais uma vez.

– Você promete demais... Todas as possibilidades que você oferece às pessoas, dentro delas próprias, com um olhar... não sei.

E do mesmo modo como ela não se mostrara altiva ou diminuída quando ele ironizara da primeira vez sobre a magnificência inútil, agora ela não se rejubilava com a humildade de Otávio. Ele olhou-a. De novo não soubera ligar-se àquela mulher. De novo ela o vencia.

Havia silêncio na sala e a luz e o vazio repousavam sobre as teclas brancas do piano aberto. Alguma coisa era morta, lenta e verdadeira. Seria vão reatar a alegria de viver àquele instante.

– O que vem agora? – murmurou Otávio e dessa vez ele sucumbira ao fundo das coisas, fora arrastado à verdade de Joana.

– Não sei – disse.

Otávio perscrutou-a. Em que refletia ela, tão distante? Parecia pairar no centro de alguma coisa móvel, o corpo flutuante, sem apoio, quase inexistente. Como quando ela se punha a contar fatos passados e quando ele adivinhava que ela mentia. A cabeça de Joana vagava então leve, ela inclinava suavemente a testa, erguia-a, balbuciava, havia um núcleo sólido e astucioso a princípio, mas depois tudo era fluido e inocente. A inspiração guiava seus movimentos. E Otávio olhava-a esquecido de si próprio. A angústia terminava apertando seu coração, porque se ele quisesse tocá-la não poderia, havia um círculo intransponível e impalpável ao redor daquela criatura, isolando-a. A amargura tomava-o então porque ele não a sentia como mulher e sua qualidade de homem tornava-se inútil e ele não podia ser outra coisa senão um homem. No jardim da prima Isabel cresciam outrora rosas brancas. Ele olhava-as muitas vezes perplexo, sem saber de que modo tê-las, porque diante delas seu único poder, o de criatura, era vão.

Encostava-as ao rosto, aos lábios, aspirava-as. Elas continuavam a tremer delicadamente viçosas. Se ao menos elas tivessem grossas pétalas – costumava pensar –, se ao menos fossem duras... se ao menos ao tombarem se espatifassem no solo com um ruído seco... Sentindo penetrá-lo a graça crescente das flores, como a de Joana, como a de Joana quando mentia, ele era presa de um furor impotente: amassava-as, mastigava-as, destruía-as.

Olhando-a agora, sem saber definir aquele rosto, quis reconstituir a antiga sensação, voltar ao jardim da prima Isabel.

Mas em lugar de qualquer outro pensamento, subitamente compreendeu que Joana iria embora. Sim, ele continuaria, havia Lídia, o filho, ele mesmo. Ela iria embora, ele sabia... Mas que importava, ele não precisava de Joana. Não, "não precisava", mas "não podia". E de repente não entendeu mesmo como vivera ao seu lado tanto tempo e parecia-lhe que depois de sua partida ele simplesmente teria que unir o presente àquele passado longínquo, da casa da prima Isabel, de Lídia-noiva, dos projetos de um livro sério, de suas próprias torturas mornas, doces e repugnantes como um vício, àquele passado apenas interrompido por Joana. Seria bom livrar-se dela, fazer o plano do livro de direito civil. Já se via caminhando entre suas coisas com intimidade.

Mas viu também, com estranha e súbita clareza, a si mesmo numa tarde talvez, sentindo no peito uma dor fina, franzindo os olhos, sabendo as mãos vazias sem olhá-las. A indefinível sensação de perda quando Joana o deixasse... Ela surgiria nele, não na sua cabeça como uma lembrança comum, mas no centro de seu corpo, vaga e lúcida, interrompendo sua vida como o badalar súbito de um sino. Ele sofreria como se estivesse mentindo coisas loucas, mas como se não pudesse expulsar a alucinação e a aspirasse cada vez mais como a um ar que no interior do corpo pudesse benditamente se transformar em água. Sentiria o espaço aberto e límpido no seu coração, onde nenhuma das sementes de Joana pudera cobrir de floresta, porque ela era impossuída como o pensamento futuro. No entanto ela era dele, sim, profundamente, difusamente como uma música ouvida. Minha, minha, não partas! – implorou do fundo do seu ser.

Mas ele não pronunciaria tais palavras porque desejava que ela partisse, não saberia o que fazer de Joana se ela ficasse. Voltaria para Lídia, grávida e larga. Aos poucos soube que escolhera a renúncia do que era mais precioso em seu ser, daquela pequena porção sofredora que ao lado de Joana conseguia viver. E depois de um momento de dor, como se abandonasse a si próprio, os olhos fulgurando de cansaço, ele sentiu a impotência de desejar mais alguma coisa para o futuro. Perplexo, assistia afinal sua purificação violenta e estranha, como se entrasse lentamente num mundo inorgânico.

– Quer mesmo um filho? – perguntou ele porque, medroso da solidão em que avançara, quis subitamente ligar-se à vida, apoiar-se em Joana até poder apoiar-se em Lídia, como quem ao atravessar um abismo agarra-se às pedras pequenas até galgar a maior.

– Nós não saberíamos como fazê-lo viver..., veio a voz de Joana.

– Sim, tem razão... – disse ele assustado. E queria violentamente a presença de Lídia. Voltar, voltar para sempre. Compreendeu que esta seria a sua última noite com Joana, a última, a última...

– Não... talvez eu tenha razão, prosseguia Joana. Talvez não se pense em nada disto antes de ter um filho. Acende-se uma lâmpada bem forte, tudo fica claro e seguro, toma-se chá todas as tardes, borda-se, sobretudo uma lâmpada mais clara do que esta. E o filho vive. Isso é bem verdade... tanto que você não temeu pela vida do filho de Lídia...

Nenhum músculo do rosto de Otávio se moveu, seus olhos não pestanejaram. Mas todo ele se condensou e sua palidez brilhou como uma vela acesa. Joana continuava a falar vagarosamente, mas ele não a ouviu porque aos poucos, quase sem pensamentos, a cólera veio-lhe subindo do coração pesado, ensurdeceu-lhe os ouvidos, enublou-lhe os olhos. O que..., debatia-se nele a raiva trôpega e arquejante, então ela sabia sobre Lídia, sobre o filho... sabia e silenciava... Ela me enganava... – A carga asfixiante cada vez pesava mais fundo dentro dele. – Admitia minha infâmia serenamente... continuava a dormir junto de mim, a me suportar... desde quando? Por quê? mas, santo Deus, por quê?!...

– Infame.

Joana sobressaltou-se, levantou a cabeça rapidamente.

– Vil.

Sua voz mal se continha na garganta entumescida, as veias do pescoço e da testa latejavam grossas, nodosas, em triunfo.

– Foi tua tia quem te chamou de víbora. Víbora, sim. Víbora! Víbora! Víbora!

Agora ele gritava histérico sem se dominar. Víbora. Cada grito, mal se libertava da fonte convulsa, vibrava quase alegre no ar. Ela o observava a bater os punhos sobre a mesa, enlouquecido, chorando de ira. Quanto tempo? Porque Joana tinha consciência, como de uma música longínqua, de que tudo continuava a existir e os gritos não eram setas isoladas, mas fundiam-se no que existia. Até que subitamente exausto e vazio ele sentou-se numa cadeira, devagar. O rosto flácido, os olhos mortos, pôs-se a fitar um ponto no chão.

Os dois mergulharam em silêncio solitário e calmo. Passaram-se anos talvez. Tudo era límpido como uma estrela eterna e eles pairavam tão quietos que podiam sentir o tempo futuro rolando lúcido dentro de seus corpos com a espessura do longo passado que instante por instante acabavam de viver.

Até que a primeira claridade da madrugada começou a dissolver a noite. No jardim a escuridão esgarçava-se num véu e os girassóis tremiam à brisa nascente. Porém as luzinhas ainda vacilavam no fundo da distância como do mar.

A PARTIDA DOS HOMENS

No dia seguinte ela recebeu um bilhete do homem, despedindo-se:

"Tive que ir embora por um tempo, tive que ir, vieram me buscar, Joana. Eu volto, eu volto, espere por mim. Você sabe que não sou nada, eu volto. Eu nem chegaria a ver mesmo e a ouvir se não fosse você. Se me abandonar, ainda vivo um pouco, o tempo que um passarinho fica no ar sem bater asas, depois caio, caio e morro. Joana. Só não morro agora porque volto, não posso explicar mas posso ver através de você. Deus me ajude e Te ajude, única, eu volto. Nunca falei tanto a você, mas por obséquio: eu não estou quebrando a promessa, estou? Eu te entendo tanto tanto, tudo o que Você precisar de mim eu tenho que fazer. O Senhor te abençoe, vai aí minha medalhinha com S. Cristóvão e Santa Teresinha."

Dobrou a carta devagar. Lembrou-se do rosto do homem, nos últimos dias, seus olhos molhados, turvos, de gato doente. E ao redor a pele escurecida e arroxeada, como um crepúsculo. Para onde fora? A vida dele certamente era confusa. Confusa em fatos. E de certo modo ele lhe parecia sem ligação com esses fatos. A mulher que o sustentava, aquela distração em relação a si mesmo, como quem não teve um começo nem espera um fim... Para onde fora? Sofrera muito nos últimos dias. Ela deveria ter-lhe falado, pretendera-o mesmo, mas depois, distraída e egoísta, esquecera.

Para onde fora? – indagou-se, os braços vazios. O turbilhão rodava, rodava e ela era recolocada no início do caminho. Olhou o bilhete onde a letra era fina e indecisa, as frases escritas com cuidado e dificuldade. Reviu o rosto do amante e amava levemente aqueles traços claros. Fechou os olhos um instante, sentiu novamente o cheiro que vinha dos corredores sombrios daquela casa inexplorada, com apenas um aposento revelado, onde conhecera de novo o amor. Cheiro de maçãs velhas, doces e velhas, que vinha das paredes, de suas profundezas. Reviu a cama estreita que fora substituída por uma larga e fofa, a timidez alegre com que o homem abrira a porta nesse dia e espiara o rosto de Joana surpreendendo sua surpresa. O naviozinho sobre as ondas excessivamente verdes, quase submerso. Entrecerravam-se as pálpebras e o navio movia-se. Mas tudo deslizara sobre ela, nada a possuíra... Em resumo apenas uma pausa, uma só nota, fraca e límpida. Ela que violentara a alma daquele homem, enchera-a de uma luz cujo mal ele ainda não compreendera. Ela própria mal fora tocada. Uma pausa, uma nota leve, sem ressonância...

Agora de novo um círculo de vida que se fechava. E ela na casa quieta e silenciosa de Otávio, sentindo sua ausência em cada lugar onde no dia anterior ainda haviam existido seus objetos e onde agora havia um vazio ligeiramente empoeirado. Bom que não o vira sair. E bom que, nos primeiros instantes, ao notar dolorosamente a sua partida, julgara ainda possuir o amante. "Ao notar a partida de Otávio...?" – pensou ela. Mas por que mentir? Quem partira fora ela mesma e também Otávio o sabia.

Despiu a roupa que vestira para ir ver o homem. A mulher de lábios úmidos e frouxos deveria estar sofrendo, sozinha e velha na casa grande. Joana nem sabia o nome dele... Não desejara sabê-lo, dissera-lhe: quero te conhecer por outras fontes, seguir para tua alma por outros caminhos; nada desejo de tua vida que passou, nem teu nome, nem teus sonhos, nem a história do teu sofrimento; o mistério explica mais que a claridade; também não indagarás de mim o que quer que seja; sou Joana, tu és um corpo vivendo, eu sou um corpo vivendo, nada mais.

Ó tola, tola, talvez tivesse sofrido então e amado se soubesse de seu nome, de suas esperanças e dores. É verdade que o silêncio entre eles fora assim mais perfeito. Mas de que valia... Apenas corpos vivendo. Não, não, ainda melhor assim: cada um com um corpo, empurrando-o para frente, querendo sofregamente vivê-lo. Procurando cheio de cobiça subir sobre o outro, pedindo cheio de covardia astuciosa e comovente para existir melhor, melhor. Interrompeu-se com o vestido na mão, atenta, leve. Tomou consciência da solidão em que se achava, no centro de uma casa vazia. Otávio estava com Lídia, sentiu, foragido junto daquela mulher grávida, cheia de sementes para o mundo.

Aproximou-se da janela, sentiu frio nos ombros nus, olhou a terra onde as plantas viviam quietas. O globo movia-se e ela estava sobre ele, de pé. Junto a uma janela, o céu por cima, claro, infinito. Era inútil abrigar-se na dor de cada caso, revoltar-se contra os acontecimentos, porque os fatos eram apenas um rasgão no vestido, de novo a seta muda indicando o fundo das coisas, um rio que seca e deixa ver o leito nu.

A frescura da tarde arrepiou sua pele, Joana não conseguiu pensar nitidamente – havia alguma coisa no jardim que a deslocava para fora de seu centro, fazia-a vacilar... Ficou de sobreaviso. Algo tentava mover-se dentro dela, respondendo, e pelas paredes escuras de seu corpo subiam ondas leves, frescas, antigas. Quase assustada, quis trazer a sensação à consciência, porém cada vez mais era arrastada para trás numa doce vertigem, por dedos suaves. Como se fosse de manhã. Perscrutou-se, subitamente atenta como se tivesse avançado demais. De manhã?

De manhã. Onde estivera alguma vez, em que terra estranha e milagrosa já pousara para agora sentir-lhe o perfume? Folhas secas sobre a terra úmida. O coração apertou-se-lhe devagar, abriu-se, ela não respirou um momento esperando... Era de manhã, sabia que era de manhã... Recuando como pela mão frágil de uma criança, ouviu, abafado como em sonho, galinhas arranhando a terra. Uma terra quente, seca... o relógio batendo tin-dlen... tin... dlen... o sol chovendo em pequenas rosas amarelas e vermelhas sobre as casas... Deus, o que era aquilo senão ela mesma? mas quando? não, sempre...

As ondas cor-de-rosa escureciam, o sonho fugia. Que foi que perdi? que foi que perdi? Não era Otávio, já longe, não era o amante, o homem infeliz nunca existira. Ocorreu-lhe que este deveria estar preso, afastou o pensamento impaciente, fugindo, precipitando-se... Como se tudo participasse da mesma loucura, ouviu subitamente um galo próximo lançar seu grito violento e solitário. Mas não é de madrugada, disse trêmula, alisando a testa fria... O galo não sabia que ia morrer! O galo não sabia que ia morrer! Sim, sim: papai, que é que eu faço? Ah, perdera o compasso de um minueto... Sim... o relógio batera tin-dlen, ela erguera-se na ponta dos pés e o mundo girara muito mais leve naquele momento. Havia flores em alguma parte? e uma grande vontade de se dissolver até misturar seus fins com os começos das coisas. Formar uma só substância, rósea e branda – respirando mansamente como um ventre que se ergue e se abaixa, que se ergue e se abaixa... Ou estava errada e aquele sentimento era atual? O que havia naquele instante longínquo era alguma coisa verde e vaga, a expectativa da continuação, uma inocência impaciente ou paciente? espaço vazio... Que palavra poderia exprimir que naquele tempo alguma coisa não se condensara e vivia mais livre? Olhos abertos flutuando entre folhas amarelecendo, nuvens brancas e muito embaixo o campo estendido, como envolvendo a terra. E agora... Talvez tivesse aprendido a falar, só isso. Mas as palavras sobrenadavam no seu mar, indissolúveis, duras. Antes era o mar puro. E apenas restava do passado, correndo dentro dela, ligeira e trêmula, um pouco da antiga água entre cascalhos, sombria, fresca sob as árvores, as folhas mortas e castanhas forrando as margens. Deus, como ela afundava docemente na incompreensão de si própria. E como podia, muito mais ainda, abandonar-se ao refluxo firme e macio. E voltar. Haveria de reunir-se a si mesma um dia, sem as palavras duras e solitárias... Haveria de se fundir e ser de novo o mar mudo brusco forte largo imóvel cego vivo. A morte a ligaria à infância.

Mas a grade do portão era feita por homens; e lá estava brilhando sob o sol. Ela notou-a e no choque da súbita percepção era de novo uma mulher. Estremeceu, perdida do sonho. Quis voltar, quis voltar. Em que pensava? Ah, a morte a ligaria à infância. A morte a ligaria à infância. Mas agora seus olhos, voltados para fora, haviam esfriado. Agora a morte era outra, desde que homens faziam a grade do portão e desde que ela era mulher... A morte... E de súbito a morte era a cessação apenas... Não! gritou-se assustada, não a morte.

Corria agora à frente de si mesma, já longe de Otávio e do homem desaparecido. Não morrer. Porque... na verdade onde estava a morte dentro dela? – indagou-se devagar, com astúcia. Dilatou os olhos, ainda não acreditando na pergunta tão nova e cheia de deslumbramento que se permitira inventar. Caminhou até o espelho, olhou-se – ainda viva! O pescoço claro nascendo dos ombros delicados, ainda viva! – procurando-se. Não, ouça! ouça! não existia o começo da morte dentro de si! E como atravessasse o próprio corpo violentamente, em busca, sentiu levantar-se de seu interior uma aragem de saúde, todo ele abrindo-se para respirar...

Não podia pois morrer, pensou então lentamente. Aos poucos o pensamento frágil tomou uma longa inspiração, cresceu, tornou-se compacto e inteiriço como um bloco que se ajustasse dentro de seus contornos. Não havia espaço para outra presença, para a dúvida. O coração batendo com força, ouviu-se atenta. Riu alto, um riso trêmulo e gorjeado. Não... Mas era tão claro... Não morreria porque... porque ela não podia acabar. Isso, isso. Uma rápida visão, a de um velhinho, talvez uma mulher, uma mistura de fisionomias indistintas numa só, balançando a cabeça, negando, envelhecendo. Não, disse-lhes suavemente do fundo da nova verdade, não... As fisionomias se esfumaçaram, pois se ela fora sempre. Pois seu corpo nunca precisara de ninguém, era livre. Pois se ela andava pelas ruas. Bebia água, abolira Deus, o mundo, tudo. Não morreria. Tão fácil. Estendeu as mãos sem saber o que fazer delas, depois que sabia. Talvez alisar-se, beijar-se, cheia de curiosidade e de gratidão reconhecer-se. Já sem se prender a raciocínios, pareceu-lhe tão ilógico morrer, que se deteve agora estupefacta, cheia de terror. Eterna? Violento... Reflexões rapidíssimas e brilhantes como faíscas que se entrecruzavam eletricamente, fundindo-se mais em sensações do que pensamentos. Mudava sem transição, em saltos leves, de plano a plano, cada vez mais altos, claros e tensos. E de instante a instante caía mais fundo dentro de si própria, em cavernas de luz leitosa, a respiração vibrante, cheia de medo e felicidade pela jornada, talvez como as quedas quando se dorme. A intuição de que eram frágeis aqueles momentos fazia-a mover-se de leve, com receio de se tocar, de agitar e dissolver aquele milagre, o tenro ser de luz e de ar que tentava viver dentro dela.

Novamente deslizou para a janela, respirando cuidadosamente. Mergulhada numa alegria tão fina e intensa quase como o frio do gelo, quase como a percepção da música. Ficou de lábios trêmulos, sérios. Eterna, eterna. Brilhantes e confusos sucediam-se largas terras castanhas, rios verdes e faiscantes, correndo com fúria e melodia. Líquidos resplandecentes como fogos derramando-se por dentro de seu corpo transparente de jarros imensos... Ela própria crescendo sobre a terra asfixiada, dividindo-se em milhares de partículas vivas, plenas de seu pensamento, de sua força, de sua inconsciência... Atravessando a limpidez sem névoas levemente, andando, voando...

Um pássaro lá fora voou obliquamente!

Atravessou o ar puro e desapareceu na densidade de uma árvore.

O silêncio ficou palpitando atrás dele em pequenos sussurros. Há quanto tempo estivera observando-o, sem sentir.

Ah, então ela morreria.

Sim, que morreria. Simples como o pássaro voara. Inclinou a cabeça para um lado, suavemente, como uma louca mansa: mas é fácil, tão fácil... nem é inteligente... é a morte que virá, que virá... Quantos segundos haviam decorrido? Um ou dois. Ou mais. O frio. Percebeu que por um milagre tomara agora consciência daqueles pensamentos, que eles eram tão profundos que haviam decorrido sob outros materiais e fáceis, simultaneamente... Enquanto ela vivera o sonho, observara as coisas ao redor, usara-as mentalmente, nervosamente, como quem crispa as mãos na cortina enquanto olha a paisagem. Fechou os olhos, docemente serena e cansada, envolvida em longos véus cinzentos. Um momento ainda sentiu a ameaça de incompreensão nascendo do interior longínquo do corpo como um fluxo de sangue. Eternidade é o não ser, a morte é a imortalidade – boiavam ainda, soltos restos de tormenta. E ela não sabia mais a que ligá-los, tão cansada.

Agora a certeza de imortalidade se desvanecera para sempre. Mais uma vez ou duas na vida – talvez num fim de tarde, num instante de amor, no momento de morrer – teria a sublime inconsciência criadora, a intuição aguda e cega de que era realmente imortal para todo o sempre.

A VIAGEM

Impossível explicar. Afastava-se aos poucos daquela zona onde as coisas têm forma fixa e arestas, onde tudo tem um nome sólido e imutável. Cada vez mais afundava na região líquida, quieta e insondável, onde pairavam névoas vagas e frescas como as da madrugada. Da madrugada erguendo--se no campo. Na fazenda do tio acordara no meio da noite. As tábuas da casa velha rangiam. De lá do primeiro andar, solta no espaço escuro, afundara os olhos na terra, procurando as plantas que se torciam enrodilhadas como víboras. Alguma coisa piscava na noite, espiando, espiando, olhos de um cão deitado, vigilante. O silêncio pulsava no seu sangue e ela arfava com ele. Depois a madrugada nasceu sobre as campinas, rosada, úmida. As plantas eram de novo verdes e ingênuas, o talo fremente, sensível ao sopro do vento, nascendo da morte. Já nenhum cão vigiava a fazenda, agora tudo era um, leve, sem consciência. Havia então um cavalo solto na campina quieta, a mobilidade de suas pernas apenas adivinhada. Tudo impreciso, mas de súbito na imprecisão encontrara uma nitidez que ela apenas adivinhara e não pudera possuir inteiramente. Perturbada pensara: tudo, tudo. As palavras são seixos rolando no rio. Não fora felicidade o que sentira então, mas o que sentira fora fluido, docemente amorfo, instante resplandecente, instante sombrio. Sombrio como a casa que ficava na estrada, coberta de árvores folhudas e poeira do caminho. Nela morava um velho descalço e dois filhos, grandes e belos reprodutores. O mais novo tinha olhos, sobretudo olhos, beijara-a uma vez, um dos melhores beijos que jamais sentira, e alguma coisa erguia-se no fundo de seus olhos quando ela lhe estendia a mão. Essa mesma mão que agora repousava sobre o espaldar de uma cadeira, como um pequeno corpinho aparte, saciado, negligente.

Quando era pequena costumava fazê-la dançar, como a uma mocinha tenra. Dançara-a mesmo para o homem que fugia ou fora preso, para o amante – pois ela tivera um amante – e ele fascinado e angustiado terminara por apertá-la, beijá-la como se realmente a mão sozinha fosse uma mulher. Ah, vivera muito, a fazenda, o homem, as esperas. Verões inteiros, onde as noites decorriam insones, deixavam-na pálida, os olhos escuros. Dentro da insônia, várias insônias. Conhecera perfumes. Um cheiro de verdura úmida, verdura aclarada por luzes, onde? Ela pisara então na terra molhada dos canteiros, enquanto o guarda não prestava atenção. Luzes pendendo de fios, balançando, assim, meditando indiferentes, música de banda no coreto, os negros fardados e suados. As árvores iluminadas, o ar frio e artificial de prostitutas. E sobretudo havia o que não se pode dizer: olhos e boca atrás da cortina espiando, olhos de um cão piscando a intervalos, um rio rolando em silêncio e sem saber. Também: as plantas crescendo de sementes e morrendo. Também: longe, em alguma parte, um pardal sobre um galho e alguém dormindo. Tudo dissolvido. A fazenda também existia naquele mesmo instante e naquele mesmo instante o ponteiro do relógio ia adiante, enquanto a sensação perplexa via-se ultrapassada pelo relógio.

Dentro de si sentiu de novo acumular-se o tempo vivido. A sensação era flutuante como a lembrança de uma casa em que se morou. Não da casa propriamente, mas da posição da casa dentro de si, em relação ao pai batendo na máquina, em relação ao quintal do vizinho e ao sol de tardinha. Vago, longínquo, mudo. Um instante... acabou-se. E não podia saber se depois desse tempo vivido viria uma continuação ou uma renovação ou nada, como uma barreira. Ninguém impedia que ela fizesse exatamente o contrário de qualquer das coisas que fosse fazer: ninguém, nada... Não era obrigada a seguir o próprio começo... Doía ou alegrava? No entanto sentia que essa estranha liberdade que fora sua maldição, que nunca a ligara nem a si própria, essa liberdade era o que iluminava sua matéria. E sabia que daí vinha sua vida e seus momentos de glória e daí vinha a criação de cada instante futuro.

Sobrevivera como um germe ainda úmido entre as rochas ardentes e secas, pensava Joana. Naquela tarde já velha – um círculo de vida fechado, trabalho findo – naquela tarde em que recebera o bilhete do homem, escolhera um novo caminho. Não fugir, mas ir. Usar o dinheiro intocado do pai, a herança até agora abandonada, e andar, andar, ser humilde, sofrer, abalar-se na base, sem esperanças. Sobretudo sem esperanças.

Amava sua escolha e a serenidade agora alisava-lhe o rosto, permitia vir à sua consciência momentos passados, mortos. Ser uma daquelas pessoas sem orgulho e sem pudor que a qualquer instante se confiam a estranhos. Assim antes da morte ligar-se-ia à infância, pela nudez. Humilhar-se afinal. Como pisar-me bastante, como abrir-me para o mundo e para a morte?

O navio flutuava levemente sobre o mar como sobre mansas mãos abertas. Inclinou-se sobre a murada do convés e sentiu a ternura subindo vagarosamente, envolvendo-a na tristeza.

No convés os passageiros andavam de um lado para outro, suportando mal a espera do lanche, ansiosos por reunir o tempo ao tempo. Alguém disse, a voz magoada: olhe a chuva! Realmente aproximava-se a névoa cinzenta, olhos cerrados. Daí a pouco viam-se pingos largos caírem sobre as tábuas do convés, o barulho de alfinetes tombando, e sobre a água, furando-lhe imperceptivelmente a superfície. O vento esfriou, levantaram-se as golas dos casacos, os olhares subitamente inquietos, fugindo da melancolia como Otávio com seu medo de sofrer. De profundis...

De profundis? Alguma coisa queria falar... De profundis... Ouvir-se! prender a fugaz oportunidade que dançava com os pés leves à beira do abismo. De profundis. Fechar as portas da consciência. A princípio perceber água corrompida, frases tontas, mas depois no meio da confusão o fio de água pura tremulando sobre a parede áspera. De profundis. Aproximar-se com cuidado, deixar escorrerem as primeiras vagas. De profundis... Cerrou os olhos, mas apenas viu penumbra. Caiu mais fundo nos pensamentos, viu imóvel uma figura magra debruada de vermelho claro, o desenho com um dedo úmido de sangue sobre um papel, quando se arranhara e enquanto o pai procurava iodo. No escuro das pupilas, os pensamentos alinhados em forma geométrica, um superpondo-se ao outro como um favo de mel, alguns casulos vazios, informes, sem lugar para uma reflexão. Formas fofas e cinzentas, como um cérebro. Mas isso ela não via realmente, procurava imaginar talvez. De profundis. Vejo um sonho que tive: palco escuro abandonado, atrás de uma escada. Mas no momento em que penso "palco escuro" em palavras, o sonho se esgota e fica o casulo vazio. A sensação murcha e é apenas mental. Até que as palavras "palco escuro" vivam bastante dentro de mim, na minha escuridão, no meu perfume, a ponto de se tornarem uma visão penumbrosa, esgarçada e impalpável, mas atrás da escada. Então terei de novo uma verdade, o meu sonho. De profundis. Por que não vem o que quer falar? Estou pronta. Fechar os olhos. Cheia de flores que se transformam em rosas à medida que o bicho treme e avança em direção ao sol do mesmo modo que a visão é muito mais rápida que a palavra, escolho o nascimento do solo para... Sem sentido. De profundis, depois virá o fio de água pura. Eu vi a neve tremer cheia de nuvens rosadas sob a função azul das vísceras cobertas de moscas ao sol, a impressão cinzenta, a luz verde e translúcida e fria que existe atrás das nuvens. Fechar os olhos e sentir como uma cascata branca rolar a inspiração. De profundis. Deus meu eu vos espero, deus vinde a mim, deus, brotai no meu peito, eu não sou nada e a desgraça cai sobre minha cabeça e eu só sei usar palavras e as palavras são mentirosas e eu continuo a sofrer, afinal o fio sobre a parede escura, deus vinde a mim e não tenho alegria e minha vida é escura como a noite sem estrelas e deus por que não existes dentro de mim? por que me fizestes separada de ti? deus vinde a mim, eu não sou nada, eu sou menos que o pó e eu te espero todos os dias e todas as noites, ajudai-me, eu só tenho uma vida e essa vida escorre pelos meus dedos e encaminha-se para a morte serenamente e eu nada posso fazer e apenas assisto ao meu esgotamento em cada minuto que passa, sou só no mundo, quem me quer não me conhece, quem me conhece me teme e eu sou pequena e pobre, não saberei que existi daqui a poucos anos, o que me resta para viver é pouco e o que me resta para viver no entanto continuará intocado e inútil, por que não te apiedas de mim? que não sou nada, dai-me o que preciso, deus, dai-me o que preciso e não sei o que seja, minha desolação é funda como um poço e eu não me engano diante de mim e das pessoas, vinde a mim na desgraça e a desgraça é hoje, a desgraça é sempre, beijo teus pés e o pó dos teus pés, quero me dissolver em lágrimas, das profundezas chamo por vós, vinde em meu auxílio que eu não tenho pecados, das profundezas chamo por vós e nada responde e meu desespero é seco como as areias do deserto e minha perplexidade me sufoca, humilha-me, deus, esse orgulho de viver me amordaça, eu não sou nada, das profundezas chamo por vós, das profundezas chamo por vós das profundezas chamo por vós das profundezas chamo por vós...

Agora os pensamentos já se solidificavam e ela respirava como um doente que tivesse passado pelo grande perigo. Alguma coisa ainda balbuciava dentro dela, porém seu cansaço era grande, tranquilizava seu rosto em máscara lisa e de olhos vazios. Das profundezas a entrega final. O fim...

Mas das profundezas como resposta, sim como resposta, avivada pelo ar que ainda penetrava no seu corpo, ergueu-se a chama queimando lúcida e pura... Das profundezas sombrias o impulso inclemente ardendo, a vida de novo se levantando informe, audaz, miserável. Um soluço seco como se a tivessem sacudido, alegria rutilando em seu peito intensa, insuportável, oh o turbilhão, o turbilhão. Sobretudo aclarava-se aquele movimento constante no fundo do seu ser – agora crescia e vibrava. Aquele movimento de alguma coisa viva procurando libertar-se da água e respirar. Também como voar, sim como voar... andar na praia e receber o vento no rosto, os cabelos esvoaçantes, a glória sobre a montanha... Erguendo-se, erguendo-se, o corpo abrindo-se para o ar, entregando-se à palpitação cega do próprio sangue, notas cristalinas, tintilantes, faiscando na sua alma... Não havia desencanto ainda diante de seus próprios mistérios, ó Deus, Deus. Deus, vinde a mim não para me salvar, a salvação estaria em mim, mas para abafar-me com tua mão pesada, com o castigo, com a morte, porque sou impotente e medrosa em dar o pequeno golpe que transformará todo o meu corpo nesse centro que deseja respirar e que se ergue, que se ergue... o mesmo impulso da maré e da gênese, da gênese! o pequeno toque que no louco deixa viver apenas o pensamento louco, a chaga luminosa crescendo, flutuando, dominando. Oh, como se harmonizava com o que pensava e como o que pensava era grandiosamente esmagadoramente fatal. Só te quero, Deus, para que me recolhas como a um cão quando tudo for de novo apenas sólido e completo, quando o movimento de emergir a cabeça das águas for apenas uma lembrança e quando dentro de mim só houver conhecimentos, que se usaram e se usam e por meio deles de novo se recebem e se dão coisas, oh Deus.

O que nela se elevava não era a coragem, ela era substância apenas, menos do que humana, como poderia ser herói e desejar vencer as coisas? Não era mulher, ela existia e o que havia dentro dela eram movimentos erguendo-a sempre em transição. Talvez tivesse alguma vez modificado com sua força selvagem o ar ao seu redor e ninguém nunca o perceberia, talvez tivesse inventado com sua respiração uma nova matéria e não o sabia, apenas sentia o que jamais sua pequena cabeça de mulher poderia compreender. Tropas de quentes pensamentos brotavam e alastravam-se pelo seu corpo assustado e o que neles valia é que encobriam um impulso vital, o que neles valia é que no instante mesmo de seu nascimento havia a substância cega e verdadeira criando-se, erguendo-se, salientando como uma bolha de ar a superfície da água, quase rompendo-a... Ela notou que ainda não adormecera, pensou que ainda haveria de estalar em fogo aberto. Que terminaria uma vez a longa gestação da infância e de sua dolorosa imaturidade rebentaria seu próprio ser, enfim enfim livre! Não, não, nenhum Deus, quero estar só. E um dia virá, sim, um dia virá em mim a capacidade tão vermelha e afirmativa quanto clara e suave, um dia o que eu fizer será cegamente seguramente inconscientemente, pisando em mim, na minha verdade, tão integralmente lançada no que fizer que serei incapaz de falar, sobretudo um dia virá em que todo meu movimento será criação, nascimento, eu romperei todos os nãos que existem dentro de mim, provarei a mim mesma que nada há a temer, que tudo o que eu for será sempre onde haja uma mulher com meu princípio, erguerei dentro de mim o que sou um dia, a um gesto meu minhas vagas se levantarão poderosas, água pura submergindo a dúvida, a consciência, eu serei forte como a alma de um animal e quando eu falar serão palavras não pensadas e lentas, não levemente sentidas, não cheias de vontade de humanidade, não o passado corroendo o futuro! o que eu disser soará fatal e inteiro! não haverá nenhum espaço dentro de mim para eu saber que existem o tempo, os homens, as dimensões, não haverá nenhum espaço dentro de mim para notar sequer que estarei criando instante por instante, não instante por instante: sempre fundido, porque então viverei, só então viverei maior do que na infância, serei brutal e malfeita como uma pedra, serei leve e vaga como o que se sente e não se entende, me ultrapassarei em ondas, ah, Deus, e que tudo venha e caia sobre mim, até a incompreensão de mim mesma em certos momentos brancos porque basta me cumprir e então nada impedirá meu caminho até a morte-sem-medo, de qualquer luta ou descanso me levantarei forte e bela como um cavalo novo.

Vislumbres do coração selvagem:
Datiloscritos originais,
com anotações de Clarice Lispector

" Ele estava só. Estava abandonado, feliz, perto do selvagem coração da vida".

JAMES JOYCE

sa respondê-la de algum modo... -Per
talvez isso não tenha importancia e
tirá com...

-Não.

-Não o que? perguntou surp

-Não gosto de me divertir,

A professora ficou novame

-Bem, vá brincar.

Quando Joana estava á port
ssora chamou-a de novo, dessa vez corada até c
s, remexendo papeis sobre a mesa:

-Você não achou exquisito.
cê escrever a pergunta para guardar?

-Não, disse.

Voltou para o páteo.

-Muito.

-Então acorde, é de madrugada...Sonhou?

A principio sonhava com carneiros,com ir

ando leite.Aos poucos sonhava com carneiros

la no meio do mato,com gatos bebendo leite v

uro. E cada vez mais se adensavam os sonhos

eeis de se diluir em palavras.

-Sonhei que as bolas brancas vinham subind

-Que bolas? De dentro de onde?

-Não sei, só que elas vinham...

Depois de ouví-la, Otavio lhe dissera:

-Agora penso que talvez tivessem abandonado

casa da tia...os extranhos...depois o inter

Joana pensara: mas havia o professor.Respon

-Não...O que mais poderiam fazer comigo? Ter

ão é o máximo? Ninguem conseguiria tirá-a de

nte já começara a ouvir-se, curiosa.

-Eu não voltaria um momento á minha meninice,

bsorto, certamente pensando no tempo de sua prima Isab

n um instante siquer.

gar, deslumbrada -Não é saudade, porque eu te
infancia mais do eu enquanto ela decorria...

Sim, havia muitas coisas alegres misturadas

E Joana tambem podia pensar e sentir em var
os, simultaneamente. Assim, enquanto Otavio fa
-lo, observava pela janela uma velhinha ao sol
e rápida -um galho trêmulo á brisa. Um galho
a feminilidade, pensara Joana, que a pobre pod
se a vida não tivesse secado no seu corpo. De
o Joana respondia a Otavio, lembrava-se do
zera especialmente para ela brincar, num dos q

Margarida a Violeta conhecia,
uma era cega, uma bem louca vivia,
a cega sabia o que a doida dizia
e terminou vendo o que ninguem mais via...

(mais espaço)

a rodando, rodando, agitando o ar e creando bris
Mesmo sofrer era bom porque enquanto o ma
se desenrolava tambem se existia -como um rio
E tambem podia-se esperar o instante que
... presente e de r

Não sei...

Bem, não importa, serenou ele. Nunca

relação a varios assuntos. Nunca sofra

sê-la. De qualquer geito suponho que

lho. E acostume-se: o que você sentiu

ando--talvez tenha sido apenas á custa

sobre os grandes homens. Você terá q

outras. -Pausa- Aborrece-se com isso?

Joana pensou um instante, a cabeça ás

s e largos.

-Mas tendo a coisa mais alta, disse e

dizer já não tem as que estão a bai

O professor balançou a cabeça.

-Não, disse ele, não. Nem sempre. Ás

no fim da vida tem-se a impressão... -

pressão de que se está morrendo virgem.

mais altas e mais baixas. De qualidad

diz silabas mornas, fundidas.

O quarto de banho é indeciso, quasi

es cederam, se adoçam e diluem em fuma

nte sobre sua pele e ela estremece de

Quando emerge da banheira é uma desco

ntir. Nada a rodeia e ela nada conhece

se lentamente, sem pressa por muito te

inhos gelados pelas suas costas mas el

o torso ferida, infeliz. Enxuga-se sem

nvolve-se no roupão como em braços mor

não querendo olhar, ah, não querendo

-a longa garganta vermelha e escura e

no bojo, no tudo. Tudo, tudo, repete

las do quarto -não ver, não ouvir, não

lutuante na escuridão, aconchega-se co

e. Tudo é vago, leve e mudo.

conhecera. Não compreendia aqu
tão longe dos dias...

ana lembrou-se de como uma vez, poucos
rigira-se ao marido perguntando-lhe qu
ua. E antes mesmo de terminar a frase
a parara -a testa franzida,o olhar di
ela repetia uma daquelas vozes que o
ezes,sempre vagamente perplexa. A voz
le seu homem.Como a dela propria que s
ra Otavio: aguda,vasia,lançada para o
aras.Algo inacabado,estático,um pouco
.Claros dias, límpidos e secos, voz e
e côro em missa campal. E alguma cois
ara um brando desespero...Aquele timb
historia, uma historia frágil que pas
a da voz, mas não desta.

Desde aquele dia ~~em diante~~,Joana senti

xara de almoçar ou jantar muito bem, sem exc
Nada do que diziam lhe importava, assim com
tudo deslisava sobre ela e ia perder-se em
interiores.

Um dia, depois de viver sem t
se diferente de si mesma. Estava cansada. And
tro. Ela propria não sabia o que queria. Pôs-
com a boca fechada. Depois cansou-se e passou
não o conseguia inteiramente. Dentro de si al
esperando e nada vinha dela para ela. Vagaro
uma tristeza insuficiente e por isso duplame
andar por varios dias e seus passos soavam c
mortas no chão. Ela mesma estava interiorment
e nada enxergava em si senão um reflexo, como
a escorrerem, um reflexo de seu ritmo antigo,
Então soube que estava exgotada e pela primei
realmente dividira-se em dois, uma parte dian
, desejando coisas que esta não podia mais d
re fôra duas, a que sabia ligeiramente que e
rofundamente. Apenas até então as duas trabal

a sorrir, ausente, r

ar suave de um rio dentro de seu peito.

-Otavio, Otavio, disse ela com sua vo

Nenhum dos habitantes daquela casa, r

n Lidia, nem os criados, viviam-- pensou Otav

só ele estava morto. Mas continuou: fant

zes distantes, nenhuma espera, a felicida

-Lidia, disse, me perdôe.

-Mas o que? espantou-se ela discret

-Tudo.

Vagamente ela achou que deveria co

io, Otavio. Tão mais facil falar com as ou

zesse tanto, como seria dificil suportar t

da parte dele. Só se entendiam quando se b

costava a cabeça assim, no seu seio. Mas a

ava assustada. Haveria momentos em que olh

sem que sua mão pudesse alcançar a dele.

ando. Estaria sempre separado dela e apen

lade vê-lo baixinho, o trazeiro saliente,os grandes olh
tos, numa larga continencia trêmula. Ficou ainda silencio
devagar,no mesmo tom:

-Coitadinho.

Ele riu,considerou finda a brincadeira e
costas para a porta. Joana acompanhou-o com o olhar,incli
pouco para alcançá-lo todo com a vista,mal ele se afastou
Encarava-o erecta e fria,os olhos abertos,claros.Olhou pa
procurou um instante,pegou num livro pequeno e grosso.No
que ele punha a mão no trinco,recebeu-o na nuca,com toda
Voltou-se instantaneamente,a mão na cabeça, os olhos a
de dôr e de espanto.Joana continuava na mesma posição.Ben
ela,agora já perdeu aquele ar repugnante.Um velho só deve

Disse, a voz alta e simpática:

-Perdôe. Uma pequena lagartixa ali,em cir
ta- Pequena pausa- Errei na pontaria.

O velho continuou a olhá-la, sem compre
pois um vago terror apossou-se dele diante daquele rosto

-Até logo...Não foi nada...-Meu Deus!- A

Quando a porta fechou-se, ela ficou ain
po com o sorriso no rosto. Alçou os ombros ligeiramente.
la, o olhar cansado e vasio:

-Talvez eu deva ouvir música.

(continua aqui)

ptivel da mão. Otavio desviou por um segur
ontinuou como um sonambulo a escrever. Con
num intervalo. Continuou seguindo-se: porq
adiar? perguntou-se. E a indagação era sól
a séria. Ageitou-se na cadeira, tomou uma a
o para ouvir o que tinha a dizer.

Então Otavio suspirou alto, fechou
estrépito, jogou-os longe, exagerado, as per
para longe da cadeira. Ela olhou-o assusta
começou com ironia. Mas não sabia como con
-o.

Ele disse, um cômico ar severo:

-Muito bem. Agora a senhora faça
r e encostar a cabeça nesse valoroso peito
disso.

Ela riu, só para satisfazê-lo. Ma
ra achando um pouco de graça. Continuou se
uir: então, ele..., e fazia com os labios
de vitoria, como quem recebe as provas es

a por você. Comovia-se, mas muitas
Antes um sentimento de solitude e
, vã.
ontinuava a não se mesclar à vida, a
ara naquela tarde, depois de deixar
.pação com as coisas e com seus prop
ar sua essência. Cuidava-se como se
um filho. Mas o filho não brotava.
tudo, e de ninguem mais, nem de um
o lhe haviam nascido os seios, como
professor a abandonara. Ou ele exi
esmo dissera um dia: aos poucos me vem
um pouco para enganá-la, sobretudo
rdade. Ela permitia nos outros a af
se perde em todos, contara-lhe Ota
s pela descoberta da imaginação.
embrava-se do professor olhando seu
um fio dagua e cheio de grande sêde.

momento simples, me poupe, me poupe. Mas
orque realmente nem sei o que pretendia dizer
ncerei.

Lidia hesitava:

- Isso não é mais do que amôr?

- Pode ser, disse Joana surpresa. O q
é amor. - E de repente eis que vem o cansaç
e envolvendo, e eu sei que vou dizer algum
. Tenha seu filho, seja feliz e me deixe em

- Sabe o que está dizendo? gritara a c

- Sei, é claro.

- Não gosta dele...

- Gôsto. Mas eu nunca sei o que fazer
de que eu gosto, elas chegam a me pesar, de
gostasse realmente com o corpo... talvez me
onfidencias, Deus meu. Agora vou dizer assi
orque eu não trago paz a ninguem, dou aos ou
faço com que digam: eu estive cego, não era p
é que a desejo.

- Mesmo assim... acho... ninguem se pode
o... suponho que nem eu... - Lidia não soube
ga, mãos não pousavam sobre as coisas.

gundo, absorvendo-a. Não se cansava, porém
irava a naturalidade. Apenas lançava-o nu
cida. Ele era dois, agora, mas aos poucos
ia e dominava o passado do outro. Aperto
que misteriosamente havia lógica em ter exp
s, as serenas baixezas, a falta despreocupa
a receber Joana enfim. Não que o tivessem
lama e contra seu desejo, ~~ao contrario~~,
ir. Jamais aguardara solução. Mesmo quan
espiava, espiava e largava. Mesmo aquela
agora se instalara preguiçosamente, apezar
ença, uma sombra cansativa e terna. Ele c
rios pés, o corpo conciente, experimentand
ara consigo mesmo, tudo concedendo friamen
osidade. Considerava-se até feliz. E ago
a que... Quis acrescentar ao pensamento co
erdadeira, a difícil, porém assaltou-o de no
cisava mais pensar, não precisava de nada,
ui a pouco. Daqui a pouco. Mas escute: da
Joana o libertara. Cada vez mais ele nec
er: pensava menos, comia menos, dormia quas

se ela dele exigisse alguma coisa. Com
avam contudo, pressentindo que ela não a
usamente supunham-na superior e despreza
stava recordando, contando a si mesma su
. Poderia pedir dados ao homem: eu sou a
ndava o rosto no seu ombro, escondia-se,
instante. Sacudí-lo, contar-lhe: homem,
ssim fez-se mulher e envelheceu. Acredit
tia-se infeliz. Tão poderosa que imagina
s antes de neles penetrar - e apenas com
julgando-se poderosa, não sabia o que
a minuto perdido porque não o orientara
Joana, homem, fina como um pinheiro, mu
agem desenvolvera-se dentro do quarto e
sos se formavam sem mêdo e sem pudôr. El
pensar ecomo não vira de perto nenhum sêr
slumbrou-se, sofreu, viveu um orgulho dolo
asi sempre difícil de se carregar. Como
? Se pudesse colher e acrescentar o olha
nguem te amará... Sim, terminar assim: ape

não levemente sentidas, não cheias de vontade de huma
passado correndo o futuro! o que eu disser soará fat
não haverá nenhum espaço dentro de mim para eu saber
tempo, os homens, as dimensões, não haverá nenhum es
mim para notar siquer que estarei creando instante p
não instante por instante: sempre fundido, porque ent
então viverei maior do que na infancia, serei brutal
como uma pedra, serei leve e vaga como o que se sent
tende, me ultrapassarei em ondas, ah, Deus, e que tu
sobre mim, até a incompreensão de mim mesma em certo
cos porque basta me cumprir e então nada impedirá me
morte-sem mêdo, de qualquer luta ou descanço me leva
bela como um cavalo novo.

Rio

março- 1942

novembro- 1942

O coração hoje:
Ensaios inéditos

C L A R I C E   L I S P E C T O R

PERTO DO CORAÇÃO SELVAGEM

(romance)

Clarice-Joana: Vozes perto do selvagem coração da vida

Evando Nascimento

Tropas de quentes pensamentos brotavam e alastravam-se pelo seu corpo assustado e o que neles valia é que encobriam um impulso vital.

Clarice Lispector, *Perto do coração selvagem*

AS PRIMEIRAS LEITURAS

O lançamento de *Perto do coração selvagem* em dezembro de 1943 representou um dos maiores acontecimentos da literatura brasileira, só comparável ao que aconteceria com o *Grande sertão: veredas*, de Guimarães Rosa, na década seguinte. Praticamente todos os críticos importantes da época, bem como vários escritores, se manifestaram sobre a *novidade* e a *estranheza* do romance de estreia, assinado por uma desconhecida de nome "esquisito": Álvaro Lins, Sérgio Milliet, Antonio Candido, Lauro Escorel, Dinah Silveira de Queiroz, Lúcio Cardoso, Lêdo Ivo, Jorge de Lima e Adonias Filho, entre muitos outros. Alguns grafaram "Clarisse", houve quem escrevesse "Linspector", e Milliet achou que se tratava de um pseudônimo, como a própria Clarice lembrou na entrevista dada a Júlio Lerner, na TV Cultura, em 1977.

Uma das incertezas era saber se se tratava realmente de um "romance" ou de um texto para o qual não havia classificação possível.

Apesar disso, *Perto do coração selvagem* não teve a mesma fortuna crítica posterior que *A maçã no escuro*, *A paixão segundo G.H.*, *Água viva* e *A hora da estrela*, bem como as coletâneas *Laços de família* e *A legião estrangeira*. Um dos propósitos deste posfácio é contribuir para que se torne também um dos livros mais comentados da autora. Não é que eu deseje consolidar uma hierarquia entre as publicações de Clarice Lispector: ao contrário, com esse exercício pretendo demonstrar que há uma tendência da crítica a canonizar algumas obras em detrimento de outras, que merecem igual atenção. O fato de se ter encontrado na Biblioteca Mindlin um datiloscrito que pertencia ao espólio de Francisco Assis Barbosa acrescenta todo o interesse por esta edição especial.[1]

Trata-se, portanto, de um livro *inaugural*, não somente por ser o primeiro de uma série de outros extremamente densos, mas também por inaugurar uma forma-conteúdo literária inédita na literatura brasileira, só comparável ao que Machado de Assis fizera, mas com outros recursos e estratégias discursivas. Numa resenha bastante elogiosa, o então jovem Antonio Candido qualifica a obra como *romance de aproximação*, menos estruturado pela história em si, do que pela experiência intensiva do mundo e da própria linguagem literária: "O ritmo do livro é um ritmo de procura, de penetração, que permite uma tensão psicológica poucas vezes alcançada na nossa literatura moderna."[2] Numa versão posterior desse texto, ele não hesita em alinhar o romance a duas obras de maior destaque do primeiro modernismo relacionado à Semana de Arte Moderna de 22: *Macunaíma*, de Mário de Andrade, e *Memórias sentimentais de João Miramar*,

1 LISPECTOR, Clarice. *Perto do coração selvagem*. Datiloscrito arquivado na Biblioteca Brasiliana Guita e José Mindlin – USP. Cópia impressa a partir do arquivo digital, fornecida por Pedro Karp Vasquez.

2 Publicado em sua coluna *Notas de crítica literária:* CANDIDO, Antonio. "Perto do coração selvagem". *Folha da Manhã*, São Paulo, 16 jul. 1944, p. 7.

de Oswald de Andrade.[3] Conclui o artigo cogitando sobre a possibilidade de a jovem escritora se tornar "um dos valores mais sólidos e, sobretudo, mais originais de nossa literatura, porque esta primeira experiência já é uma nobre realização".[4]

Álvaro Lins, um dos críticos mais influentes da época, percebeu a força do texto, mas ressaltou o que chamava de "falhas", como defeitos de uma imaturidade literária a ser corrigida com o tempo.[5] Chama a atenção a classificação do romance como "lírico", sublinhando a presença excessiva da autora, como uma marca da "literatura feminina". Não deixa, porém, de se entusiasmar pela novidade, nas letras nacionais, de uma ficção menos interessada pelos fatos do que por sua interpretação subjetiva.

Destacam-se ainda os comentários apaixonados do prestigioso crítico Sérgio Milliet, que não fez nenhuma ressalva ao livro: "Essa harmonia preciosa e precisa entre a expressão e o fundo a autora a alcançou magistralmente."[6]

Em outubro de 1944, o livro recebe o Prêmio Graça Aranha, concedido às estreias literárias realmente inovadoras, o que correspondeu ao máximo da consagração naquele momento para uma estreante, com grande repercussão. Foram diversos testemunhos registrados na imprensa durante todo esse ano: "não houve um único mês em que nos jornais brasileiros não tivesse saído algum texto sobre o livro da novel autora".[7]

3 Trata-se de uma versão ampliada e com novo título: CANDIDO, Antonio. "Uma tentativa de renovação". In: *Brigada ligeira*. São Paulo: Ouro Sobre Azul, 2017, pp. 87-93. Ressalto que atualmente as formas tradicionais de consagração literária têm sido muito questionadas, visando a incluir autorias e obras menos canônicas, mas não há espaço para discutir essa questão aqui.

4 CANDIDO, Antonio. *Perto do coração selvagem*, op. cit.

5 LINS, Álvaro. "Romance lírico". *Correio da Manhã*, Rio de Janeiro, 11 fev. 1944.

6 MILLIET, Sérgio. 15 de janeiro de 1944. *Diário crítico*. 2ª ed. São Paulo: Martins Fontes / EdUSP, 1981, vol. 2, pp. 27-32 [citação da p. 30]. Publicação original: MILLIET, Sérgio. "Perto do coração selvagem". *O Estado de S. Paulo*, São Paulo, 15 jan. 1944.

7 SOUSA, Carlos Mendes de. *Clarice Lispector: figuras da escrita*. Rio de Janeiro: Instituto Moreira Salles, 2011, p. 69. Todo o primeiro capítulo desse importante estudo traz uma ótima síntese da primeira recepção do romance.

AS "VOZES" NO ROMANCE DE ESTREIA

Faz mais ou menos seis anos que fui convocado pelas plantas para abordar a vida vegetal, do que resultou o livro *O pensamento vegetal: a literatura e as plantas.*[8] Num dos capítulos, intitulado justamente "Clarice e as plantas: a poética e a estética das sensitivas", sublinho como em momentos distintos a ficção de Clarice fala do *chamado vegetal* e do *chamado animal*: "– e as flores e as abelhas já me chamam – o pior é que não sei como não ir – o apelo é para que eu vá – e na verdade profundamente eu quero ir – é o encontro meu com meu destino esse encontro temerário com a flor"[9] e "Não ter nascido bicho parece ser uma de minhas secretas nostalgias. Eles às vezes clamam do longe de muitas gerações e eu não posso responder senão ficando desassossegada. É o chamado".[10]

Quando este ano recebi o convite para participar desta publicação em torno de *Perto do coração selvagem*, me senti *convocado* pela própria Clarice. Como se o afeto e o saber que me ligam desde o final da adolescência à potência da escrita clariciana fossem reconhecidos em sua plenitude.

Convocação é um termo em que está implicada a *voz*. E é entre a *voz humana* (para lembrar o título de Jean Cocteau), a voz autoral, a voz narrativa e a voz das personagens que este ensaio se elabora. *Perto do coração selvagem* é um romance pleno de sons e ruídos humanos e não humanos. Logo na abertura excepcional, tem-se uma sinfonia que mistura o animado com o aparentemente inanimado: "A máquina do papai batia tac-tac... tac-tac-tac... O relógio acordou em tin-dlen sem poeira. O silêncio arrastou-se zzzzzz. O guarda-roupa dizia o quê? roupa-roupa-roupa."[11] E ao longo de toda a história a *voz narrativa* (ou o que usualmente se chama de narrador ou narradora de primeira ou de terceira pessoa) vai ser atravessada pela voz da personagem Joana, muitas vezes num *discurso indireto livre*, em que

8 NASCIMENTO, Evando. "Clarice e as plantas: a poética e a estética das sensitivas". In: *O pensamento vegetal: a literatura e as plantas.* Rio de Janeiro: Civilização Brasileira, 2021, pp. 183-231.

9 LISPECTOR, Clarice. *A descoberta do mundo.* Rio de Janeiro: Nova Fronteira, 1984, p. 657.

10 Idem, p. 524.

11 LISPECTOR, Clarice. *Perto do coração selvagem.* Rio de Janeiro: Rocco, 2019, p. 11.

a personagem assume a enunciação, outras vezes com o recurso clássico do travessão para indicar o diálogo.

Essa tessitura de vozes e sons de todo tipo não é um fator isolado, pois todo o volume é permeado por *sensorialidades* que *evocam* (mais uma palavra com *voz*) a materialidade das coisas e dos viventes, *provocando* (idem) no leitor e na leitora uma espécie de *sinestesia geral*, como logo veremos.

Com o romance inaugural, a autora brasileira nascida na Ucrânia dava vez e lugar ao que chamo já há três décadas de *literatura pensante*. Essa não é uma categoria classificatória, dentro da tradição crítica de inventar rótulos, *é antes uma forma de expor como alguns textos propõem pensar o impensado tanto quanto o impensável em nossas culturas ocidentais.*

Anoto de passagem que muito tempo depois de ter inventado a expressão literatura, escrita ou ficção *pensante* me dei conta de que o adjetivo já se encontrava num dos livros infantis de Clarice: *O mistério do coelho pensante*. Decerto foi esse título que, de forma inconsciente, me inspirou a categoria, o que o torna ainda mais legítimo como gesto teórico-crítico.

A LITERATURA PENSANTE DE CLARICE LISPECTOR

Há dois pares de palavras (verbos e substantivos) que se repetem sem cessar ao longo de *Perto do coração selvagem*: *pensar/pensamento* e *sentir/sensação* – algumas vezes no mesmo parágrafo. Um simples exemplo do *pensar*, colhido ao acaso, os outros termos comparecem também sucessivamente a cada página:

> Oh, poupe-me, ouvia Joana no silêncio de Otávio. Mas ao mesmo tempo ela gostava de pensar alto, de desenvolver um raciocínio sem plano, seguindo-se apenas. Às vezes mesmo, por puro prazer, inventava reflexões: se uma pedra cai, essa pedra existe, houve uma força que fez com que ela caísse, um lugar de onde ela caiu, um lugar onde ela caiu, um lugar por onde ela caiu – *acho que nada escapou* à natureza do fato, a não ser o próprio mistério do fato.[12]

12 Idem, pp. 90-91, grifos meus.

Essa citação é um exemplo nítido do deslizamento da narrativa em terceira pessoa, assinalado pelo pronome "ela", para a primeira pessoa, assinalado por "acho que", numa oscilação permanente entre o estilo indireto e o indireto livre, com recurso também ao estilo direto. Trata-se de um procedimento enunciativo, com grandes consequências para a estrutura diferencial do livro.

Há, igualmente, a palavra *corpo*, relacionada a maior parte do tempo a Joana. E é justamente com e no corpo que afloram as sensações, as quais vão estar na origem do pensamento. Como noutros futuros textos claricianos, não há oposição alguma entre corpo e mente, entre corpo e espírito, ao contrário, um engendra o outro, como é dito literalmente: "E foi tão corpo que foi puro espírito."[13] A sensorialidade que atravessa todo o romance se materializa numa sinestesia que deve se reproduzir na leitura para que a obra de fato se realize.

Uma das passagens mais intensas das sensações corporais, no limite da hipersensibilidade, é quando se descreve o banho da jovenzinha Joana, de que cito um trecho, remetendo as leitoras e os leitores a todo o antológico episódio, mencionado com ênfase por Lins:

> Imerge na banheira como no mar. Um mundo morno se fecha sobre ela silenciosamente, quietamente. Pequenas bolhas deslizam suaves até se apagarem de encontro ao esmalte. A jovem sente a água pesando sobre seu corpo, para um instante como se lhe tivessem tocado de leve o ombro. Atenta para o que está sentindo, a invasão suave da maré. Que houve? Torna-se uma criatura séria, de pupilas largas e profundas. Mal respira. O que houve? *Os olhos abertos e mudos das coisas continuam brilhando entre os vapores.* Sobre o mesmo corpo que adivinhou alegria existe água – água. Não, não... Por quê? Seres nascidos no mundo como a água. Agita-se, procura fugir. Tudo – diz devagar como entregando uma coisa, perscrutando-se sem se enten-

13 Idem, p. 94.

> der. Tudo. E essa palavra é paz, grave e incompreensível como um ritual. A água cobre seu corpo. Mas o que houve? Murmura baixinho, diz sílabas mornas, fundidas.[14]

Entre as densas imagens, uma chama mais a atenção: o modo como as coisas são personificadas com "olhos", que, além de abertos, estão "mudos", numa sinestesia insólita entre visão e fala (ou mutismo): "*Os olhos abertos e mudos das coisas continuam brilhando entre os vapores.*"

Todavia, não somente Joana pensa no conjunto da narrativa, pois os pensamentos de Otávio, de Lídia e do amante de Joana também são consignados, porém em menor quantidade. *Mas somente ela pensa integralmente com o corpo.* Não se trata evidentemente de um pensar apenas racional, embora também seja; é sobretudo uma mescla extremamente refinada de razão e intuição. Como desenvolvi no artigo "Clarice, obra intelectual e sensível",[15] a própria trajetória de autora empírica, como pessoa civil, mas também como escritora e jornalista, se desdobra entre intelecto e sensibilidade, embora ela própria denegasse isso, afirmando ser apenas intuitiva. A prova irrefutável de sua grande competência intelectual se encontra na conferência que realizou em diversos lugares, aqui e no exterior; nos anos de 1960, nesse texto pouco conhecido, Clarice recorre ao discurso crítico mais atualizado, para refletir sobre as vanguardas, em particular no Brasil, mostrando-se uma autêntica *scholar*, que não por acaso fez o curso superior de Direito.[16]

Como raramente se encontrará na ficção do século XX, as inúmeras reflexões de Joana emergem de uma intuição corporal, imediatamente transformada em reflexões, misturando-se ao discurso da voz narrativa. Se o que move a trama romanesca não é a simples reprodução de fatos reais, mas

14 Idem, p. 63, grifos meus.

15 NASCIMENTO, Evando. "Clarice, obra intelectual e sensível". *Suplemento Pernambuco*, Recife, n. 178, dez. 2020.

16 LISPECTOR, Clarice. "Literatura de vanguarda no Brasil". In: *Outros escritos*. Rio de Janeiro: Rocco, 2005, pp. 95-111.

sim *atos de fingir* (para utilizar até certo ponto a terminologia de Wolfgang Iser), que vão pouco a pouco tramando e destramando pontos do enredo; a "tecelagem" nas mãos de Joana se faz com as muitas vozes femininas que escutou ao longo da vida e que se materializam na fantasia da "voz da mulher". Trata-se da voz de uma mulher cuja casa ela visita com a intenção de alugar, para morar com o futuro marido Otávio. Essa voz remete Joana a todas as outras que ouvira, vozes que de certo modo um dia a transformaram também na "mulher da voz", aquela que ecoa o canto coral das outras anteriores: "Desde aquele dia, Joana sentia as vozes, compreendia-as ou não as compreendia. Provavelmente no fim da vida, a cada timbre ouvido, uma onda de lembranças próprias subiria até sua memória, ela diria: *quantas vozes eu tive*..."[17] A frase que sublinhei não é uma pergunta, mas uma constatação seguida de reticências – constatação de que se é na verdade mais do que duas (e o tema da duplicação de si emerge nesse mesmo capítulo): é-se múltipla, por assim dizer *plurívoca*. Vale lembrar que logo no início do romance, após a reverberação dos sons iniciais, aparece uma grande orelha, quase destacada do corpo, como uma concha acústica, que tudo absorve: "Entre o relógio, a máquina e o silêncio havia uma orelha à escuta, grande, cor-de-rosa e morta."[18] Sim, aparentemente morta, mas muito viva em sua escuta hiperativa. Joana, a protagonista, se estrutura como persona ficcional a partir do que ouve, desde a infância.

É *como se* (eis a ficção) a história revelasse o tempo todo que somos feitos das vozes que ouvimos e que captamos para *impostar* nossas vozes particulares (ou "intonar", como diz o texto). Mulheres ouviram sobretudo vozes femininas, mas também inevitavelmente masculinas: a voz do pai, do tio, do professor, do futuro marido, do amante, entre outros homens que Joana conheceu. É o modo como processamos e, por nossa vez, *compomos* essas tessituras vocais que determina o próprio tecido de nossas existências. São, por assim dizer, *vozes escritas*: inscritas no corpo como suporte existencial e ficcional.

17 LISPECTOR, Clarice. *Perto do coração selvagem*, op. cit., p. 71, grifos meus.

18 Idem, p. 11.

Por todos esses motivos, muitas das expressões utilizadas pela crítica inicial, e também por parte da crítica posterior, a fim de dar conta do texto não servem mais para *Perto do coração selvagem*: diálogo ou monólogo interior, fluxo da consciência, romance lírico, literatura introspectiva ou psicologizante etc. Em vez de monólogo, tem-se o que Jacques Derrida chamou de *polílogo "interior"*,[19] mas em conexão com o exterior: vozes são ouvidas, estruturam a personagem e voltam para o meio de onde surgiram, num fluxo que é tanto inconsciente quanto consciente, sem oposição simples. "Polílogo" é o equivalente plurívoco de "monólogo".

Tentando elucidar a genealogia da preciosidade que ele próprio disse ter lido e relido, Álvaro Lins afirma que *Perto do coração* é um tipo romanesco inexistente no Brasil, mas a jovem escritora o teria importado de James Joyce e de Virginia Woolf. Clarice comentará, numa carta à irmã Tania Kaufmann, que o crítico só faltou transformá-la numa "representante comercial" dos dois autores.[20] O trecho de uma carta a Lúcio Cardoso traz a versão dela própria sobre o assunto:

> [...] escrevi uma carta para [Álvaro Lins], afinal uma carta boba, dizendo que eu não tinha "adotado" Joyce ou Virginia Woolf, que na verdade lera a ambos depois de estar com o livro pronto. Você se lembra que eu dei o livro datilografado (já pela terceira vez) para você e disse que estava lendo o *Portrait of the artist* e que encontrara uma frase bonita? Foi você quem me sugeriu o título.[21]

A carta ao crítico jamais foi enviada. O fato é que ela leu o *Retrato do artista quando jovem*, de Joyce, ainda no processo de conclusão de seu romance, antes de entregá-lo à editora, e escolheu uma frase como epí-

19 DERRIDA, Jacques. "Cette étrange institution qu'on appelle la littérature." *Derrida d'ici, Derrida de là*. Organização Thomas Dutoit e Philippe Romanski. Paris: Galilée, 2009, pp. 253-292 [citação na p. 254].

20 LISPECTOR, Clarice. [Carta a Tania Kaufmann, 16 fev. 1944]. In: *Correspondências*. Rio de Janeiro: Rocco, 2001, p. 38.

21 LISPECTOR, Clarice. [Carta a Lúcio Cardoso, s/d]. In: *Correspondências*, op. cit., p. 43.

grafe do livro. Lúcio Cardoso sugeriu o título da obra a partir dessa frase. Evidentemente, os dois autores anglófonos já circulavam em inglês no país, e a imprensa já tecia comentários sobre essa nova literatura, como o próprio discurso de Lins comprova. O decisivo é que Clarice não repete simplesmente clichês relacionados a Joyce ou Woolf, como o famoso *fluxo da consciência*. O que há em Joana e nos outros personagens é uma capacidade de vinculação contínua com o entorno e com as outras pessoas, numa abertura sensorial fluida. E se houve emulação dos dois autores, tem-se uma *confluência*, e não simples "influência": o romance clariciano é um rio caudaloso que absorve todas as águas que importam, transformando-as em algo singular, muito distinto da simples imitação. É o que chamo de *emulação estética*, como traço diferencial de parte da literatura brasileira e mesmo latino-americana, em relação ao que se produz noutros países: emular não é imitar, é reinventar aquilo que se recebe, combinando-o com experiências próprias e resultando numa obra completamente outra.

Em 1987, a Casa de Cultura Laura Alvim, no Rio de Janeiro, organizou uma série de eventos em comemoração aos dez anos da morte de Clarice. Foi publicado na ocasião um livreto com testemunhos de alguns dos grandes amigos da autora: Hélio Pellegrino, Otto Lara Resende, Rubem Braga, Lêdo Ivo, Paulo Mendes Campos, Fernando Sabino, Carlos Scliar, Antonio Callado, Francisco de Assis Barbosa; e, no final, o poema-homenagem "Visão de Clarice", de Carlos Drummond de Andrade. Os autores ressaltam a personalidade excepcional e a literatura incomum da autora, ou seja, sua dupla "estrangeiridade". Lêdo Ivo se refere à surpresa da leitura do livro de estreia e ao encontro igualmente surpreendente com a escritora pouco tempo depois de ter lido o romance, sobre o qual escreveu um artigo. Muito especial é o testemunho de Francisco de Assis Barbosa, que foi seu colega na redação do jornal *A Noite* e disse ter acompanhado, capítulo por capítulo, a feitura da obra daquela jovem bonita, leve, "pronta para viver". A conclusão do pequeno texto é primorosa e ajuda a afastar em definitivo o fantasma da suposta influência joyciana:

> Eu, de início, observei-lhe que o título lembrava James Joyce. Mas à proporção que ia devorando os capítulos que estavam sendo datilografados pela autora fui me compenetrando que estava diante de uma extraordinária revelação literária, onde havia muito de Clarice, onde a influência de Joyce era irrelevante, se é que efetivamente houvesse influência do grande escritor. *O que havia de fato era o ímpeto Clarice, o furacão Clarice.*[22]

A fragmentação da narrativa de *Perto do coração selvagem* não é um mero recurso técnico, mas sim uma motivação específica que paradoxalmente estrutura cada capítulo e lhes dá densidade. Ademais, alguns dos títulos da primeira parte são precedidos e seguidos de reticências... A incompletude que acaso se possa atestar na feitura da obra se deve menos ao defeito de que a acusou Lins do que ao fato de a obra depender dos leitores para remontar as peças diversas do que vai sendo narrado. Entre reflexões e sensações, somos obrigados a dar verdadeiros saltos interpretativos para acompanhar os discursos da voz narrativa e das personagens. Daí a dificuldade de resumir o livro como se tivesse um enredo em sentido tradicional.

É por isso que tantas leitoras e leitores sentem embaraço com a literatura clariciana, pois não é feita como objeto de consumo, mas sim como obra inacabada, "imperfeita" até, aos olhos do beletrismo, a ser completada e reinventada por quem a recebe. Poética e estética, fazer e receber literário são inseparáveis: a escritora Clarice existiu antes como leitora (tema de *Felicidade clandestina*); em contrapartida, é preciso que sejamos mais do que simples leitores e leitoras, tornando-nos capazes de inventar histórias e traçar nossos caminhos com as próprias palavras que recebemos e transformamos (tema de "Os desastres de Sofia").

Clarice inventa sua própria estrutura narrativa com aquilo que suas leituras de autores nacionais e internacionais lhe propiciam. Na referida

22 BARBOSA, Francisco de Assis. "A descoberta da vida ou do mundo". In: PELLEGRINO, Hélio et alii. *Perto de Clarice.* Rio de Janeiro: Casa de Cultura Laura Alvim, 1987, grifos meus.

conferência sobre vanguardas dos anos de 1960, ela cita diversos escritores brasileiros, como Carlos Drummond de Andrade, Mário de Andrade e Graciliano Ramos. Quanto aos estrangeiros, ela declarou que se reconheceu ainda muito jovem na literatura de Katherine Mansfield, quando encontrou por acaso um volume dessa autora em livraria. Mas foi sobretudo sua experiência original, de migrante judia naturalizada no Brasil, residente em Recife e depois no Rio e noutras cidades do exterior, que deu forma e conteúdo a sua escrita.

Não se trata tampouco de um "romance de formação", como já foi qualificado, em que se passa da infância à adolescência do herói ou da heroína, até se chegar à fase adulta, numa trajetória de maturação. No último capítulo do livro, o comparecimento duas vezes do termo "informe", no plural e no singular, é indicativo de que o processo não é linear nem propriamente evolutivo, mas contínuo e instável: será preciso que Joana se reinvente a cada etapa, a partir de sua própria dissolução e renascimento como *outra*. Diria que é mais exatamente um romance *de-formação*, visto que não há estabilidade definitiva, nem da personagem nem da ficção clariciana; trata-se de *experimentos linguísticos*, associados a impulsos vitais de permanente mutação:

> Quando me surpreendo ao fundo do espelho assusto-me. Mal posso acreditar que tenho limites, que sou recortada e definida. *Sinto-me espalhada no ar, pensando dentro das criaturas, vivendo nas coisas além de mim mesma.* Quando me surpreendo ao espelho não me assusto porque me ache feia ou bonita. É que me descubro de outra qualidade. Depois de não me ver há muito quase esqueço que sou humana, esqueço meu passado e sou com a mesma libertação de fim e de consciência quanto uma coisa apenas viva.[23]

A PERFORMANCE TEXTUAL

Todavia, não somos feitos apenas por vozes, mas também por todas as *sensações* que o entorno provoca no corpo e a que o corpo reage, performan-

23 LISPECTOR, Clarice. *Perto do coração selvagem*, op. cit., pp. 65-66, grifos meus.

do gestos e frases. A caracterização de Joana como *sensitiva* tem a ver com a frequente perda de limites corporais da personagem, tal como se constata na última citação. Sua multissensorialidade não é narcísica porque vem de *outrem* e a outrem retorna num movimento ininterrupto. *Outrem*: pronome erudito que pode nos ajudar a pensar uma alteridade que não se reduz nem à simples masculinidade nem à feminilidade, nem ao humano nem ao não humano, indo mais além: *trans*. A *transversalidade* do comportamento de Joana tem muito de feminino e de masculino em sentido tradicional, não sendo, todavia, exclusivamente nem uma coisa nem outra. Tal como ocorre em *Onde estivestes de noite*, no qual se expõe a estranha figura andrógina: "O Ele-ela só deixava mostrar o rosto de andrógina. E dele se irradiava tal cego esplendor de doido que os outros fruíam a própria loucura. Ela era o vaticínio e a dissolução e já nascera tatuada."[24]

Logo depois do casamento, talvez o período mais feliz de Joana, vem um fluxo de pura sensorialidade extática: "Erguia-se para uma nova manhã, docemente viva. E sua felicidade era pura como o reflexo do sol na água. *Cada acontecimento vibrava em seu corpo como pequenas agulhas de cristal que se espedaçassem.*"[25] Tem-se uma libertação corporal que a leva à perda momentânea dos limites.

É a própria sensibilidade à flor da pele que a faz desejar *tornar-se ou devir outra*, escapando das determinações sistêmicas que por vezes a levava a odiar a si própria: "Desejava ainda mais: renascer sempre, cortar tudo o que aprendera, o que vira, e inaugurar-se num terreno novo onde todo pequeno ato tivesse um significado, *onde o ar fosse respirado como da primeira vez.*"[26] Num livro inaugural, tem-se uma personagem que busca inaugurar--se e reinaugurar o mundo a cada gesto, a cada frase, não como a utopia de uma vida alternativa, mas a própria vida real, no duro, reinventada. Como só a ficção literária permite, *heterotópica* que é – sempre em busca de ou-

24 LISPECTOR, Clarice. "Onde estivestes de noite". In: *Onde estivestes de noite*. Rio de Janeiro: Rocco, 1999, p. 50.

25 LISPECTOR, Clarice. *Perto do coração selvagem*, op. cit., p. 95.

26 Idem, pp. 77-78, grifos meus.

tros lugares e de outros tempos diferentes dos atuais: "Nunca terei pois uma diretriz, pensava meses depois de casada. Resvalo de uma verdade a outra, sempre esquecida da primeira, sempre insatisfeita. [...] // Continuo sempre me inaugurando, abrindo e fechando círculos de vida, jogando-os de lado murchos, cheios de passado."[27]

A sensitiva Joana é uma pensadora, que reflete o tempo todo, com sua *razão sensível*. As sensações estão do lado do que mais tarde em *Água viva* se nomeará como *atrás do pensamento*, ou seja, são parte daquilo que antecede a linguagem verbal; já o que normalmente se chama de "pensamento" está ligado às palavras e, portanto, ao raciocínio lógico: "estou entrando sorrateiramente em contato com uma realidade nova para mim que ainda não tem pensamentos correspondentes e muito menos ainda alguma palavra que a signifique: *é uma sensação atrás do pensamento*".[28] Esse "atrás do pensamento" é nomeado em *Um sopro de vida* como *pré-pensamento*: "O pré-pensamento é o pré-instante. O pré-pensamento é o passado imediato do instante. Pensar é a concretização, materialização do que se pré-pensou. Na verdade, o pré-pensar é o que nos guia, pois está intimamente ligado à minha muda inconsciência. O pré-pensar não é racional. É quase virgem".[29] As sensações não se opõem simplesmente ao raciocínio humano relacionado à linguagem verbal, mas o antecedem, com ele estabelecendo mais de uma conexão.

Como comparece em *Perto do coração selvagem*, o pensamento emerge como intuição corporal e se manifesta de imediato por meio de palavras. Sendo assim, lendo a obra clariciana de frente para trás, pode-se dizer que o pré-pensamento faz parte genealogicamente do pensamento e não se opõe a ele como uma etapa em separado: o pensamento se forma a partir do sentir e do intuir, e não a partir de um raciocínio abstrato, como ocorre na tradição filosófica. Sobretudo por esse motivo o pensamento clariciano

27 Idem, p. 97.

28 LISPECTOR, Clarice. *Água viva*. Organização e prefácio Pedro Karp Vasquez. Rio de Janeiro: Rocco, 2019, p. 57, grifos meus.

29 LISPECTOR, Clarice. *Um sopro de vida*. Rio de Janeiro: Rocco, 2020, p. 17.

não se confunde com a filosofia, pois não depende de conceitos homogêneos nem puramente racionais para se constituir: "Pensar é um ato, sentir é um fato. Os dois juntos – sou eu que escrevo o que estou escrevendo", diz *A hora da estrela*.[30] Trata-se, com efeito, de *literatura pensante* e não de "literatura filosófica", permitindo pensar aquilo de que a tradição filosófica não deu conta.

Pensar e sentir formam o compasso binário de uma mesma sensação-reflexão liberadora, "diabólica", "maligna", porém, no fundo, mais além do bem e do mal. Sobretudo mais além do humano em sentido estrito. O não atendimento de Joana às convenções sociais faz com que desde cedo seja considerada como "má" pela tia que fica horrorizada com o roubo gratuito de um livro por parte da sobrinha e não hesita em chamá-la de "víbora", enviando-a para um internato, o qual não deixa de ser uma prisão. *Víbora* é também como Otávio a insultará ao abandoná-la, confirmando o antigo veredito da tia.

Porém, muito antes do abandono, Otávio percebe que, ao contrário de sua "passiva" noiva Lídia, Joana poderá livrá-lo inclusive do "medo de não amar" e decide então desposá-la. Por ser liberada desde a infância e sobretudo na adolescência, Joana pode liberar seu futuro marido de seus medos, liberando-nos também do medo de amar e também de não sermos amados ou amadas. Do medo em geral.

Mais do que uma escrita estritamente literária, *Perto do coração selvagem* faz-se numa *escrita gestual e frasal*, na qual gestos se sucedem a frases e enunciados engendram novos gestos, num renascimento de si, que se assemelha à inauguração do antes inexistente – uma experiência de solidão compartilhada, pois se sabe que há sempre alguém à espreita: a leitora e o leitor que observam as metamorfoses sensoriais por que passa a sensitiva Joana: "Fechou os olhos um instante, permitindo-se o nascimento de um

30 LISPECTOR, Clarice. *A hora da estrela*. Edição com manuscritos e ensaios inéditos. Organização e prefácio Pedro Karp Vasquez. Rio de Janeiro: Rocco, 2017, p. 47.

gesto ou de uma frase sem lógica."[31] Tal é a *performance* desse primeiro livro; e *performance*, termo bastante atual, é exatamente como Antonio Candido caracteriza a magnífica estreia de Clarice Lispector.

Tem-se uma espécie de antimetafísica de Joana, questionadora do humanismo tradicional, antimetafísica que põe em dúvida até valores supostamente universais como "fraternidade" e "justiça", entre aspas, em nome de uma "desvalorização do humano".[32] Compreenda-se a expressão: não é um rebaixamento da espécie humana, mas um deslocamento de sua posição de superioridade, reconectando-o com os animais, as plantas e as coisas do mundo, como a ficção clariciana tematizará amplamente nos anos vindouros.[33] Trata-se de uma verdadeira re-humanização, que libera o humano do Homem, da virilidade falocêntrica, em nome de uma ambição por enquanto inominável: "Liberdade é pouco. O que desejo ainda não tem nome."[34]

A força de Joana vem de algo "diabólico" que a move, e o termo *diabo* aparece literalmente no texto relacionado a ela.[35] Sua quase feiura é o que impressiona Otávio no primeiro contato, e isso de algum modo a emancipa do estigma do "eterno feminino", petrificado no ideal de beleza. Como desenvolvi em vários textos, o humanismo da tradição ocidental valoriza o Homem, com maiúscula, num regime de oposições hierarquizantes, tais como masculino/feminino, presença/ausência, dentro/fora, alto/baixo, humano/não humano, em que o primeiro termo vale mais do que o segundo.

31 LISPECTOR, Clarice. *Perto do coração selvagem*, op. cit., p. 78.

32 Idem, p. 90.

33 O citado ensaio "Clarice e as plantas: a poética e a estética da sensitiva" retoma e desenvolve alguns dos temas que abordei em *Clarice Lispector: uma literatura pensante*. Rio de Janeiro: Civilização Brasileira, 2012. Nesse livro é dada a ênfase aos animais na ficção clariciana, mas os bichos e as plantas são também abordados, compondo o universo infinito do que se chama de "não humano", mas que habita intimamente nossa humanidade. A relação entre o humano e o não humano atravessa todas as minhas leituras dos textos de Clarice, desde o final dos anos 1990. Cf. NASCIMENTO, Evando. *Uma literatura pensante: Clarice e o inumano*. In: MOARES, Alexandre (org.). *Clarice Lispector em muitos olhares*. Vitória: EdUFES, 2000, pp. 100-123. Uma versão ampliada desse ensaio: NASCIMENTO, Evando. "O inumano hoje". *Gragoatá*, Universidade Federal Fluminense, n. 8, pp. 39-55, 1º sem. 2000.

34 Idem, p. 67.

35 Idem, p. 92.

O eterno feminino é uma fantasia compensatória, que fixa a Mulher num belo pedestal, como uma vestal divina. Joana foge de todas essas determinações históricas, e é a esse escape que deve ser atribuída sua suposta malignidade.

Se a comparação com os animais, ou a referência direta aos próprios bichos, comparece em maior número ao longo do livro, performando uma densa *zoopolítica*, as coisas (já no guarda-roupa da abertura) e as plantas não deixam também de se manifestarem em toda a sua potência vegetal, instaurando uma *fitopolítica* igualmente questionadora do centramento no humano. Como é dito no último capítulo, sintomaticamente intitulado "A viagem":

> De lá do primeiro andar, solta no espaço escuro, afundara os olhos na terra, procurando as plantas que se torciam enrodilhadas como víboras. Alguma coisa piscava na noite, espiando, espiando, olhos de um cão deitado, vigilante. O silêncio pulsava no seu sangue e ela arfava com ele. Depois a madrugada nasceu sobre as campinas, rosada, úmida. As plantas eram de novo verdes e ingênuas, o talo fremente, sensível ao sopro do vento, nascendo da morte.[36]

É notável como a voz narrativa associa as *plantas* à *víbora*, que por sua vez está associada a Joana, metaforizando algo de insidioso. O cão marca sua presença animal, e em seguida as plantas voltam a ser "verdes e ingênuas", como delas se espera. Todavia, surpreendentemente, em vez de vincular os vegetais à vida, relaciona-os à morte, reforçando a *inquietante estranheza* do texto.

O DRAMA DA AUTORIA

No conjunto em aberto da obra clariciana, a meu ver apenas três figuras masculinas realmente se destacam nos romances: Martim, de *A maçã no escuro*, Rodrigo S.M., *de A hora da estrela*, e o Autor de *Um sopro de*

36 Idem, p. 190.

vida. A grande maioria das personagens de destaque é feminina. Todavia, é curioso que a própria Clarice se identifique explicitamente a uma figura masculina: *Eu sou o Martim*, diz numa entrevista, quando indagada por Affonso Romano de Sant'Anna: "Entre Ermelinda e Vitória, dentro de *A maçã no escuro*, qual é mais Clarice?"[37] Já em *A hora da estrela*, o escritor-narrador Rodrigo S.M. disputa a autoria com a "verdadeira autora": isso acontece desde a "Dedicatória do autor (na verdade Clarice Lispector)". Ou seja, se ficcionalmente a voz narrativa que vai assumir a autoria do texto que vem em seguida é a de Rodrigo S.M., não se deve esquecer que quem assina em última instância o livro é Clarice Lispector. Mas, se algo tão óbvio precisa ser lembrado, é porque no plano da ficção há um sucessivo deslocamento entre essas duas vozes escritas.

Não se trata em absoluto de recair no viés crítico tradicional, projetando a biografia da autora no texto, mas sim, diferentemente, de pensar que, numa verdadeira ficção como *A hora da estrela*, autoria e narrativa (com narrador/a e personagens) nascem juntas: são planos estruturais diferentes, porém totalmente convergentes, pois implicam modos distintos de enunciação, que, em tensão, articulam a trama ficcional.

Dito de outro modo, entre Clarice e Rodrigo S.M. há muito mais do que simples competição: se ela o inventa como escritor-narrador-personagem de seu livro, ele, por sua vez, a reinventa como escritora de ficções. Pois a cada livro escrito e publicado a figura autoral se renova e se transforma, ao mesmo tempo ampliando e confirmando a assinatura. E são essas vozes todas (escritor/a, autor/a, narrador/a) entrelaçadas às das personagens que estruturam as ficções assinadas por Clarice Lispector. Enfatizo, no entanto, uma distinção fundamental: há a autora empírica C.L., com uma biografia delimitada nos tempos e espaços em que viveu, e há o que Roland Barthes chamou de *autor de papel*: a figura autoral que se elabora através dos textos, configurando uma assinatura.

37 LISPECTOR, Clarice. *Encontros: Clarice Lispector*. Rio de Janeiro: Azougue, 2011, p. 139.

> Não é que o Autor não possa “voltar” ao Texto, a seu texto; mas será então, se é possível dizê-lo, a título de convidado; se for romancista, ele se inscreve como um de seus personagens, desenhado no tapete; sua inscrição não é mais privilegiada, paternal, alética, mas lúdica: torna-se, se é possível dizê-lo, um autor de papel (*auteur de papier*); sua vida não é mais a origem de suas fábulas, mas uma fábula concorrente em relação a sua obra; há reversão da obra sobre a vida (e não mais o contrário).[38]

A assinatura é o resultado da própria ficção que a autora empírica performa, como uma duplicação desta. Razão pela qual a assinatura *Clarice Lispector* entra no meio dos textos alternativos de *A hora da estrela*. Entre autora empírica e autora de papel há inúmeras relações de mão dupla, uma sempre de algum modo reinventa a outra, sem que se recaia num biografismo tradicional.

Em *Perto do coração selvagem*, a voz narrativa, entremeada pela voz de Joana, por assim dizer *inventa* a autora de papel Clarice Lispector. Embora a escritora já tivesse publicado contos em periódicos, é com esse primeiro livro que ela de fato nasce para as letras nacionais e, posteriormente, mundiais. A obra engendra a figura autoral que se transformará e se reinventará a cada livro publicado. Posso então dizer que *Joana é e não é Clarice*: *é*, na medida em que a voz da personagem tem vigor suficiente para roubar a cena da narrativa em terceira pessoa, assumindo-a em diversos momentos na primeira pessoa. *Não é*, porque não se trata de repetir o gesto da crítica biográfica e criar uma identidade entre autora e personagem, como se uma fosse simples projeção da outra. Há entre figura autoral (aquela que assina o romance), voz narrativa (o narrador ou a narradora de primeira ou de ter-

38 BARTHES, Roland. *De l'oeuvre au texte*. In: *Oeuvres complètes*. t. 2, 1966-1973. Organização e apresentação Éric Marty. Paris: Seuil, 1994, p. 1215. Em “La mort de l'auteur”, ele fala, a propósito de Proust, de um “‘eu’ (*moi*) de escrita” ou, como eu mesmo diria, de um “eu escrito”: “‘eu’ (*je*) não é aquele que se lembra, se confia, se confessa, é aquele que enuncia; aquele que ‘eu’ (*je*) enceno é um ‘eu’ de escrita (*‘moi’ d'écriture*), cujos vínculos com o ‘eu’ (*‘moi’*) civil são incertos, deslocados. O próprio Proust bem explicou: o método de Sainte-Beuve ignora ‘que um livro é produto de um 'eu' (*moi*) diferente do que manifestamos em nossos hábitos, em sociedade, em nossos vícios’” (Idem, t. 3, pp. 830-831).

ceira pessoa) e a protagonista uma tensão que tanto as identifica quanto as desidentifica, num jogo de espelhos múltiplos e distorcidos. E tudo vai repercutir em quem lê – o leitor ou a leitora em quem ressoam as vozes ouvidas e lidas.

É isso o que Rodrigo S.M. nomeia com o verbo *intertroca,* entre ele e Macabeia há uma relação de *intertroca*, em que um pode sentir e até aparecer no lugar do outro sem jamais se identificar de todo: "Vejo a nordestina se olhando ao espelho e – um ruflar de tambor – no espelho aparece meu rosto cansado e barbudo. *Tanto nós nos intertrocamos.*"[39] Entre ser e não ser, se faz o jogo textual que envolve tudo o que diz respeito à literatura, inclusive os leitores e as leitoras. Sublinho que a pergunta formulada por Affonso Romano se dirigia explicitamente à ficção de *A maçã no escuro*; se se tratasse de outro texto, ela certamente poderia dizer *Eu sou a Joana* ou *Eu sou a escritora-pintora de Água viva*, e assim por diante.

Assinalo também que o Autor, personagem que contracena com Ângela Pralini em *Um sopro de vida* sem que ela perceba, como um criador invisível, é a materialização mais evidente do autor de papel em toda a literatura clariciana. A importância autoral dele no texto só se compara à de Rodrigo S.M. em *A hora da estrela* e, evidentemente, à da própria Clarice nas diversas crônicas que publicou nos jornais. Nessas três figuras (Autor, Rodrigo S.M. e Clarice), está em jogo de fato o *papel da autoria* dentro do jogo literário, no limiar entre imaginação e realidade.

Houve ao menos dois momentos registrados em que comentários de leitores do manuscrito fizeram C.L. alterar seu texto: *A maçã no escuro* e *Água viva.* No primeiro caso, o leitor foi Fernando Sabino; no segundo, José Américo Pessanha. Em ambas as avaliações, os amigos leitores notaram a presença excessiva da autora na cena ficcional; assim de algum modo eles repetiam, com outros argumentos, a crítica de Álvaro Lins a respeito da "literatura feminina" de Clarice, na primeira frase da resenha, dando o

39 LISPECTOR, Clarice. *A hora da estrela*, op. cit., p. 56, grifos meus.

tom do que viria em seguida: "Uma característica da literatura feminina é a presença muito visível e ostensiva da autora logo no primeiro plano."[40]

Os dois amigos leitores Sabino e Pessanha agiram também como críticos bem tradicionais, pois, segundo os parâmetros da tradição, é fato que o autor deve aparecer minimamente em sua obra, no máximo no paratexto: capa, folha de rosto, prefácio/posfácio, orelha e quarta capa. Ressalto, contudo, que as posturas dos dois foram bastante diferentes. Sabino sugeriu que Clarice retirasse o prefácio de *A maçã no escuro* e todas as marcas da primeira pessoa no romance: "Porque no momento em que você entra no livro expressamente como primeira pessoa, deixa de ser autora para ser personagem também"[41] – sim, sem dúvida, C.L. aparecia nessa versão comentada pelo colega escritor como autora de papel explícita, tal qual o Autor de *Um sopro de vida*... Quanto a Pessanha, ele se mostra desconcertado diante do texto de *Objeto gritante*: "Tentei situar o livro: anotações? pensamentos? trechos autobiográficos? uma espécie de diário (retrato de uma escritora em seu cotidiano)? No final achei que é tudo isso ao mesmo tempo."[42] Com a supressão das marcas autobiográficas, o livro publicado como *Água viva* converteu definitivamente a autora de papel na personagem-narradora, que é uma pintora-escritora sem menção de nome.

No entanto, a participação explícita ou implícita do autor ou da autora na narrativa, longe de ser um defeito, é um dos traços mais inovadores da ficção no século XIX, no XX e ainda mais no atual. Pode-se citar o nome de Machado, de Rosa e de Borges como autores que deram relevos maiores a si mesmos como autores de papel, sendo muito fácil reconhecer tons de Rosa em Riobaldo e de Machado em Brás Cubas. Borges foi mestre em se misturar a seu próprio texto, e deixou isso consignado com todas as letras no magnífico "Borges e eu". Citei propositalmente homens, para marcar

40 LINS, Álvaro. "Romance lírico", op. cit.

41 SABINO, Fernando; LISPECTOR, Clarice. *Cartas perto do coração*. Rio de Janeiro: Record, 2001, p. 143 (as cartas em torno desse assunto se encontram nas pp. 138-178).

42 PESSANHA, José Américo Motta. In: LISPECTOR, Clarice. *Água viva*, op. cit., p. 134 (a carta, datada de 5 mar. 1972, se encontra nas pp. 133-137).

que não é um privilégio da "literatura feminina" (expressão que caiu em desuso) essa proximidade da autora e do autor para com seu texto. Trata-se de um jogo ficcional, que, como Barthes bem explicou, torna o autor/a autora mais uma das vozes enunciativas, não a principal.

O que veio a se chamar de *autoficção* a partir dos anos de 1970, com a obra ficcional do francês Serge Doubrobsky, nada mais foi do que a explicitação desse componente autoral como elemento fundamental da ficção. Felizmente para nós o datiloscrito original de *Água viva* sobreviveu: dois deles, um é *O objeto gritante* e o outro, *Atrás do pensamento: Monólogo com a vida.* Em algum momento, será possível restituir o impulso primeiro da escrita clariciana em relação a esse livro: o drama da autoria como fundamento fictício da narrativa.

JOANA, A PROTOFEMINISTA

Destemida, transgressora por natureza, Joana avulta como uma protofeminista, mas que não se pode vincular a nenhum feminismo específico: *proto* (do grego *prôtos* "primeiro; o que está à frente; o excelente, o mais distinto, o principal"). É um protofeminismo por ter vindo bem antes de o feminismo histórico ganhar pleno vigor a partir dos anos de 1960 sobretudo, mas também por ser dotado da potência que está na base de qualquer movimento feminista: a força de autoliberação, por deliberação impulsiva. *Impulso* é um termo da narrativa.[43] Intuição e razão, calor e frieza, selvageria e civilidade etc., tudo isso são traços simultâneos que sustentam a personagem Joana, a qual mais do que concilia os contrários, leva-os a uma dimensão inusitada, estranhamente familiar.

A estranheza percebida pela grande maioria dos críticos nos anos de 1940 advém dessa narrativa que não se enquadra em nenhum gênero e que também inova ao trazer uma personagem feminina nada convencional. O que em *Onde estivestes de noite* será nomeado como a *antiliteratura da coisa* serve para o conjunto em aberto da obra clariciana, incluindo-se aí

43 LISPECTOR, Clarice. *Perto do coração selvagem*, op. cit., p. 92.

romances, contos, crônicas, artigos e correspondências. *Antiliteratura* porque questiona e excede as normas tradicionais dos gêneros, ao reinventá-los no momento em que parece repeti-los. Já ouvi mais de um literato dizer que os contos de Clarice são obras-primas, mas o mesmo não afirmariam sobre os romances. Isso é desconhecer que nem uns nem outros são contos nem romances em sentido estrito, pois excedem a forma do gênero em que se inscrevem, tal como acontece com as crônicas. Daí o mal-estar por parte da crítica em compreender o que se passa na ficção clariciana; e o exemplo paradigmático foi dado por Álvaro Lins. Em Clarice, como em diversos outros autores, a partir de certo momento não se coloca mais a ideia de evolução, pois o primeiro livro tem a mesma força do último publicado em vida: *Perto do coração selvagem* e *A hora da estrela*. Sendo bastante distintos, são dotados da potência questionadora do ficcional, como atos de fingir que reduplicam o real para melhor desvelá-lo e não para simplesmente repeti-lo tal e qual.

Todos os temas-formas de Clarice se encontram nesse livro seminal, porém não como a semente que germinará, crescerá, florescerá e frutificará um dia. Essa metáfora evolutiva de Hegel não faz sentido porque *Perto do coração* já é um livro pleno, germinativo, florescente e frutuoso, com todos os recursos de que uma escrita inovadora dispõe para não se reduzir a clichês literários de qualquer época.

A escrita clariciana é uma máquina de desfazer estereótipos por antecipação, provocando diversos descentramentos. Seria fácil reduzir a ficção de *Perto do coração selvagem* a uma simples oposição de gêneros sexuais: Joana seria uma inversão do feminino, assumindo as características tradicionais do masculino, quais sejam, espírito de aventura, individualismo, audácia, independência etc. Isso até certo ponto é verdade, mas seu caráter multissensorial impede qualquer redução aos lugares-comuns que cercam a figura do homem e da mulher. Além disso, ela *se torna* também planta, animal e coisa, muito além da espécie humana, em particular no capítulo final. O "tornar-se", que comparece assim entre aspas no texto,[44] é a marca

44 LISPECTOR, Clarice. *Perto do coração selvagem*, op. cit., p. 137.

de indefinição das mulheres; Clarice antecipa em uma década a famosa frase de Simone de Beauvoir: *ninguém nasce mulher: torna-se mulher.* Todavia, raramente se diz que o mesmo vale para os representantes do sexo masculino: *ninguém nasce homem, torna-se homem.* O sexo biológico é apenas a base orgânica para esse *tornar-se* ou *devir*; isso não é em absoluto uma fatalidade, mas sim uma possibilidade, que pode se concretizar das mais diversas maneiras. Há inúmeras formas de se tornar mulher ou homem, assumindo ou não a feminilidade e a masculinidade, ou recusando ambos (no caso dos agêneros), pois há uma diferença entre sexo biológico e gênero – este último é um construto socioantropológico, fundamentado somente em parte no primeiro. E, como diz a canção de Caetano, "cada um sabe a dor e a delícia de ser o que é"...

De modo que Otávio tampouco é apenas o homem estereotipado, ou seja, o chefe de família com obrigações a cumprir, incapaz de qualquer reflexão singular. Essa visão enrijecida do personagem se desfaz no capítulo ironicamente intitulado "A pequena família", em que ele se prepara para trabalhar. É na verdade uma "cena de escrita", como Jacques Derrida a nomeou.

A descrição inicial leva a crer que se trata de uma situação burocrática: Otávio só consegue trabalhar se o escritório e a escrivaninha estiverem rigorosamente ordenados, com cada coisa em seu devido lugar. Mas aí, justamente, essa ordem quase marcial é rompida no instante mesmo em que ele se põe a escrever: "Contrariando a regra do trabalho – uma concessão –, pegou no papel e no lápis mesmo antes de estar inteiramente preparado."[45] Isso ocorre porque, tal como um escritor ou escritora, ele não quer deixar escapar uma anotação no momento em que ela emerge. E a partir daí Otávio, apesar de permanecer ele mesmo (pois, como faz questão de expressar, existe uma marcada diferença entre ele e a esposa), se converterá um pouco em Joana, desenvolvendo uma sucessão de pensamentos que escapam às configurações tradicionais do masculino. E a própria enunciação em estilo indireto livre também cria uma convergência entre a voz

45 Idem, p. 115

narrativa e a escrita do personagem: “Bem, agora a ordem. Lápis largado, recomendou-se, libertar-me das obsessões.”[46]

Entre a frase da voz narrativa impessoal, indicada pelo “recomendou--se”, e a de Otávio, indicada por “libertar-me”, há apenas uma vírgula, o que torna uma extensão da outra. Essa fusão enunciativa é que realmente dá o ritmo da narrativa. Se Spinoza é citado duas vezes, isso não acontece gratuitamente. Otávio trabalha com Direito, e se define como “um trabalhador intelectual”,[47] dotado, portanto, de uma bagagem que inclui leitura de filósofos. Não se trata de um filósofo qualquer, mas sim daquele que se abre para o pensamento moderno e contemporâneo, mais além da tradição racionalista, colocando o *corpo* em evidência, tal como Nietzsche o fará dois séculos depois. A referência a Spinoza é tão menos gratuita por ser uma livre interpretação, como uma referência importante para o que se quer desenvolver, mas não como um recurso de autoridade. Otávio *pensa com* Spinoza e não simplesmente repete o que o judeu holandês formulou. É um uso ativo, provocativo, da reflexão filosófica, não uma exegese ou mera repetição laudatória.

Na verdade, Joana nunca deixa de ser a criança que sempre está inventando algo, a partir de seus poucos recursos, como acontece na cena tocante do diálogo infantil com o pai. Comenta a voz narrativa:

> Já vestira a boneca, já a despira, imaginara-a indo a uma festa onde brilhava entre todas as outras filhas. Um carro azul atravessava o corpo de Arlete, matava-a. Depois vinha a fada e a filha vivia de novo. A filha, a fada, o carro azul não eram senão Joana, do contrário seria pau a brincadeira. Sempre arranjava um jeito de se colocar no papel principal exatamente quando os acontecimentos iluminavam uma ou outra figura. Trabalhava séria, calada, os braços ao longo do corpo. Não precisava aproximar-se de Arlete para brincar com ela. De longe mesmo possuía as coisas.[48]

46 Idem, p. 116.

47 Idem, p. 117.

48 Idem, p. 13.

Trata-se de uma metarrativa em miniatura, tão pequena quanto a personagem, mas que ilumina grande parte do *trabalho ficcional* de Clarice, sua *obra* (termo que vem da *opera* latina, "trabalho"). Impossível não relacionar o atropelamento de Arlete por carro ao que acontecerá décadas depois com Macabéa. Em ambos os casos a criadora (Joana) e o criador (Rodrigo S.M.) matam sua cria, a diferença é que em *Perto do coração selvagem* uma fada ressuscita "a filha". Note-se a seriedade com que Joana realiza seu trabalho, como uma verdadeira criadora, o que, aliás, é comum nas crianças, as quais agem como pequenas demiurgas. E sobretudo ressalta o fato de que todas as figuras se identificam à protagonista Joana, que sempre se coloca no papel principal. Nesse gesto, vê-se a própria Clarice, identificando-se de um modo ou de outro a suas criaturas: a autora de papel se metamorfoseia naquilo que inventa, mas, por isso mesmo, ela jamais é única, porém múltipla, dispersa por entre as peças que cria. Plurívoca sempre.

O mesmo poder dadivoso se manifesta quando Joana passeia com Otávio, antes do casamento; comenta a voz narrativa: "Poderia dar-lhe um pensamento qualquer e então criaria uma nova relação entre ambos. Isso é o que mais lhe agradava, junto das pessoas. *Ela não era obrigada a seguir o passado, e com uma palavra podia inventar um caminho de vida.*"[49] Dar um pensamento ao outro para instaurar uma nova relação, não há dádiva maior. E é isso que a move e comove na relação com as pessoas, permitindo inaugurar um caminho todo seu, distinto do que a família, a sociedade, a história geral lhe legaram. A palavra e o gesto têm esse poder inaugural, como o bom augúrio de um tempo outro. Importa compreender que, já nesse primeiro livro, o poder do *vocábulo* (mais um termo derivado de voz) da fala humana é transformador, embora com algumas limitações.

A força de Joana, que a levará à solidão final, está nessa inadequação às convenções e ao que se espera de uma menina, de uma adolescente e de uma adulta, as três idades da mulher. Ela é por natureza incaracterística, fugindo a qualquer enquadramento. O componente sensorial adquire uma

49 Idem, p. 31, grifos meus.

força extraordinária no capítulo que se inicia por assim dizer do nada, em torno de um "intervalo" que só será explicado (ou pincelado sutilmente) depois de alguns parágrafos. A descrição do sentimento-percepção é exposta a nós leitores sem qualquer preparo, de chofre, no meio das coisas "Entre um instante e outro, entre o passado e as névoas do futuro, a vaguidão branca do intervalo. Vazio como a distância de um minuto a outro no círculo do relógio. O fundo dos acontecimentos erguendo-se calado e morto, um pouco da eternidade".[50] Todo o discurso narrativo, toda a existência, tudo se faz em torno desse vazio, que não se reduz a uma coisa, a um estado, a uma percepção. Nada, ou quase nada.

Pois é no meio das coisas, sem começo ou fim rigidamente delimitados, que vive Joana; e não por acaso a narrativa se inicia sem preparo algum, com onomatopeias forjadas, e se conclui de modo igualmente vago. Nesse sentido, a alternância cronológica dos fatos entre passado e presente não corresponde ao procedimento de simples *flashback*, longe disso: é algo mais da ordem da flutuação cronológica, pois é a própria lógica do começo-meio-e-fim da narrativa tradicional que se rompe. Em *Perto do coração selvagem*, nada parece começar nem terminar, só há *meios*, como mediação e recursos para se narrar o que (se) conta, numa tautologia que, pela simples repetição, gera efeitos de estranhamento, *unheimlich*. Utilizei em meu livro *Clarice Lispector: uma literatura pensante* o termo *infamiliar* para traduzir o alemão de Freud; esse adjetivo pode ser substantivado, como no idioma germânico: o Infamiliar/*Das Unheimliche*.[51] Mas já ali chamava a atenção para a inadequação de qualquer tradução, pois na passagem de um idioma a outro há um processo de domesticação. *Unheimlich* se encontra num encadeamento semântico e estrutural que nenhuma outra língua consegue reproduzir em sua integralidade. Daí a necessidade de nunca

50 Idem, p. 153.

51 A nova edição bilíngue do ensaio de Freud, bastante posterior a meu livro *Clarice Lispector: uma literatura pensante* (2012), também traduz *unheimlich* como *infamiliar*, sem fazer referência a meu trabalho: FREUD, Sigmund. *O infamiliar (Das Unheimliche)*: seguido de *O homem da areia*, de E.T.A. Hoffmann. Organização e apresentação Gilson Iannini e Pedro H. Tavares. Tradução Ernani Chaves e Pedro H. Tavares; Romero Freitas. Belo Horizonte: Autêntica, 2019.

perder de vista a palavra alemã, justamente para não "domá-la", pois ela é o que escapa ao domínio do "lar" (*Heim*) em sentido atual, remetendo a outro lar mais original e insidioso: *proto*, originário, irredutível à atualidade do mesmo: *outro*. "Selvagem."

Todavia, o infamiliar de Joana (e de Clarice) não é nada de fantástico, como no caso dos contos góticos de Hoffmann interpretados por Freud, mas advém das situações que ela vivencia no mais banal cotidiano.[52] O estranhamento ocorre no mais familiar, pois na ótica existencial da protagonista nunca há banalidade. Como visto, Joana é alguém *vocacionada* à ruptura, desde criança, em relação ao universo comezinho: "Estranho, estranho."[53] Em *Laços de família*, a palavra infamiliar ocorre três vezes, com um sentido bem próximo ao que acabei de aludir.

O referido *outrem* indica justamente quem ou aquilo que escapa ao binarismo de gênero. Esse pronome tem a vantagem de não conter nem o *a* nem o *o* final como marcas do feminino ou do masculino, como ocorre em português e noutras línguas neolatinas. Seria mais da ordem do que Barthes chamou de "neutro", algo que vai além dos gêneros, o *transgênero*, a única categoria que serve para Joana: a de inclassificável.

A flutuação narrativa, que desliza de um plano a outro, de uma situação a outra, sem preparar os leitores, decorre justamente dessa instabilidade da *proto-agonista*, a lutadora primeira, aquela que parece estar sempre em guerra contra os enquadramentos, situando-se fora do quadro. E nada mais "quadrado" do que o casamento heteronormativo, a que Joana se submete por amor, mas que, na falta deste, ela não hesita em interromper. Há um processo de emancipação que não se pode nomear como evolutivo porque se instalou desde sempre, como marca de nascença e a acompanhará em todo o decurso do romance. Quando, na década de 1940, a crítica machadiana ainda debatia se Capitu traiu ou não Bentinho, Clarice elabora uma

52 Abordei detidamente essa questão do estranho familiar ou do *infamiliar* também em "Clarice e as plantas", op. cit.

53 LISPECTOR, Clarice. *Perto do coração selvagem*, op. cit., p. 76.

versão completamente favorável à personagem feminina: sentindo-se traída pelo marido, Joana encontra um amante, e no final acaba sozinha, livre para seguir sua própria trilha, como bicho na floresta.

Joana age como uma Eva rebelde, que não sofre nada com a perda do paraíso, pelo simples fato de jamais ter se submetido às regras divinas. Aliás, a designação como "víbora" a lança mais além do feminino, colocando-a no lugar da própria tentação: a serpente que levará à perdição do primeiro homem e da primeira mulher. Então fica ainda mais claro o que nomeei acima como *protofeminismo*: um feminismo atemporal, contestador da ordem natural das coisas e dos gêneros, aquele que só aceita a primeira versão do gênese bíblico, a qual diz terem nascido os dois gêneros juntos e não um da costela do outro. Joana é tão diabólica quanto a víbora, por isso não hesita em conquistar um amante para compensar a traição de Otávio com Lídia, e esta, Lídia, é a esposa típica, não sendo por acaso que é a ela que Otávio voltará, sua ex-noiva, a qual abandonara para desposar Joana.

Como se sabe, não existe o feminismo, mas feminismos, com perspectivas diferenciadas e por vezes conflitantes. Não desejo reduzir a ficção clariciana a nenhum feminismo histórico, mas compreender como a obra se fez num horizonte que se abria para outras experiências de ser e estar mulher no mundo. Os procedimentos ficcionais de *Perto do coração selvagem* redimensionam a suposta identidade feminina por antecipação, antes mesmo que a revolução sexual tenha lugar. É conhecida a recusa de Clarice em se alinhar, nos anos de 1970, ao movimento feminista. Mas tampouco jamais desqualificou o movimento. Deve ter imaginado que sua maior contribuição à causa foi a literatura que realizava desde a década de 1940.

O pensamento corporal de Joana a leva a pensar o impensável das relações ditas heteronormativas, em que tudo se baseia na força física e moral do patriarca. Sua liberdade a conduz à solidão, porém é uma solidão afirmativa. O amante e o marido fogem por não encontrarem nela o abrigo seguro, mas sim a ameaça constante de uma insatisfação estrutural: a fome de ser outra, sempre diferindo de si, que caracteriza Joana de forma atípica.

Sua identidade se dá por vias negativas: a outra da mesma, atendendo à necessidade de *outrar-se*, tal como defende Fernando Pessoa ao falar de sua heteronímia. *Outrem*: a outra da mesma, a outra da outra, sempre diferida no tempo e no espaço. Se posso reafirmar que Joana é Clarice, e vice-versa, não é por um argumento simplório de mera identificação entre personagem e autora, mas sim de *alterficção*: a ficção do outro e da outra, do e da diferente, como o prefixo *alter* indica.

Se *A maçã no escuro*, como já se apontou, é a história de um "feminicídio", pois Martim supostamente assassinou sua esposa e fugiu, pode-se dizer que é sobretudo a história de um "homicídio", ou de um assassinato de ambos os gêneros. É ao homem que trazia em si que Martim precisa matar para se libertar – a fuga é o afastamento de si próprio. E seu ato nada tem a ver com os inúmeros assassinatos de mulheres no Brasil e no mundo, já que estes servem apenas para reafirmar a potência masculina. Difícil imaginar personagem mais distante do binarismo de gênero do que Martim. Se Clarice se identifica a ele, é por esse renascimento de si como outro: "O nascimento do herói" é o renascimento na diferença, como vivente *outrado*. E uma das experiências mais fortes da narrativa é o corpo a corpo de Martim com as vacas no curral. Outrem. Nesse sentido, C.L. é tanto Martim quanto Joana: a autora de papel como dobra dos e das personagens, e vice-versa. Ele-ela, como visto.

Os deslocamentos que ocorrem no nível da fabulação têm seu equivalente no nível da frase. Frequentemente, por fugir aos padrões consensuais da sintaxe e por ter uma pontuação singular, a frase clariciana tende à agramaticalidade. Por vezes o efeito é de um quase *não sentido*, que pode trazer significações novas: "Sem sentido",[54] diz literalmente Joana, aproximando-se do final, que permanecerá propositalmente em aberto. Ela consegue converter um possível estuprador, o anônimo que a seguia na rua, naquele que vai ser o contraponto à infidelidade conjugal de Otávio com Lídia. E isso sem reprovar a relação extraconjugal do marido, ao contrário,

54 Idem, p. 194.

ela acaba por induzi-lo a largá-la e a ficar com a amante, num jogo perigoso que mais domina do que é por ele dominada.

Em síntese: se a própria Clarice chamou *Água viva* de antilivro, talvez devamos também chamar *Perto do coração selvagem* de antirromance, pois rompe com as convenções de gênero nas duas maneiras que comentei: há uma *transgressão textual*, pela dificuldade de classificá-lo ainda como "romance"; e há uma *transgressão sexual*, na medida em que o binarismo estereotipado de masculino/feminino sai profundamente abalado ao final da leitura. A expressão *antiliteratura da coisa* apenas reforça esse movimento ficcional de contestação ao estabelecido.

A história "A sensível" aborda com ironia e bom humor o tema do suposto "adultério" (suposto porque essa palavra está recoberta de um moralismo que penaliza quase exclusivamente as mulheres). É a narrativa curta de uma mulher que vivia "sentindo muito", mas perdoava as traições do marido. Até que um dia, após a visita de uma bordadeira pobre, que por motivos muito subjetivos se recusa a fazer o serviço solicitado, ela se vê curada de toda aquela sensibilidade vã: "um mês depois, teve seu primeiro amante, o primeiro de uma alegre série."[55] O episódio mostra que nem toda sensibilidade é boa, depende do uso que dela se faça, com a liberdade que já se tem ou se conquista...

INCONCLUINDO

O texto hipersensorial de *Perto do coração selvagem* me marcou imensamente quando o li pela primeira vez em plena juventude. Desde então fiz algumas releituras. A cada vez fiquei surpreso com a força desse livro, escrito por alguém com pouco mais de vinte anos.

Provavelmente minha maior identificação com a história de Joana são, com efeito, duas. Por um lado, a hipersensorialidade, que a conecta com o entorno de forma radical, em alguns momentos fazendo transbordar os

55 LISPECTOR, Clarice. "A sensível". In: *Para não esquecer*. Rio de Janeiro: Rocco, 1999, pp. 119-120 (citação na p. 120).

limites corporais. Por outro, o questionamento decisivo da oposição entre masculino e feminino, levando-a a uma posição singular numa cultura demasiado falocêntrica. Minha persona feminina se vê nesse movimento *trans* que a liberta dos dogmas da tradição. Não há tampouco uma essencialização do "ser feminino", visto que as figuras tradicionais da mulher e do homem, da esposa e do marido, são postas em questão.

Com Joana e com Clarice, "ser mulher" é sempre provisório, pois se transmutou ao longo das décadas de publicação em muitas personagens e narradoras femininas e masculinas, formando esse "plural de encantos" de que fala Barthes. Um plural de encantos que assina *Clarice Lispector*, mas pode também chamá-la de Joana, Lóri, Macabéa, G.H...

Quanto ao datiloscrito de *Perto do coração selvagem*, encontrado na Biblioteca Mindlin, não tive a pretensão de analisá-lo, pois isso demandaria um longo tempo de exegese, comparando capítulo por capítulo, frase por frase, o original e o texto publicado. Faria, no entanto, as seguintes observações pontuais, que, longe de serem exaustivas, visam a contribuir para que ocorram futuros estudos genéticos:

1 - Na versão publicada, Clarice inverteu a ordem dos dois primeiros capítulos. Nesse caso, foi um ganho imenso, pois a abertura de *Perto do coração selvagem*, com sua forte sonoridade, é deveras antológica.

2 - Frases foram cortadas ou alteradas.

3 - A epígrafe com o texto original de Joyce, entre aspas e sublinhado, se encontra no início do que seria o primeiro capítulo, mas depois se transformou no segundo: "'He was alone. He was unheaded, happy, [and] near to the wild heart of life.'/JAMES JOYCE" (o "and" foi acrescentado à mão). Já a tradução (sem referência a quem a fez) vem como epígrafe geral do livro, na segunda página do datiloscrito, depois da folha de rosto, também com aspas e sublinhado: "'Ele estava só. Estava abandonado, feliz, perto do selvagem coração da vida.'//JAMES JOYCE." "*Unheed*" é traduzido como "abandonado", mas seria mais "despercebido", "não sendo controlado". No livro impresso, ficou apenas a tradução como epígrafe geral do romance.

4 - A divisão em duas partes e o título dos capítulos, com ou sem reticências, foram introduzidos na versão final.
5 - Como sempre acontece com textos datilografados, há correções e inserções feitas à mão, mas não são muitas.
6 - O local e o período de escrita do romance ("Rio, março a novembro de 1942") foram posteriormente suprimidos, e essa é uma informação relevante. Embora ainda tenha trabalhado no texto até a publicação no ano seguinte, Clarice tinha apenas vinte e um anos quando concluiu a primeira versão.
7 - Salvo se futuramente for encontrado algum novo documento, é quase impossível saber se ela fez todas as alterações de moto próprio ou se seguiu as orientações de algum leitor – Francisco Assis Barbosa ou Lúcio Cardoso, por exemplo, os quais comprovadamente leram a primeira versão. É provável que tenha sido uma combinação das duas coisas: modificação por iniciativa pessoal e por sugestão alheia.

Vale destacar, no pós-escrito de uma carta a Lúcio, um comentário elucidativo do processo clariciano de escrita e reescrita, explicando por que o datiloscrito ora recuperado não corresponde à versão enviada finalmente à editora: "detesto recopiar, sempre que copio transformo".[56] Essa prática comum de os escritores enviarem a seus pares e aos críticos cópias de seus textos antes de entregá-los à editora precede a nossa era digital, a qual não obriga mais ninguém a recopiar integralmente diversas vezes sua própria obra. Atualmente, o comum é enviar o arquivo digital em Word ou PDF ao colega de profissão.

Clarice costumava se desfazer de seus rascunhos ficcionais, e na entrevista do Museu da Imagem e do Som (MIS) do Rio de Janeiro, em 20 de outubro de 1976, ela declara que só recentemente aprendeu "a não rasgar nada", inclusive falando para a empregada não jogar fora nenhum pedacinho de papel escrito. Ao que Affonso Romano comenta que a USP

56 LISPECTOR, Clarice. [Carta a Lúcio Cardoso, 26 mar. 1945]. In: *Correspondências*, op. cit., p. 71.

está pagando uma "fortuna" pelo acervo de escritores. E Clarice lamenta: "Ai meu Deus, eu rasguei tanto..."[57] Quis então o acaso que o primeiro livro fosse preservado, pois o bom arquivista Francisco de Assis Barbosa soube manter o datiloscrito durante décadas.

Ouçamos mais uma vez a voz de Joana, assumindo plenamente a narrativa de sua vida humana e muito mais que humana, num fluxo ao mesmo tempo consciente e inconsciente, até o imprevisível fim:

> E um dia virá, sim, um dia virá em mim a capacidade tão vermelha e afirmativa quanto clara e suave, um dia o que eu fizer será cegamente seguramente inconscientemente, pisando em mim, na minha verdade, tão integralmente lançada no que fizer que serei incapaz de falar, sobretudo um dia virá em que todo meu movimento será criação, nascimento, *eu romperei todos os nãos que existem dentro de mim, provarei a mim mesma que nada há a temer, que tudo o que eu for será sempre onde haja uma mulher com meu princípio*, erguerei dentro de mim o que sou um dia, a um gesto meu minhas vagas se levantarão poderosas, água pura submergindo a dúvida, a consciência, eu serei forte como a alma de um animal e quando eu falar serão palavras não pensadas e lentas, não levemente sentidas, não cheias de vontade de humanidade, não o passado corroendo o futuro! [...] *serei brutal e malfeita como uma pedra* [...] e então nada impedirá meu caminho até a morte-sem-medo, de qualquer luta ou descanso *me levantarei forte e bela como um cavalo novo.*[58]

Uma mulher que se torna pedra e cavalo, eis a síntese de um selvagem coração. Como toda autêntica performance, a antecipação do porvir realiza, no presente, aquilo que ardorosamente se deseja. E assim Joana se mostra, a nós leitoras e leitores do século XXI, totalmente liberta de seus recalques ancestrais, reafirmando na linha do tempo a literatura pensante de Clarice Lispector.

57 LISPECTOR, Clarice. *Encontros: Clarice Lispector*, op. cit., pp. 132-133.

58 LISPECTOR, Clarice. *Perto do coração selvagem*, op. cit., pp. 197-198, grifos meus.

A pulsação da vida: *Perto do coração selvagem*

Faustino Teixeira

Escrever sobre Clarice Lispector é das tarefas mais árduas que encontramos em nossa jornada acadêmica. O trabalho ganha complexidade, pois, por mais que busquemos clareza, nossa reflexão tateia o real e nossas representações permanecem movediças, sobretudo em razão de estarmos diante de um pensamento complexo e existencial, que quebra radicalmente qualquer dicotomia entre ficção e memória ou poesia e confissão. Isso foi captado de forma extraordinária por um dos grandes amigos de Clarice, Lúcio Cardoso, em artigo no *Diário Carioca*, em março de 1944. Ele se referia ao primeiro romance de Clarice, justamente este que é objeto da presente reflexão: *Perto do coração selvagem*, de 1943. Argumentava que apreciava o "ar mal-arranjado, até mesmo displicente", da armação do romance e via como valor e qualidade do livro o seu traço "espontâneo", delineando simultaneamente algo de estranho e agreste[1].

1 CARDOSO, Lúcio. "Perto do coração selvagem". In: *Diário Carioca*. Rio de Janeiro, 12 mar. 1944. Ver a respeito: MANZO, Lícia. "Era uma vez: Eu". Juiz de Fora: Editora UFJF, 2001, p. 25.

Se há uma palavra que possa definir o percurso literário de Clarice é busca. É uma escritora consumida pelo fogo ardente da procura da coisa, do duro mistério do It, que se esconde "atrás do pensamento". Não sem razão, Hélio Pellegrino comparou sua obra à de Van Gogh, justamente por estar habitada por um "incêndio", que lavra a partir de baixo e queima tudo o que há ao redor[2]. Ninguém sai impune da leitura de Clarice, que atua como um impetuoso golpe na barriga, desfazendo esquemas e preconceitos, e revelando um olhar diferenciado sobre o mundo e o real.

Essa busca da coisa já aparece de forma viva neste primeiro romance da escritora, *Perto do coração selvagem*, como mostrou José Castello. Essa procura incessante e sem sossego de algo que está além das possibilidades foi "a grande paixão e o grande inferno" de Clarice. Ela "viveu para perseguir esse núcleo de vida pura que nos iguala aos animais e nos despe de nosso manto cultural"[3]. Essa busca "selvagem" vai animar Joana[4], *alter ego* de Clarice, bem como outras personagens de seus romances, como Virgínia ou Lóri. Em *Perto do coração selvagem*, Joana quer não só sentir a coisa, mas "possuí-la", e, para tanto, precisa tocar o fundo da existência, "surpreender o símbolo das coisas nas próprias coisas"[5]. Por trás das palavras, jaz, camuflado, um mistério que não se alcança, mas se almeja, e que anima o olhar sedento de Joana em todos os passos do cotidiano, vislumbrando-se no arranjo dos emaranhados que juntam em uníssono o mar, o gato, o boi e ela mesma[6]. O que visa Clarice, através de seus personagens, é "buscar o sentido da vida, penetrar no mistério que cerca o homem"[7].

2 LIBRANDI, Marília. *Clarice Lispector e os romances da escuta*. Belo Horizonte: Relicário, 2020, p. 120.

3 CASTELLO, José. "Introdução". In: LISPECTOR, Clarice. *Clarice na cabeceira: Romances*. Organização José Castello. Rio de Janeiro: Rocco, 2011, p. 9.

4 Uma vez, referindo-se à personagem Joana, Clarice tomou para si a conhecida frase de Flaubert e afirmou: "Madame Bovary c'est moi": MOSER, Benjamin. *Clarice,*. São Paulo: Cosac Naify, 2009, p. 253.

5 LISPECTOR, Clarice. *Perto do coração selvagem*. Rio de Janeiro: Rocco, 2019, pp. 44 e 21. As citações do livro estarão aqui referidas pela sigla PCS.

6 PCS, p. 44.

7 CANDIDO, Antonio. "No raiar de Clarice Lispector". *Vários escritos*. São Paulo: Duas Cidades, 1977, p. 128 (publicado originalmente como "Perto do coração selvagem". *Folha da Manhã*, 16 julho 1944).

O romance *Perto do coração selvagem* foi escrito em nove meses sofridos, "como uma gravidez", como salientou Claire Varin[8]. Foi uma experiência amadurecida anteriormente numa escritora precoce, que se inicia na literatura com apenas sete anos de idade. Joana, a personagem de seu primeiro romance, renasce nesse processo. No romance, podemos encontrar traços do "conjunto de suas manifestações futuras". É uma obra que "carrega em gérmen todos os seus outros textos"[9]. Por isso nos sentiremos aqui bem livres para fazer várias relações com outros trabalhos da escritora. O livro consta de duas partes, com dezenove capítulos ao todo, sendo o primeiro intitulado "O pai". Como informa a professora e pesquisadora Nádia Battella Gotlib, em pesquisa realizada, o romance originalmente começava com o que hoje é o segundo capítulo: "O dia de Joana."[10]

A personagem Joana, como outras na obra de Clarice, é alguém que está sempre rompendo limites. É alguém cuja essência não pode ser fixada ou enquadrada, mas vem definida por um permanente "tornar-se"[11].O estado em que vive é de perplexidade. Joana é alguém que não traz paz a ninguém[12]. Em certo momento do romance, ela diz que nunca penetrou seu coração, mas sempre anseia por isso. É como na *epektasis* de que falam os padres capadócios, como Gregório de Nissa (século IV). Aquele sentimento inestancável e imarcescível, de uma sede que jamais se esgota. Cada conquista da alma é sempre penúltima, e cada progresso no amor revela-se um novo ponto de partida. Ao contrário de seu marido, Otávio, para quem a vida não passava de uma "aventura individual", Joana entendia-se como um animal indomável, marcado por uma "lâmina de aço no coração"[13]. Como mostrou com acerto Benedito Nunes, "a vida em comum, o aconche-

8 VARIN, Claire. *Línguas de fogo. Ensaio sobre Clarice Lispector.* São Paulo: Limiar, 2002, pp. 114-115. O romance foi escrito entre março e novembro de 1942, quando Clarice era ainda solteira. A publicação ocorreu no ano seguinte, em 1943.

9 Ibidem, p. 111.

10 GOTLIB, Nádia Battella. *Clarice Fotobiografia.* 3ª ed. São Paulo: Edusp, 2014, p. 155.

11 PCS, p. 137.

12 PCS, p. 147.

13 PCS, p. 149.

go da paz doméstica não podem conter a inquietação que permeia a sua experiência interior"[14]. O que define o mundo interior de Joana, sublinha Nunes, é a desmesura e a vocação para o excesso. É o que os gregos identificam como *hybris*, entendida como um "perigo demoníaco"[15].

O que o romance *Perto do coração selvagem* nos apresenta é um roteiro de vida, um "processo de emancipação, que inclui a possibilidade da experiência do sentir-se livre, como um 'animal perfeito', ciente de que 'é preciso não ter medo de criar' inclusive o seu próprio roteiro de vida sentimental"[16]. Ao ler o romance, assistimos também ao percurso de Clarice, à visão de Clarice sobre a dificuldade das relações entre humanos. Clarice, como Joana, entende que é impossível alcançar a verdadeira liberdade numa relação que aprisiona. Em momento de clara crise conjugal, em carta à irmã Tania, em julho de 1944, Clarice diz que não nasceu para se submeter, e que poderia, sim, experimentar o amor de outra forma: "Talvez minha forma de amor seja nunca amar senão as pessoas de quem eu nada queira esperar e ser amada."[17] É a mesma solidão que sente a personagem Joana com respeito a Otávio. Em certo momento do romance, no capítulo que trata de Lídia, Joana expressa sua visão crítica do casamento: "Imagine: ter sempre uma pessoa ao lado, não conhecer a solidão. Meu Deus! – não estar consigo mesma nunca, nunca. E ser uma mulher casada, quer dizer, uma pessoa com destino traçado. Daí em diante é só esperar pela morte."[18] Em seu casamento, não suportava, igualmente, os tremendos "intervalos" que interditavam a conversa livre e querida[19]. As reflexões de Clarice sobre o tema acendem na mente a lembrança da visão de Rainer Maria Rilke, expressa nas *Cartas a um jovem poeta*. Para Rilke, o amor de identificação

14 NUNES, Benedito. *O drama da linguagem. Uma leitura de Clarice Lispector.* 2ª ed. São Paulo: Ática, 1995, p. 20.

15 Ibidem, p. 20.

16 PCS, p. 205 (posfácio de Nádia Battella Gotlib – "O romance inaugural").

17 LISPECTOR, Clarice. *Minhas queridas.* Rio de Janeiro: Rocco, 2007, p. 36.

18 PCS, p. 144.

19 PCS, pp. 31 e 50.

talvez seja uma das coisas mais difíceis de serem concretizadas. Não há possibilidade de viver o amor desconsiderando-se a dimensão de solidão que nele está presente. A manutenção sadia do amor requer a preservação da solidão[20].

Publicado em 1943, o romance *Perto do coração selvagem* revelou a potencialidade de Clarice Lispector, em particular a rara e solar capacidade da vida interior. Vinha à luz o pensamento de Clarice, criativo e repleto de mistério. O livro provocou uma grande excitação na *intelligentsia* brasileira[21]. Em março de 1944, veio a reação do amigo Lúcio Cardoso, em resenha no *Diário Carioca*. Falava sobre a importância do livro. Em resposta, Clarice relata que ficou assustada com o que leu, e reagiu dizendo ser "horrível" se sentir completa e imaginar-se uma escritora "bem instalada"[22]. Ocorreram também reações negativas, como a de Álvaro Lins, em artigo no *Correio da Manhã*, de 11 de fevereiro de 1944. Ele dizia que a obra revelava uma "experiência incompleta", mas situava-se como um romance moderno original. A reflexão do autor entristeceu a escritora, sobretudo por aventar a hipótese de uma influência nela das obras de Joyce e Virginia Woolf. Lamenta o fato em carta escrita às irmãs, em 16 de fevereiro de 1944[23]. A maioria das reações, porém, foi bem positiva, como a de Antonio Candido, Lúcio Cardoso, Fernando Sabino, Lêdo Ivo e Lauro Escorel. O crítico paulista Sérgio Milliet sublinhou que "pela primeira vez, um autor brasileiro vai além da simples aproximação nesse campo quase virgem de nossa literatura; pela primeira vez, um autor penetra nas profundezas da complexidade da alma moderna"[24]. O jovem poeta Lêdo Ivo manifestou também o seu entusiasmo em artigo num jornal de Alagoas, em 25 de fevereiro de 1944. Assinalou

20 RILKE, Rainer Maria. *Cartas a um jovem poeta*. 4ª ed. São Paulo: Globo, 2013, pp. 55 e 56.

21 MOSER, Benjamin. *Clarice,* , op. cit., p. 191.

22 LISPECTOR, Clarice. *Correspondências*. Rio de Janeiro: Rocco, 2002, pp. 42-43.

23 MONTERO, Teresa. *À procura da própria coisa. Uma biografia de Clarice Lispector*. Rio de Janeiro: Rocco, 2021, pp. 526-527.

24 MOSER, Benjamin. *Clarice,* , op. cit., pp. 192-193.

que o mínimo que podia dizer da obra é que era "deslumbrante"[25]. O poeta reconhece no livro o valor de uma "obra-prima" e também "o maior romance que uma mulher jamais escreveu em língua portuguesa"[26]. Passo importante veio em outubro de 1944, quando a obra ganhou o prêmio Graça Aranha como o melhor romance de 1943.

A escrita de Clarice, já nesse primeiro romance, é inovadora e inaugural. Antonio Candido captou ali, naquele primeiro instante, o passo singular da "verdadeira exploração vocabular", da autêntica "aventura da expressão". O crítico literário logo se dá conta da revolução que se apresentava para ele, detonando um "choque" inusitado, por revelar um "pensamento cheio de mistério", possuído por um enigmático espírito[27]. Emergia ali, com Clarice, uma literatura nova, anunciada como um "risco da aposta", da ousadia, para além da literatura do tempo, resguardada pela proteção do enquadramento tradicional. Clarice e Guimarães Rosa davam, simultaneamente, o passo do salto criador, com "o timbre que revela as obras de exceção"[28]. A escrita de Clarice "parece manter a tinta fresca das palavras, conferindo-lhes um sopro, uma energia vital que circula naquilo que ela soube proteger sob a forma de mistério"[29].

Clarice era alguém que buscava algo mais que a liberdade, mas, como a personagem Joana, não conseguia nomear claramente[30]. A trilha possível estava escondida no interior mais profundo, no mínimo eu que se identificava com "o silêncio procurado"[31]. Na voz de Joana, Clarice anseia por águas profundas, pelo mar incógnito, embora reconheça sua incapacidade de ousar além das "águas pequenas e de fácil acesso"[32]. Porém, em

25 Ibidem, p. 192.

26 MONTERO, Teresa. *Eu sou uma pergunta. Uma biografia de Clarice Lispector.* Rio de Janeiro: Rocco, 1999, p. 102.

27 CANDIDO, Antonio. "No raiar de Clarice Lispector", op. cit., p. 127.

28 Ibidem, p. 128.

29 OLIVEIRA, Eduardo Jorge de. "A emoção segundo G. (D-) H." Posfácio, In: DIDI-HUBERMAN, Georges. *A vertical das emoções: As crônicas de Clarice Lispector.* Belo Horizonte: Relicário, 2021, p. 52.

30 PCS, p. 67.

31 PCS, p. 67.

32 PCS, p. 68.

instantes raros, epifânicos, pode roçar horizontes inauditos e experimentar a possibilidade de frestas da graça, como expressou tão bem Clarice na crônica "Estado de graça"[33].

Esse "estado de graça" de que fala Clarice vem expresso por Joana em determinados momentos de seu percurso, como durante o banho, tomada por um "estado agudo de felicidade", pela sensação fantástica de que é livre[34]. Como indica Antonio Candido, nesse capítulo do banho encontramos uma Joana que não se detém diante das barreiras, numa missão de liberdade que ninguém é capaz de interditar, quando avança impune para o "selvagem coração da vida"[35]. É a mesma Joana que, em outro capítulo, fala da sensação única vivenciada em momentos de graça, quando consegue inaugurar "círculos de vida". É quando ocorrem os "momentos tão intensos, vermelhos, condensados neles mesmos que não precisavam de passado nem de futuro para existir"[36].

Estamos aqui diante de uma Clarice que se sente próxima ao mundo animal, que recusa com audácia "qualquer moralidade antropocêntrica"[37]. É a Clarice que, através de Joana, se lança de coração aberto aos instantes que produzem uma rara e intensa alegria[38]. O instante é o grande "tema" de Clarice[39]. Sua experiência vital é a da imanência, sendo o natural "o maior mistério que existe"[40]. Nesse natural, para além do olhar superficial, a escritora busca a inspiração mais profunda, a coragem nobre de ir cada vez mais ao fundo, naquele lugar peculiar e secreto, onde a única possibilidade é o silêncio e a contemplação[41].

33 LISPECTOR, Clarice. *A descoberta do mundo.* Rio de Janeiro: Rocco, 1999, pp. 91-93.

34 PCS, p. 59.

35 CANDIDO, Antonio. "No raiar de Clarice Lispector", op. cit., p. 129.

36 PCS, p. 97.

37 MOSER, Benjamin. *Clarice,* , op. cit., p. 93.

38 PCS, p. 68.

39 LISPECTOR, Clarice. *Água viva.* Rio de Janeiro: Rocco, 2019, p. 28.

40 BORELLI, Olga. *Clarice Lispector: Esboço para um possível retrato.* 2ª ed. Rio de Janeiro: Nova Fronteira, 1981, p. 40.

41 Ibidem, p. 35.

Mas por que falamos aqui em mundo animal? Quando se fala em animal, toca-se num dado medular para Clarice e seus personagens. É o caso de Joana, que se encanta, no primeiro capítulo de *Perto do coração selvagem*, com a galinha e a minhoca: a galinha, que não sabe que vai morrer, e a minhoca, que vai ser presa da galinha[42]. É no mundo animal que Clarice identifica "o núcleo da vida pura", assim como Rilke na oitava *Elegia de Duíno*, quando fala no "animal espontâneo", aquele que "diante de si tem apenas Deus e quando se move é para a eternidade, como correm as fontes"[43]. Em outro romance de Clarice, *A cidade sitiada*, a personagem Lucrécia transmuta-se em cavalo livre, e, em diversos momentos, o que captamos não é o seu passo, mas o casco do animal cavalo, que anseia por liberdade[44]. Isso também ocorre no romance *A paixão segundo G.H.*, quando se fala da mulher que escuta o chamado, larga o bordado na cadeira e se põe calmamente de quatro, acolhendo com tranquilidade o reclamo da vida anterior[45]. Como lembra Marília Librandi, esse chamado da animalidade está presente no final do romance *Perto do coração selvagem*, quando Joana transcende as fronteiras binárias de gênero e avança no âmbito da animalidade. É quando a narradora Clarice "desobedece" à estrutura do romance, apontando para algo que encontrará o seu ápice em *Água viva*[46].

Clarice traz para nós a complexa dinâmica da ambiguidade que pontua a dinâmica do humano. Há sombras, não há dúvida, mas também há luz, aquela que iluminou a infância de Clarice quando viveu no Nordeste. Em bonita reflexão sobre a escritora, Lêdo Ivo fala da "luminosidade solar" que envolveu Clarice em Maceió, cidade que acolheu a família depois das dores vividas na Ucrânia. Lêdo fala da luz que envolveu a criança Clarice e que está igualmente presente no "emblema de seu destino". Trata-se de algo

42 PCS, p. 11.

43 RILKE, Rainer Maria. *Elegias de Duíno*. 6ª ed. São Paulo: Biblioteca Azul, 2013, p. 67.

44 LISPECTOR, Clarice. *A cidade sitiada*. Rio de Janeiro: Rocco, 2019, pp. 79, 97, 101 e 128. Ver ainda: SOUSA, Carlos Mendes de. *Figuras da escrita*. Rio de Janeiro: Instituto Moreira Salles, 2012, pp. 314 e 318.

45 LISPECTOR, Clarice. *As palavras de Clarice Lispector*. Organização Roberto Cardoso de Oliveira. Rio de Janeiro: Rocco, 2013, p. 130.

46 LIBRANDI, Marília. *Escrever de ouvido: Clarice Lispector e os romances da escuta*. Belo Horizonte: Relicário, 2020, p. 125.

que nem sempre é lembrado por seus biógrafos, essa "alagoanidade inicial de Clarice", que significou, em verdade, o acolhimento essencial, com a abertura para ela de uma pátria nova[47].

A presença das epifanias nos escritos de Clarice indica essas frestas de luz que acendem em seus personagens um caminho novo, uma trilha distinta, capaz de facultar a mudança necessária para o ritmo da liberdade. Em bonita passagem de *Perto do coração selvagem*, Otávio – marido de Joana – lembra a ela que além da "matéria bruta" existe igualmente a "transfiguração". Recorda o que ela mesma disse a ele certa feita: "A dor de hoje será amanhã tua alegria; nada existe que escape à transfiguração." Podemos detectar nos episódios epifânicos de Clarice um traço dessa luz essencial, que ajuda o exercício cotidiano do permanecer, do sobreviver. Affonso Romano de Sant'Anna, que se dedicou ao tema, esclarece-nos o sentido que esse termo, que vem do campo teológico, ganha agora na literatura. A epifania apresenta-se como:

> o relato de uma experiência que a princípio se mostra simples e rotineira, mas que acaba por mostrar toda a força de uma inusitada revelação. É a percepção de uma realidade atordoante quando os objetos mais simples, os gestos mais banais e as situações mais cotidianas comportam iluminação súbita na consciência dos figurantes, e a grandiosidade do êxtase pouco tem a ver com o elemento prosaico em que se inscreve a personagem[48].

A dialética clariciana de sombra e luz aparece de forma nítida quando comparamos duas crônicas da escritora: "Desmaterialização da catedral"

47 IVO, Lêdo. "Clarice Lispector ou a travessia da infelicidade". *Revista Triplo V de Artes, Religiões e Ciências*, nº 5, abril de 2010: https://www.triplov.com/revista/Numero_05/Ledo_Ivo/index.htm (acesso em 30/05/2022).

48 SANT'ANNA, Affonso Romano de; COLASANTI, Marina. *Com Clarice*. São Paulo: Unesp, 2013, p. 88. Há uma controvérsia entre os críticos literários a respeito da utilização desse motivo, introduzido pela primeira vez por Benedito Nunes. Mais recentemente, o estudioso João Camilo Pena sublinhou em artigo que aquilo que se convencionou chamar de "epifanias" são "desdobramentos de uma única experiência: a revelação da unicidade das coisas". Para ele, "a revelação da verdade do mundo se encontra na rede de ligações que entrelaçam as coisas num conjunto único". PENNA, João Camillo. "O nu de Clarice Lispector". In: *Alea*, v. 12, nº 1, janeiro-junho 2010, pp. 75-76.

e "Espanha"[49]. A primeira fala da catedral de Berna aos domingos à noite, da catedral "gótica, dura, pura". Sabemos que ali em Berna Clarice passou pelos momentos mais difíceis da sua vida, num "tédio" que provocou depressão crescente na escritora, que foi "salva" pelas cartas das irmãs e amigos, consolando-a e fortalecendo-a. Numa delas, de Fernando Sabino, ela ganha conforto quando ele diz que ela "avançou na frente de todos", com sua ousada literatura. Ao mesmo tempo, porém, adverte para o risco do demasiado arroubo, que a poderia fazer "cair do outro lado"[50]. Em Berna, Clarice passou momentos difíceis, incluindo a ausência de inspiração[51]. Como em qualquer cidade estrangeira, ela reconhecia que ali era "terra dos outros". Em sua biografia sobre a escritora, Nádia Battella Gotlib sublinha que naquela cidade ela passava "dias e, por vezes, semanas inteiras sentada numa poltrona, sem fazer nada"[52]. Foram três anos muito difíceis na vida de Clarice, de convívio com a solidão, a dor, o tédio e o silêncio. Foi o período em que escreveu o romance *A cidade sitiada* e ganhou o primeiro filho, Pedro.

Esse não é, porém, o único lado de Clarice. Mesmo em Berna, ela pôde vivenciar momentos de alegria, e mantinha-se atenta e esperançosa com a vinda dos gerânios vermelhos da primavera. Daí a importância de ver esse outro lado de Clarice, que vibra na crônica "Espanha". A escritora vislumbra na dança flamenca um lado bonito e terrenal, algo que traduz

49 LISPECTOR, Clarice. *Todas as crônicas.* Rio de Janeiro: Rocco, 2018, pp. 541 e 346-348. Sobre Berna, há outra crônica singular de Clarice: "Lembranças de uma Fonte, de uma cidade": Ibidem, pp. 273-274. Ao final da crônica, diz Clarice, lembrando-se das difíceis horas de crepúsculo em Berna: "Nessa hora eu me sentia pior do que uma mendiga porque nem ao menos eu sabia o que pedir."

50 SABINO, Fernando; LISPECTOR, Clarice. *Cartas perto do coração.* Rio de Janeiro: Record, 2011, p. 27.

51 Em carta a Tania, sua irmã, em janeiro de 1942, diz: "Não escrevi uma linha, o que me perturba o repouso. Eu vivo à espera da inspiração com uma avidez que não dá descanso": LISPECTOR, Clarice. *Minhas queridas.* Rio de Janeiro: Rocco, 2007, p. 23.

52 GOTLIB, Nádia Battella. *Clarice: Uma vida que se conta.* 7ª ed. São Paulo: Edusp, 2013, pp. 270-271. Ver também: MONTERO, Teresa. *Eu sou uma pergunta: Uma biografia de Clarice Lispector.* Rio de Janeiro: Rocco, 1999, p. 156 (A obra depois veio ampliada, com novo título: *À procura da coisa. Uma biografia de Clarice Lispector.* Rio de Janeiro: Rocco, 2021). Em carta às irmãs, de fevereiro de 1947, dizia que passava meses sem sequer olhar seu trabalho, mergulhada no tédio: LISPECTOR, Clarice. *Minhas queridas,* p. 159.

o "fôlego humano", a vontade radical de vida, que, mediante modulações sanguíneas, expressa gritos e gemidos, num canto impaciente.

Essa singular dialética entre Berna e Espanha, que na verdade traduz dois espíritos de ânimo, veio retomada no romance *Uma aprendizagem ou o livro dos prazeres*, de 1969. Ela escreve ali, na voz de Lóri: "É tão vasta a noite na montanha. Tão despovoada. A noite espanhola tem o perfume e o eco duro do sapateado da dança, a italiana tem o mar cálido mesmo se ausente. Mas a noite de Berna tem o silêncio."[53] Um pouco adiante, no mesmo romance, há uma passagem que faz lembrar o episódio de transformação de Riobaldo Tatarana, no *Grande Sertão: Veredas*, na sequência do pacto na encruzilhada[54]. A narradora fala dos fantasmas da noite em Berna, quando se vive na "orla da morte e das estrelas". É quando "o coração tem que se apresentar diante do Nada sozinho e sozinho bater em silêncio de uma taquicardia nas trevas". Não é fácil lidar com o "silêncio astral", diz a narradora, mas somente com o "pequeno silêncio". Para adentrar esse território é preciso ter coragem, caso contrário, não se deve ousar. O que alivia o buscador, entretanto, é saber da presença de um elemento essencial, que está para além dessa neblina, que é "a luz da aurora"[55].

Nos romances de Clarice, e também no seu romance inaugural, que na verdade já permite o vislumbre de todo o seu trabalho posterior, carregando em si o "conjunto das manifestações futuras"[56], captamos a presença de uma dinâmica que podemos identificar como espiritual, entendendo o termo aqui em sentido lato. Enigmática, Clarice carrega em si uma chama incontornável, vendo-se sempre diante de um Mistério inapreensível. Em depoimento no livro de Olga Borelli, ela diz que se sente como "a chama da vela", atraída pela "flama vermelha e amarela". Tem consciência de que é preciso "ter muita coragem para ir ao fundo da vida", aquele lugar resguardado onde a única experiência possível é a da contemplação. É quando

53 LISPECTOR, Clarice. *Uma aprendizagem ou o livro dos prazeres*. Rio de Janeiro: Rocco, 2020, p. 33.

54 ROSA, Guimarães. *Grande Sertão: Veredas*. 22ª ed. São Paulo: Companhia das Letras, 2019, pp. 303-305.

55 LISPECTOR, Clarice. *Uma aprendizagem ou o livro dos prazeres*, p. 35.

56 VARIN, Claire. *Línguas de fogo*, op. cit., p. 111.

nem mesmo mais "o pensamento pensa"[57]. Há em Clarice uma vida espiritual que está presente nos seus textos, que em momentos precisos ganha forma de oração, como em *Perto do coração selvagem*. Nos passos derradeiros do livro já percebemos uma Joana que vem atraída para o jardim, para "fora de seu centro". Ela se sente viva ao olhar para o espelho, tomada por uma "aragem de saúde"[58].

No capítulo final de *Perto do coração selvagem*, já se envolvendo numa região insondável, Joana sente-se capaz de ultrapassar o lado das sombras e, através do canto *De profundis*, passa a vislumbrar "o fio de água pura". Pode então, com os pensamentos no lugar, afastados do perigo, sorver a vida que se levanta de novo. E aqui podemos identificar sua espiritualidade natural, de corte spinozista. No transcurso de sua "oração" *De profundis*, Joana fala sobre a sua substância mais íntima, selvagem, sem "nenhum Deus"[59], quando defronta-se com sua interioridade mais funda. Com sua "alma de animal", a personagem aponta para a esperança viva de um nascimento inaugural, que é sobretudo criação. Ela diz: "Erguerei dentro de mim o que sou um dia, a um gesto meu minhas vagas se levantarão poderosas, água pura submergindo a dúvida, a consciência, eu serei forte como a alma de um animal..."[60] A virtude de Joana, como entende Antonio Candido, revela-se na violenta recusa das aparências, numa luta em favor de um "estado inefável, onde a suprema felicidade é o supremo poder, porque no coração selvagem da vida pode-se tudo o que se quer, quando se sabe querer"[61].

Clarice, como Joana, era alguém que se colocava sempre à escuta do tempo, da "descoberta do cotidiano", e dessa escuta participava com todo o seu corpo. Junto com sua criação, o temor de transformar-se numa "es-

57 BORELLI, Olga. *Clarice Lispector: Esboço para um possível retrato*, p. 35.

58 PCS, pp. 186-187.

59 É uma "ausência" dolorida em Clarice. Em seu livro sobre Clarice, Benjamin Moser reporta a uma inscrição da escritora num exemplar de *A hora da estrela*, dedicado a Alceu Amoroso Lima, em que ela diz: "Eu sei que Deus existe." MOSER, Benjamin. *Clarice,*. p. 550.

60 PCS, p. 197.

61 CANDIDO, Antonio. "No raiar de Clarice Lispector", op. cit., p. 130.

critora bem instalada", enquadrada, como expressou em correspondência com o amigo Lúcio Cardoso[62]. Como sublinha José Castello, "Joana sabe, desde logo, que tem uma alma feroz, que não se submete às boas regras da vida civilizada, nem se adapta aos protocolos do cotidiano burguês"[63].

Através da literatura de Clarice, como bem apontou Lícia Manzo, percebemos um claro percurso em direção ao eu, que acaba transformando-se em "personagem central de seus escritos"[64]. Um eu, porém, desvencilhado e despojado da perspectiva antropocêntrica. É o que também destaca Berta Waldman. Ela sublinha que, assim como em *Perto do coração selvagem*, "o modo de apreensão artística da realidade se faz a partir de um centro que é a consciência individual"[65]. Esse encaminhamento ao eu ocorre em momentos singulares de seus romances ou contos, como no clássico conto "Amor", quando, diante da visão do cego mascando chicles, a personagem Ana leva um "choque"[66] e adentra-se no mundo interior, para depois viver um momento epifânico no Jardim Botânico. Na visão de Evando Nascimento, o que ocorre em Ana com a visão do cego é "a experiência do emaranhamento, que a lança para o desconhecido"[67]. Na visão de Evando Nascimento, Clarice é alguém que "desfigura nossos preconceitos para com os animais e para com a diferença em geral"[68]. A experiência de arrebatamento que ocorre com Ana no Jardim Botânico é descobramento de sua abertura à alteridade, agora com o mundo vegetal. Evando abre, assim, um caminho bonito para captar em Clarice o encontro entre as alteridades humanas e não humanas[69].

62 LISPECTOR, Clarice. *Correspondências*, p. 43.

63 CASTELLO, José. *Clarice na cabeceira: Romances.* Organização José Castello. p. 15.

64 MANZO, Lícia. "Era uma vez: Eu", op. cit., p. 4.

65 WALDMAN, Berta. *Clarice Lispector: A paixão segundo C.L.* 2ª ed. São Paulo: Escuta, 1992, p. 35.

66 LISPECTOR, Clarice. *Todos os contos.* Rio de Janeiro: Rocco, 2016, pp. 147-148.

67 NASCIMENTO, Evando. "Clarice, os animais e as plantas". In: DINIZ, Júlio (Org.). *Quanto ao futuro, Clarice.* Rio de Janeiro: Bazar do Tempo/Editora PUC Rio, 2021, p. 119.

68 NASCIMENTO, Evando. *Clarice Lispector: uma literatura pensante.* Rio de Janeiro: Civilização Brasileira, 2012, p. 35.

69 NASCIMENTO, Evando. *O pensamento vegetal: A literatura e as plantas.* Rio de Janeiro: Civilização Brasileira, 2021, p. 187.

Como bem lembrou Nádia Battella Gotlib, *Perto do coração selvagem* é um romance inaugural, que prenuncia temas que serão fundamentais em toda a sua produção posterior. Traz à literatura brasileira um clima novo, um ritmo de "penetração", com uma pontuação peculiar e livre. A cada passo da leitura, novas descobertas vão envolvendo e problematizando o leitor, que se sente enredado na trama desenvolvida. Ele, a certo momento, percebe-se empoderado e, como Joana, grita: "Eu posso tudo."[70] Sentimo-nos todos convidados a nos envolver no ritmo da água, que tanto toca Joana, partilhando o seu sentimento de "onda leve que não tem outro campo senão o mar."[71] Joana pôde encontrar no seu caminho, amigos e mestres, como o professor, que a favoreceram, sintonizar-se com o ritmo do tempo, sem pressa. Como dizia ele, certa feita, a virtude maior é a da paciência, e não se deixar tocar demais pela dificuldade de entender certos assuntos[72]. Tudo pode se esclarecer no tempo certo. Novamente nos vem à lembrança o grande poeta Rilke, com seus sábios conselhos, como o que deu a Franz Kappus, em julho de 1903:

> Gostaria de lhe pedir da melhor maneira possível, estimado senhor, que tenha paciência com tudo o que é insolúvel em seu coração e que tente se afeiçoar às próprias questões como quartos trancados e como livros escritos numa língua bem desconhecida. Não busque agora as respostas; não lhe podem ser dadas porque não poderiam viver. E se trata de viver tudo. Viva agora as questões. Viva-as talvez aos poucos, sem notar, até chegar à resposta um dia distante. Talvez carregue em si a possibilidade de formar, criar um modo de vida especialmente feliz e puro[73].

No início do romance, Joana pergunta à professora "o que se consegue quando se fica feliz?" e reitera a questão indagando "para que" se é feliz?

70 PCS, p. 48.

71 PCS, p. 133.

72 PCS, p. 53.

73 RILKE, Rainer Maria. *A melodia das coisas.* São Paulo: Estação Liberdade, 2011, p. 152.

Sabiamente a professora não responde logo à questão. Aguarda o recreio e pede depois ao servente para chamar Joana para uma conversa em seu gabinete. Pede então a Joana para escrever num bilhete a pergunta feita e guardar "durante muito tempo". Aconselha Joana a ler depois de adulta a pergunta feita anteriormente e responde, tranquila: "Quem sabe? Talvez um dia você mesma possa respondê-la de algum modo."[74]

Essa é a pergunta fundamental que fez Clarice ao longo de toda a sua vida. A mesma pergunta que lança Caetano Veloso na canção "Cajuína": "Existirmos: a que será que se destina?" É também a questão sublime lançada por Miguilim, de Guimarães Rosa, em *Campo Geral*, quando se volta para sua mãe e indaga: "Mãe, mas por que é, então, para que é, que acontece tudo?!" A pergunta é de difícil resposta... A sábia mãe responde com o gesto, de forma maravilhosa: "Miguilim, me abraça, meu filhinho, que eu te tenho tanto amor..."[75]

74 PCS, pp. 27-28.

75 ROSA, João Guimarães. *Campo Geral*. São Paulo: Global Editora, 2019, p. 129.

pouco de tempero,o suficiente para conserva-la um pedaço de carne
morna e quieta.Um dia vira um homem guloso comendo.Espiara seus o-
lhos arregalados,brilhantes e estúpidos,tentando não perder o menor
gosto do alimento.E as mãos,as mãos.Uma delas segurando o garfo espetado num pedaço de carne sangrenta -não morna e quieta,mas vivis-
sima,irônica,imoral- a outra crispando-se na toalha,arranhando-a
nervosa naa ansia de já comer novo bocado.As pernas sob a mesa mar-
cando compasso a uma música inaudivel,a música do diabo,de pura e
incontida violencia.A ferocidade,a riqueza de sua côr.Avermelhada
nos labios e na base do nariz,pálida e azulada sob os olhos miúdos.
Estremecera arrepiada diante de seu pobre café.Mas não saberia depois se fôra de repugnancia ou de fascinio e volutuosidade. Por ambos certamente.Sabia que ele era uma força.Não se sentia capaz de

comer como aquele homem,era naturalmente sóbria.Mas a demonstração a perturbava.Lêr as historias terriveis dos dramas onde a maldade era fria e intensa como um banho de gelo emocionava-a. Como se vendo alguem beber agua,descobrisse que tinha sêde,sêde profunda e velha.Talvez fosse apenas falta de vida.Estava vivendo menos do que podia e imaginava que sua sêde pedisse inundações. Talvez apenas alguns goles...Eis uma lição, eis uma lição: nunca ir adiante,nunca roubar antes de saber se o que você quer roubar existe em alguma parte honestamente reservado para você. Ou não? Roubar torna tudo mais valioso. O gosto do mal,mastigar vermelho, engulir fogo adocicado.

Não acusar-me. Buscar a base do egoismo:tudo o que não sou não pode me interessar, há impossibilidade de ser al guem

O nascimento da escrita ou "o girassol é ucraniano"

Marília Librandi

> "Ser livre era seguir-se afinal, eis de novo o caminho traçado."
>
> *Perto do coração selvagem*

Assim nasce a escrita de Clarice Lispector:

> A máquina do papai batia tac-tac... tac-tac-tac... O relógio acordado em tin-dlen sem poeira. O silêncio arrastou-se zzzzzz. O guarda-roupa dizia o quê? roupa-roupa-roupa. Não não. Entre o relógio, a máquina e o silêncio havia uma orelha à escuta, grande, cor-de-rosa e morta.

No parágrafo inicial de seu primeiro romance, podemos ouvir por dentro o coração selvagem das letras se fazendo por uma série de associações livres e por um fluxo de consciência, que segue dois procedimentos: o uso da onomatopeia e o recurso a uma colisão surreal de imagens. Espécie de imagética primordial, estas figuras se tornarão metáforas recorrentes em sua obra: a máquina de escrever, o relógio, o silêncio, o guarda-roupa e a orelha à escuta.

Mas por que essa orelha é "grande, cor-de-rosa e morta"? Em *Escrever de ouvido. Clarice Lispector e os romances da escuta*[1], leio Clarice como teórica e praticante de uma "escrita de ouvido", de um "romance da escuta", e de uma "ecopoética". O que apresento a seguir é uma versão, mais livre, condensada e atualizada, do que escrevi no capítulo "Ouvindo o coração selvagem", realçando alguns núcleos inesperados na análise, entre os quais, a relação entre a arte de Clarice e a de Vincent van Gogh, a escrita e a pintura unidas pela escuta, a língua da voz materna e as imagens solares de uma escrita que nasce a partir da morte e dela renasce, livre.

ROMANCE FAMILIAR

Ficção e autobiografia se entrelaçam nos interstícios do romance. A protagonista de *Perto do coração selvagem* é Joana, espécie de duplo de Clarice enquanto escritora. A menina é órfã de mãe, assim como a mãe de Clarice morreu quando a autora tinha nove anos. O pai de Joana, que aparece escrevendo à máquina no primeiro parágrafo, morre, da mesma forma que Clarice ficou órfã de pai pouco antes de começar a escrever esse romance[2].

Veremos que a orelha "morta" pode ser lida como um legado *post-mortem* da mãe, enquanto a máquina de escrever é legado do pai. No decorrer de seu primeiro romance, as mulheres vão ser explicitamente vinculadas à voz, e as figuras masculinas, pai, professor e marido, vão estar vinculados à escrita. Nessa junção da orelha com a máquina de escrever nasce a escrita de ouvido clariceana.

1 LIBRANDI, Marília. *Escrever de ouvido: Clarice Lispector e os romances da escuta.* Tradução Jamille Pinheiro Dias e Sheyla Miranda. Belo Horizonte: Relicário, 2020. Publicado em inglês, em 2018, o livro foi lançado em português no ano do centenário de Clarice. Nesse mesmo ano, promovemos, na Universidade de Princeton, uma série de homenagens, que incluem a biblioteca sonora, "Clarice 100 Ears", o show "Agora, Clarice", com Beatriz Azevedo e Moreno Veloso, e um colóquio com a participação de Paulo Gurgel Valente. Cf. em https://clarice.princeton.edu/

2 A carreira de Clarice como escritora começou no ano em que seu pai morreu, 1940. Ela escreveu *Perto do coração selvagem* em 1942 e o publicou no final de 1943, ano em que se casou com Maury Gurgel Valente, aos 23 anos. O livro foi rejeitado a princípio por seu editor, José Olympio, e publicado no jornal *A Noite*, no qual Clarice trabalhou como jornalista enquanto ainda estudava direito. A obra foi bem recebida pelos críticos, esgotando a primeira tiragem, de mil cópias. Em 1944, ganhou o prêmio Graça Aranha de melhor romance. Para mais informações sobre a recepção crítica, ver: GOTLIB, Nádia Battella. *Uma vida que se conta.* São Paulo, Ática, 1995, pp. 174–85.

O livro está dividido em duas partes. A primeira é composta de nove capítulos breves, que fazem saltos temporais, passando da infância à vida adulta de Joana. Essa primeira parte começa e termina com duas figuras masculinas, o pai e Otávio, o futuro marido; inclui também duas figuras femininas, a tia e a "mulher da voz". A segunda parte começa com "O casamento", capítulo que na verdade narra o fim do casamento, e termina com um capítulo chamado "A viagem". Clarice de fato viaja depois de escrever esse livro, acompanhando seu marido diplomata, e ela não retornaria ao Brasil até se separar dele, dezesseis anos depois.

Em *Perto do coração selvagem*, a viagem também é uma viagem em direção à morte, à transformação e metamorfose final da personagem, sua libertação do humano, e na liberação de gênero (textual e sexual) para ser capaz de atingir o neutro, o "it", tal como Clarice virá a expressar em *Água viva*, publicado em 1973, exatos trinta anos depois de seu romance de estreia. Em *Água viva* temos um texto que, livre de enredo, acentua, reafirma e intensifica as marcas assinaladas em sua obra inicial, apresentando-se como a teoria de sua escrita posta a nu, exposta por uma narradora-pintora, que se põe a escrever. Faremos frequentes analogias entre ambos os livros.

POR QUE GRANDE?

Na cena inicial, a orelha à escuta é tanto a da menina Joana, que ouve todos os sons narrados (a máquina de escrever, o relógio, o silêncio), como também é a orelha de uma narradora que, onisciente, escuta tudo o que os personagens ouvem e pensam – a narração se dá através do discurso indireto livre, movendo-se frequentemente da terceira para a primeira pessoa sem interrupção, como nesta passagem: "Ela só veria o que já possuía dentro de si. Perdido pois o gosto de imaginar. E o dia em que chorei?" Quase no final da narrativa, há uma pista de que a narradora onisciente em terceira pessoa pode ser a própria Joana, que viveu com a tia após a morte dos pais: "Titia, ouça-me, eu conheci Joana, de quem lhe falo agora. [...] Veja se compreende a minha heroína, titia, escute." Quem fala aqui?

É a Joana adulta falando de si mesma no passado, em terceira pessoa, como se fosse outra pessoa ou outra personagem? Essa duplicação narradora e personagem corresponde também à duplicação da vida de Clarice na figura de sua protagonista.

A orelha à escuta ouve o bater da máquina de escrever, ouve os ponteiros do relógio se movendo, e ouve o silêncio ressoante. Entre a escrita, o tempo e o silêncio, há essa orelha grande, cor-de-rosa e morta – separada, portanto, do corpo vivo, como um objeto à parte. Que seja grande sugere que se trata de uma orelha que ultrapassa as dimensões humanas, mas também pode sugerir tratar-se de uma orelha que ouve muito ou tudo, como se fosse um corpo-orelha. O ouvir com o corpo, ou com diversas partes do corpo, é uma imagem recorrente na ficção de Clarice, como fica explícito na seguinte passagem de *Água viva*: "Não se compreende música: ouve-se. Ouve-me então com teu corpo inteiro."[3]

A frase que encerra a cena inicial do primeiro parágrafo diz:

> Os três sons [o da máquina, o do relógio e o do silêncio] estavam ligados pela luz do dia e pelo ranger das folhinhas da árvore que se esfregavam umas nas outras radiantes.

Guardemos na lembrança o termo "radiantes". Por ora, importa ressaltar que o ouvir ampliado, que se irradia para o exterior até escutar o ranger das folhinhas da árvore, reaparece no mesmo livro, na seguinte passagem em que a narradora fala de Joana:

> Mas na verdade não enxergava tanto quanto ouvia dentro de si a vida. Fascinara-a o seu ruído – como o da respiração de uma criança tenra –, o seu brilho doce – como o de uma planta recém-nascida.

Ouvir dentro de si a vida está vinculado ao nascimento, tanto da criança quanto da planta, e a gestação é tanto a do corpo humano quanto a da

3 LISPECTOR, Clarice. *Água viva*. Rio de Janeiro: Rocco, 1998, p. 10.

terra parindo uma planta. Esta imagem reaparece em outros textos de Clarice, como nesta belíssima passagem de *Água viva*:

> "O quê?" "Eu não disse nada." Mas eu percebia um primeiro rumor, como o de um coração batendo debaixo da terra. Colava quietamente o ouvido no chão na terra e ouvia o verão abrir caminho por dentro, e o meu coração embaixo da terra – "nada! eu não disse nada!" – e sentia a paciente brutalidade com que a terra fechada se abria por dentro em parto, e sabia com que peso de doçura o verão amadureceria cem mil laranjas, e sabia que as laranjas eram minhas. Porque eu assim queria.[4]

Desse modo, ouvir "dentro de si a vida" é também ouvir o rumor da terra, o que faz da escrita de Clarice uma escrita anímica, na qual as coisas, os objetos, as flores rumorejam e têm vida, mesmo se mortas ou "embaixo da terra".

POR QUE ROSA E MORTA?

Menos do que uma referência à cor da pele, podemos pensar ser esta uma alusão à cor da tinta na tela, ou seja, a orelha grande e cor-de-rosa seria como uma orelha pintada. Essa sugestão ajudaria a explicar o uso do termo "morta" por Clarice, como uma associação, voluntária ou inconsciente, com o gênero de pintura conhecido como "natureza-morta". Podemos, então, ler a cena composta pela máquina de escrever, o guarda-roupa, o relógio e a orelha como uma pintura. E aqui se insinua uma correlação recorrente: ao evocar o som, o texto de Clarice o pinta; ao falar de pintura, seu texto nos faz ouvir o silêncio.

A orelha "grande, cor-de-rosa e morta" se transforma então em um emblema. No século XVII, as pinturas de natureza-morta eram comumente associadas ao tema da *vanitas* e usadas de maneira bastante explícita como *mementi mori*, que realçam a importância da vida pela reafirmação

4 Op. cit., pp. 57-58.

e lembrança da morte, através do mundo evocativo dos objetos pintados. Se a sugestão de relacionar sua escrita à pintura estiver correta, a imagem dessa orelha morta nos lembra uma cena inaugural das mais importantes da arte moderna: o autossacrifício de Vincent van Gogh. Em um breve comentário, o psicanalista Hélio Pellegrino vinculou a obra de Clarice à do pintor holandês; como Vincent van Gogh, disse ele: "ela sabia, com a pele do corpo – e da alma –, que por baixo de tudo lavra um incêndio. E dedicou-se a dizê-lo através da linguagem"[5].

A ORELHA DE VAN GOGH

Na noite de 23 de dezembro de 1888, a tensão com Paul Gauguin – que tinha ido para Arles para estar com Van Gogh e pintar – atingiu um pico extremo e Van Gogh cortou a orelha esquerda. Depois de cortar a orelha, Van Gogh passou um período internado no hospital de Saint-Rémy-de-Provence e viveu apenas mais um ano e meio – ele morreu em circunstâncias controversas em julho de 1890.[6] O que esse episódio da vida de Van Gogh pode nos ensinar sobre a orelha morta – e que no entanto ainda escuta – na obra de Clarice Lispector?

O episódio da orelha decepada de Van Gogh assume uma posição definidora na arte moderna e continua sendo objeto de interesse e especulação até a contemporaneidade.[7] Mas que tipo de sacrifício ritual Van Gogh teria realizado ao cortar a orelha? George Bataille responde a essa pergunta pro-

5 PELLEGRINO, Hélio. 1987. *Perto de Clarice*. Catálogo da exposição. Rio de Janeiro: Casa de Cultura Laura Alvim. Apud SOUSA, Carlos Mendes de. *Clarice Lispector: Pinturas*. Rio de Janeiro: Rocco, 2013, p. 61.

6 O "suicídio" do pintor foi questionado em uma biografia recente, que menciona uma bala perdida disparada por jovens que estavam praticando tiro nas imediações de onde estava Van Gogh. Cf. NAIFEH, Steven; SMITH, Gregory White. *Van Gogh: The Life*. Nova York: Random House, 2011.

7 Segundo Adam Gopnik (2010): "Trata-se, a um só tempo e estranhamente, da cena da Natividade e da Paixão de Cristo da arte moderna [...] Após o suicídio de Van Gogh, em 1890, sua fama cresceu e a história de sua orelha cortada começou a circular, tornando-se um talismã da pintura moderna. Antes desse período, o modernismo era percebido na imaginação popular como uma forma sofisticada de entretenimento; depois, virou um substituto da religião, uma história inspiradora de sacrifícios e santidade alcançados por artistas dispostos a dar a própria sanidade mental e as orelhas em seu nome." GOPNIK, Adam. "Van Gogh's Ear: The Christmas Eve That Changed Modern Art." *The New Yorker*, 4 jan. 2010. Também vale ressaltar que "A orelha de Van Gogh" é o título de um conto do escritor Moacyr Scliar. SCILIAR, Moacyr. *A orelha de Van Gogh*. São Paulo: Companhia das Letras, 1989.

pondo uma analogia inusitada entre a orelha amputada e a obsessão solar na obra do pintor holandês; uma obsessão que se acentua ainda mais após esse gesto, e encontra sua expressão mais reveladora nas numerosas pinturas de girassóis. Bataille diz: "É relativamente fácil estabelecer até que ponto a vida de Van Gogh foi dominada por suas relações intensas com o sol, mas essa questão não foi nunca foi levantada."[8]

Para Bataille, o gesto da mutilação, dramático nos termos da biografia de Van Gogh, será basicamente equivalente à realização de um poder de "radiância" ofertado aos humanos por meio de seus quadros. Se, como diz Bataille, a obra de Van Gogh é o que "liga o destino selvagem do homem à radiância"[9], seria a de Clarice o seu correspondente, a que liga o destino selvagem da mulher à radiância?

O impacto radiante da obra de Van Gogh foi observado por Katherine Mansfield, a escritora com quem Clarice mais se identificou em sua juventude, na época em que escrevia *Perto do coração selvagem*, a ponto de ela dizer, depois de ler *Bliss*, de Mansfield: "Mas esse livro sou eu!" (Borelli, 1981, p. 66).

Em 1921, em uma carta a Dorothy Brett, Mansfield relembra a visão que teve das pinturas de Van Gogh, apreciadas por ela onze anos antes, em um exposição de pintura pós-impressionista organizada por Roger Fry, fazendo referência a dois quadros, um deles, o "de flores amarelas sob o sol em um vaso":

> Ambos [os quadros] me ensinaram algo sobre escrever, algo estranho [*queer*], um tipo de liberdade – ou melhor, um tremor de liberdade. Faz – literalmente – anos desde que eu estive nessa exposição de quadros. Posso sentir o cheiro deles enquanto escrevo.[10]

8 BATAILLE, Georges. "Sacrificial Mutilation and the Severed Ear of Vincent van Gogh." In: *Visions of Excess: Selected Writings, 1927-1939*, edição e tradução Allan Stoekl, pp. 61-72. Minneapolis: University of Minnesota Press, 1985, p. 62.

9 BATAILLE, Georges. "Van Gogh as Prometheus." Tradução Annette Michelson. *October*, Vol. 36 (Spring): 58-60, 196, p. 60.

10 MANSFIELD, Katherine. *The Collected Letters of KM.* Vol. 4. Edição Vincent O'Sullivan e Margaret Scott, 1920-1. Oxford: Oxford University Press, 1996, p. 333.

O impacto das flores amarelas de Van Gogh é tão intenso que, mesmo uma década depois, Mansfield ainda sente seu odor, uma imagem que acentua a vividez dessa pintura. É interessante também que sua carta trate do impacto dessa pintura na criação de uma obra literária. Para expressar o que aprendeu com a pintura de Van Gogh, os termos que Mansfield usa são expressivos por si só: "estranho" ["queer"], "liberdade" e "tremor de liberdade". Os mesmos termos podem ser usados para falar do impacto que os textos de Clarice têm sobre seus leitores e, em particular, para descrever a liberdade selvagem de Joana, sua primeira heroína romanesca.

SOLENE E SOLAR

A imagem solar na obra clariceana tem sido pouco explorada. Veremos a seguir como o sol (e o girassol) aparecem para ela, e não apenas em seus textos, como também nas pinturas que ela mesma criou durante a década de 1970. Clarice pintou cerca de vinte quadros, que estão em seus arquivos na Fundação Casa de Rui Barbosa e no Instituto Moreira Salles, no Rio de Janeiro. Os títulos de suas pinturas são igualmente significativos, tais como "Gruta", "Medo", "Sol da meia-noite", "Explosão", "Caos e Metamorfose".

No primeiro capítulo de *Perto do coração selvagem*, a fim de chamar a atenção de seu pai, que batia à máquina, diz Joana:

> – Papai, inventei uma poesia.
> – Como é o nome?
> – Eu e o sol. – Sem esperar muito recitou: – "As galinhas que estão no quintal já comeram duas minhocas mas eu não vi."
> – Sim? Que é que você e o sol tem a ver com a poesia?
> Ela olhou-o um segundo. Ele não compreendera...
> – O sol está em cima das minhocas, papai, e eu fiz a poesia e não vi as minhocas... – Pausa. – Posso inventar outra agora mesmo: "Ó sol, vem brincar comigo."

No capítulo seguinte, quando ela surge já adulta, o poema solar de Joana será estendido à vitalidade da criação e seu necessário vínculo com o mal: "A certeza de que dou para o mal, pensava Joana. (...) Não, não – repetia-se ela –, é preciso não ter medo de criar." Diz ainda Joana: "Roubar torna tudo mais valioso. O gosto do mal – mastigar vermelho, engolir fogo adocicado." Para Joana, a força da criação apela ao sol, ao fogo, ao roubo e ao mal para atingir a iluminação da liberdade, como dirá no último capítulo, "A viagem":

> No entanto sentia que essa estranha liberdade que fora sua maldição, que nunca a ligara nem a si própria, essa liberdade era o que iluminava sua matéria. E sabia que daí vinha sua vida e seus momentos de glória e daí vinha a criação de cada instante futuro.

FLORES MORTAS SOBRE O TÚMULO

Van Gogh teria sido, segundo Bataille, o primeiro a pintar flores *murchas* e *mortas*: "Ninguém mais, ao que parece, pintou flores murchas, e o próprio Van Gogh pintou todas as outras flores como frescas."[11] Entre as frases que expressam o essencial da vida para Joana há esta: "Certos instantes de ver valiam como 'flores sobre o túmulo': o que se via passava a existir."

No romance, as flores sobre o túmulo remetem à morte do pai de Joana e, anteriormente, à morte da mãe. Na biografia de Clarice, as flores ocupam um lugar especial atrelado ao nome de sua família, Lispector, que ela traduz poeticamente como "flor-de-lis", como lírio no peito, *lis-pector*. A relação com as flores vai acompanhá-la até o fim, quando, no hospital, pouco antes de morrer, ela escreve (ou dita para Olga Borelli) um impressionante bilhete de despedida, ofertando-o aos que ficam:

11 BATAILLE, Georges. "Sacrificial Mutilation and the Severed Ear of Vincent van Gogh." In: *Visions of Excess: Selected Writings, 1927-1939*, edição e tradução Allan Stoekl, pp. 61-72. Minneapolis: University of Minnesota Press, 1985, p. 63.

> Lírios que eu ofereço ao que está doendo em você. Pois nós somos seres e carentes. Mesmo porque estas coisas – se não forem dadas – fenecem. Por exemplo – junto ao calor de meu corpo as pétalas dos lírios se crestariam. Chamo a brisa leve para minha morte futura. Terei de morrer senão minhas pétalas se crestariam. É por isso que me dou à morte todos os dias. Morro e renasço. Inclusive eu já morri a morte dos outros. Mas agora morro de embriaguez de vida. E bendigo o calor do corpo vivo que murcha lírios-brancos. O querer, não mais movido pela esperança, aquieta-se e nada anseia. Eu serei a impalpável substância que nem lembrança de ano anterior substância tem[12].

O GIRASSOL É UCRANIANO

E se o girassol foi pintado por Van Gogh como uma flor murcha, o girassol é também a flor de origem e nascimento para Clarice em seu romance *Água viva*. Nele, a narradora-pintora dedica cerca de quatro belas páginas às flores, descrevendo muitas delas e o modo como as pinta em seus quadros. Especialmente sobre o girassol, ela diz:

> O girassol é o grande filho do sol. Tanto que sabe virar sua enorme corola para o lado de quem o criou. Não importa se é pai ou mãe. Não sei. Será o girassol flor feminina ou masculina? Acho que masculina[13].

Relacionado a pai e mãe, o girassol é a fonte da vida. De fato, sua importância se torna ainda maior graças a uma frase que Clarice cortou da versão final de *Água viva*, mas que está no primeiro manuscrito do livro. Lembrando que Clarice nasceu na Ucrânia, em 1920, ela situa o girassol no seu local de nascimento ao dizer: "Mas uma coisa é certa: o girassol é ucraniano."[14]

12 Clarice Lispector, op. cit. BORELLI, Olga. *Clarice Lispector: Esboço para um possível retrato.* Rio de Janeiro: Nova Fronteira, p. 61.

13 LISPECTOR, Clarice. *Água viva*, op. cit, p. 53.

14 Clarice Lispector, op. cit., MOSER, Benjamin. *Why This World: A Biography of Clarice Lispector.* Nova York: Oxford University Press, 2009, p. 386.

À luz dessa afirmação, as passagens seguintes de *Água viva* merecem ser citadas integralmente, primeiro pela beleza do texto e pelo significado que estamos perseguindo na relação entre os girassóis e a orelha de Van Gogh tal como estabelecida na leitura de Bataille. No seguinte trecho, a narradora-pintora narra, ou melhor dizendo, pinta, o seu nascimento:

> Agora as trevas vão se dissipando. Nasci.
> Pausa.
> Maravilhoso escândalo: nasço.
>
> Estou de olhos fechados. Sou pura inconsciência. Já cortaram o cordão umbilical: estou solta no universo. Não penso mas sinto isso. Com olhos fechados procuro cegamente o peito: quero leite grosso. Ninguém me ensinou a querer. Mas eu quero. Fico deitada com olhos abertos no teto. Por dentro é uma obscuridade. Um eu que pulsa já está se formando. Há girassóis. Há trigo alto. Eu é.[15]

Logo após esta passagem, há um novo nascimento:

> Vou fazer um *adaggio*. Leia devagar e com paz. É um largo afresco. Nascer é assim: Os girassóis lentamente viram suas corolas para o sol. O trigo está maduro. O pão é com doçura que vem. Meu impulso se liga ao das raízes das árvores.[16]

A AUDIÇÃO DO MUNDO

A orelha amputada de Van Gogh é uma figura quase perfeita para o inaudível. É um despossuir-se e é também um dobrar-se de si para fora de si, ou seja, para o mundo. Lançar a orelha para fora é dá-la de presente, é um deixar de ouvir-se – um ato decisivo para sair do sistema do falogocentrismo condenado por Jacques Derrida, e lançar o ouvido para fora, de modo a ouvir o fora, lançá-lo para a audição do mundo.

15 LISPECTOR, Clarice. *Água viva*, op. cit., p. 34.

16 Id., ib., p. 39.

Do mesmo modo, a orelha morta, mas à escuta, de Clarice, adquire sentido e sensibilidade ampliados: o de sair da audição de si, indivíduo, e ampliar-se para a audição do mundo. O que também significa ir além do sistema de voz interior e alcançar o silêncio na escrita, uma escrita que não fala, no sentido expressivo do termo, pois que é muda, e que não é oralidade, mas que, ainda assim, ouve.

No ensaio "The Other Sun: Non-Sacrificial Mutilation and the Severed Ear of Georges Bataille" [O outro sol: mutilação não sacrificial e a orelha amputada de Georges Bataille], Fredrik Rönnbäck enfatiza a importância da audição tanto no gesto de automutilação de Van Gogh quanto na obra de Bataille. Sintetizando a diferença entre o olho e a orelha, Rönnbäck diz:

> Enquanto o olho representa o Sol como um símbolo da visão e do conhecimento – a razão em oposição ao irracional –, o que torna possível que a orelha o substitua é que, como o Sol, ela é um meio de orientação. Cortar a orelha resulta em uma completa reviravolta da estabilidade e permanência neste mundo.[17]

A ordem metafórica que o ouvido instaura está inexoravelmente associada a períodos de luto e a um apelo ao silêncio: "É uma tentativa de apreender o inapreensível, acolhendo-o em sua ausência, semelhante à crença, própria da teologia apofática, de que só pelo silêncio é possível alcançar o inefável" (idem, p. 119), semelhante ao que se encontra na obra ficcional de Clarice. Como diz Bataille, falando explicitamente sobre Van Gogh:

> A ruptura da homogeneidade da pessoa e a projeção para fora de si de uma parte do sujeito, com sua raiva e sua dor, parecem então estar muitas vezes relacionadas às expiações, períodos de luto ou de desregramento, que são abertamente evocados pela cerimônia que marca a entrada na sociedade adulta.[18]

17 FREDRIK, Rönnbäck. 2015. "The Other Sun: Non-Sacrificial Mutilation and the Severed Ear of Georges Bataille." *October*. Vol. 154 (Fall): pp. 111-26, p. 116.

18 BATAILLE, Georges. op. cit., 1985, p. 68.

Perto do coração selvagem é também a "cerimônia que marca a entrada na sociedade adulta" de Joana, figuração da vida de Clarice que se ficcionaliza nesse retrato da artista quando jovem. Mas que tipo de expiação ou luto a orelha morta representaria na escrita de Clarice Lispector?

PAZ/PAIS

Em uma entrevista concedida a Marisa Raja Gabaglia (citada em Varin, 2002), Clarice oferece uma visão particularmente rica sobre qual seria para ela o lugar da orelha morta e à escuta em seu pensamento:

> – Você tem paz, Clarice?
> – Nem pai nem mãe.
> – Eu disse "paz".
> – Que estranho, pensei que tivesse dito "pais". Estava pensando em minha mãe alguns segundos antes. Pensei – mamãe – e então não ouvi mais nada. Paz? Quem é que tem?[19]

O equívoco auditivo entre "pais" e "paz", que a psicanálise ouve como ato falho ou lapso, não poderia ser mais revelador daquilo que a ficção de Clarice elabora com frequência: a orfandade, sobretudo a morte da mãe. Quando a autora diz: "Pensei – mamãe – e então não ouvi mais nada" é como se estivéssemos ouvindo sua própria explicação verbal da orelha morta enquanto metáfora em seu trabalho fictício. Ao pensar "mamãe", ela não ouve mais nada e se torna uma espécie de orelha morta, justamente porque a escuta é o lugar da mãe, que morreu. No texto sobre Bataille, Rönnbäck explicita muito claramente a relação entre a audição e a figura materna:

> O ouvido é o ponto central de uma série de atributos da mãe: o fetichismo que Freud atribui ao medo da castração, a melancolia que afligiu a mãe de Bataille, a perda do equilíbrio [...] O ouvido é também o receptáculo da língua materna, como Jacques Derrida observa ao con-

19 LISPECTOR, Clarice apud VARIN, Claire. *Línguas de fogo: Ensaio sobre Clarice Lispector.* Trad. Lucia Peixoto Cherem. São Paulo: Limiar, 2002, p. 191.

> trapor o alemão de Nietzsche, a língua materna viva, ao latim, a língua morta do pai. Enquanto a língua paterna não é mais falada ou ouvida e só pode ser adquirida por meio dos olhos, a língua materna entra quase que imperceptivelmente no pensamento por meio do ouvido.[20]

Rönnbäck refere-se ao texto *Otobiografias*, de Derrida, uma leitura do *Ecce Homo* de Nietzsche. No caso de Clarice, sua língua materna era o iídiche, que ela ouviu durante a infância também através do pai e que permaneceu para ela por toda a sua vida como uma língua calada. Podemos dizer que essa língua materna já chega para ela transmitida pelo ouvido como língua morta.

A LÍNGUA BRASILEIRA DE CLARICE

> Carece Clarice esclarecer
> poder nascer e renascer
> tão solene e tão solar –
> corajoso coração.
>
> E sem ter unguentos aguentar
> o pregão das pragas no portão –
> tensa resistência
>
> E no surdo absurdo supor
> uma grota, uma porta, uma rota
> para o contra se contrafazer:
> nesse quarto minguante
> que míngua –
> uma língua.

Depois do impacto de leitura de *Perto do coração selvagem*, o compositor Tom Zé escreveu os versos dessa canção, intitulada "Clarice", e que

20 FREDRIK, Rönnbäck. op. cit., 2015, p. 121.

se encontra no álbum lançado em 2022, *Língua Brasileira*[21]. De todos os escritores brasileiros, é Clarice a única, no álbum, que recebe uma canção com o seu nome, por ser criadora de uma língua toda sua, que se tornou nossa, e que nasceu de um exílio forçado a partir da saída de Tchetchelnik, na Ucrânia, onde nasceu, até chegar aqui. Que língua é a de Clarice?

A MULHER DA VOZ

No capítulo intitulado "A mulher da voz e Joana" aparece essa personagem não nomeada: uma corretora de imóveis, que Joana conhece ao buscar uma casa para alugar. O que lhe chama a atenção é a entonação de sua voz:

> Joana não a olhou mais atentamente senão quando ouviu sua voz. O tom baixo e curvo, sem vibrações, despertou-a [...] Não compreendia aquela entonação, tão longe da vida, tão longe dos dias...

Essa voz será atrelada à memória do passado:

> Desde aquele dia, Joana sentia as vozes, compreendia-as ou não as compreendia. Provavelmente no fim da vida, a cada timbre ouvido, uma onda de lembranças próprias subiria até sua memória, ela diria: quantas vozes eu tive...

Essa importante passagem nos mostra que a voz, na escrita de Clarice, remete ao sentir do timbre que emana e que a memória guarda como um bem. Por isso o realce em seus textos não dos fatos, mas do silêncio e do murmúrio. É nesse momento que emerge a bela imagem sonora "do murmúrio do seu centro":

21 Sobre a canção, ficamos sabendo pela reportagem que: "Tom Zé a compôs pouco depois de ter lido *Perto do coração selvagem*, de Clarice Lispector, e tendo em mente a biografia da escritora – de família judia russa, ela veio para o Brasil ainda criança, fugindo da perseguição na Europa. 'Uma ameaça dessas é uma marca que se estende ao longo da vida e se prolonga no braço que escreve', acredita o tropicalista." Cf. Leonardo Lichote. "O Brasil está decaindo até a barbárie, diz Tom Zé, que lança Língua Brasileira." Ilustrada, *Folha de S. Paulo*, 8 de julho de 2022.

> O murmúrio leve e constante como o de água entre pedras. Por que descrever mais do que isso? É certo que lhe aconteciam coisas vindas de fora. Perdeu ilusões, sofreu alguma pneumonia. Aconteciam-lhe coisas. Mas apenas vinham adensar ou enfraquecer o murmúrio do seu centro.

A vida que corre no corpo, o murmúrio do seu centro, é o que a escrita de Clarice pratica e inaugura com *Perto do coração selvagem.* A escrita de Clarice, batida em uma máquina de escrever, pode ser melhor entendida (ouvida) como uma busca pela expressão desse tom, desse murmúrio, desse timbre.

Essa reflexão lembra a discussão que Adriana Cavarero[22] (2005) propõe sobre a figura mítica de Eco. Em sua leitura, é o ninar pela voz, é o murmúrio sem outro sentido que não o do abraço e o de pertencer, o primeiro contato do infante (*in-fans,* sem fala) com o "lulala" da linguagem, que Jacques Lacan define como "lalangue" e que Clarice/Joana inventa como "lalande".

O OUVIR E A INFÂNCIA

Linguagem que nasce da infância. É nessa fase que Joana escuta o pai bater à máquina de escrever, o relógio a soar e o zumbido do silêncio. Assim, é notável (inclusive musicalmente) o modo de Joana escrever como uma criança, um escrever em eco que emerge através da repetição de palavras, formando como que uma cantiga.

A percepção infantil do mundo fica nítida pela repetição, pelo ritmo das frases, pela mistura de elementos concretos e pensamentos profundos e de superfície, escrevendo do modo como uma criança fala. O eco aparece, assim, materialmente no texto, através da repetição de palavras ou frases inteiras. Como técnica narrativa, ouvimos o eco na linguagem infantil de Joana:

22 CAVARERO, Adriana. *For More Than One Voice: Toward a Philosophy of Vocal Expression.* Trad. Paul A. Kottman. Stanford: Stanford University Press, 2005.

> Então subitamente olhou com desgosto para tudo como se tivesse comido demais daquela mistura. "Oi, oi, oi...", gemeu baixinho cansada e depois pensou: o que vai acontecer agora agora agora?

Ela emprega o mesmo ecoar em outras passagens: "Sim, sim, e daí? E agora agora agora?" e "Nunca, nunca, sim, canta baixinho". Essa repetição vai ser a marca de elaboração dos capítulos de *Perto do coração selvagem*, em eco[23]:

> [...] por enquanto é tempo por enquanto é vida mesmo que mais tarde [...]

O eco torna-se ecolalia na língua "ressoando nas profundezas da boca" que Joana inventa ao pronunciar palavras como "amêndoas". Também vemos esse artifício na invenção de palavras como "lalande", em um diálogo com o marido, Otávio. Em Clarice, a orelha gera uma língua que escuta a presença da "mulher da voz" no texto escrito e a língua de lalande:

> Toda a vez que eu disser: Lalande, você deve sentir a viração fresca e salgada do mar, deve andar ao longo da praia ainda escurecida, devagar, nu. Em breve você sentirá Lalande...

A orelha morta pode ser traduzida também como a escuta fora do ventre. O nascimento tira o corpo do *infans* para fora do estado de união umbilical e sonora. Como fazer para que a escrita seja um retorno ao útero, ou seja, um retorno a essa audição primeira? Como a própria Clarice diz em *Água viva*:

> Entro lentamente na escritura assim como já entrei na pintura. É um mundo emaranhado de cipós, sílabas, madressilvas, núcleos, cores

23 Cf. LIBRANDI, Marília. "A ecopoética de G.H." *Escrever de ouvido: Clarice Lispector e os romances da escuta*. Op. cit. pp. 211-256.

e palavras – limiar de entrada de ancestral caverna que é o útero do mundo e dele vou nascer.[24]

"ENFIM, ENFIM, LIVRE"

Como terminar *Perto do coração selvagem*? Talvez com a morte do protagonista. No entanto, ao morrer, Joana não morre, transforma-se, e passa a fazer parte de uma substância única. Vale a pena ler toda a passagem para examinar como as imagens sonoras do parágrafo inicial retornam como ritornelo, em uma estrutura narrativa musical e circular ressoante:

> Era de manhã, sabia que era de manhã... Recuando como pela mão frágil de uma criança, ouviu, abafado como em sonho, galinhas arranhando a terra. Uma terra quente, seca... o relógio batendo tin-dlen... tin...dlen... o sol chovendo em pequenas rosas amarelas e vermelhas sobre as casas... Deus, o que era aquilo senão ela mesma? mas quando? não, sempre... [...] O galo não sabia que ia morrer! O galo não sabia que ia morrer! Sim, sim: papai, que é que eu faço? Ah, perdera o compasso de um minueto... Sim... o relógio batera tin-dlen, ela erguera-se na ponta dos pés e o mundo girara muito mais leve naquele momento. Havia flores em alguma parte? e uma grande vontade de se dissolver até misturar seus fins com os começos das coisas. Formar uma só substância, rósea e branda – respirando mansamente como um ventre que se ergue e se abaixa, que se ergue e se abaixa...

Formar uma só substância é interromper a separação entre as espécies e os seres e, por isso, é também tanto um renascer quanto um retorno ao ventre, saindo da morte ou entrando na vida: "Não podia pois morrer, pensou então lentamente. [...] Não morreria porque... porque ela não podia acabar. Isso, isso." Chegamos então ao momento em que Joana deixa de ser mulher e vira outra coisa, perto, afinal, do coração selvagem:

24 LISPECTOR, Clarice. *Água viva*. Op. cit., p. 14.

> Não era mulher, ela existia e o que havia dentro dela eram movimentos erguendo-a sempre em transição. [...] Ela notou que ainda não adormecera, pensou que ainda haveria de estalar em fogo aberto. Que terminaria uma vez a longa gestação da infância e de sua dolorosa imaturidade rebentaria seu próprio ser, enfim enfim livre!

O texto então passa da terceira para a primeira pessoa, em um lindo cântico de transformação final:

> [...] porque então viverei, só então viverei maior do que na infância, serei brutal e malfeita como uma pedra, serei leve e vaga como o que se sente e não se entende, me ultrapassarei em ondas, ah, Deus, e que tudo venha e caia sobre mim, até a incompreensão de mim mesma em certos momentos brancos porque basta me cumprir e então nada impedirá meu caminho até a morte-sem-medo, de qualquer luta ou descanso me levantarei forte e bela como um cavalo novo.

Em 20 de maio de 1888, no mesmo ano em que Nietzsche abraça o cavalo de um estranho em Turim, na Itália, Van Gogh escreve a seguinte carta a seu irmão Theo, na qual expressa claramente a consciência do sacrifício que a arte lhe impunha e, ao mesmo tempo, a amplitude e abertura que ele poderia oferecer aos artistas futuros:

> Sabemos que somos cavalos de carruagem, e sabemos que será novamente a mesma carruagem que teremos que levar. E então perdemos a vontade, e preferiríamos viver numa campina com sol, um rio, a companhia de outros cavalos também livres, procriando... [...]
>
> Não sei quem chamou esse estado de ser atingido pela morte e pela imortalidade. A carruagem que arrastamos deve ser útil para pessoas que não conhecemos. Mas, veja bem, se acreditarmos na nova arte, nos artistas do futuro, nosso pressentimento não está errado. [...] Há uma arte no futuro, e ela deve ser tão bonita e tão jovem que, na verdade, se hoje deixarmos para ela a nossa própria juventude, só temos a ganhar em serenidade. (Van Gogh, 2009, p. 611)

A última personagem de Clarice, a escritora e pintora Ângela, de *Um sopro de vida*, coloca a questão nos seguintes termos: "– Meu ideal seria pintar um quadro de um quadro." Ela então descreve um dos quadros pintados pela própria Clarice: "Fiz um quadro que saiu assim: um vigoroso cavalo com longa e vasta cabeleira loura no meio de estalactites de uma gruta. [...] Ah, meu Deus, tenho esperança adiada. O futuro é um passado que ainda não se realizou."[25]

NOTA FINAL

Um dia, no curso que eu então oferecia para estudantes de Literatura Brasileira, na Universidade de Stanford, líamos juntos *A hora da estrela* e, de repente, deparo-me com a seguinte frase expressa pelo narrador Rodrigo S.M.: "... escrevo de ouvido. Assim como aprendi inglês e francês de ouvido". Decido reler a obra de Clarice, e volto ao começo. E é no começo mesmo, no gérmen de tudo que virá depois, que abro o livro *Perto do coração selvagem* e ouço o que ali se inscreve, no princípio e de princípio:... tac-tac... tac-tac-tac... z z z z z z... De Joana a Rodrigo S.M., *alter egos* da escritora, ouvimos pois o ressoar de gestos auditivos por escrito. Clarice está ali, *atrás do pensamento*, sussurrando-nos algum segredo. Seríamos capazes de ouvi-lo? Ou, como indaga Jean-Luc Nancy, teria a filosofia (ou a análise literária) ouvidos atentos para além de seus olhos perspicazes? Sim, se esses ouvidos forem como os da escritora-filósofa franco-argelina, Hélène Cixous, ao falar de *Perto do coração selvagem*: "O primeiro gesto de Clarice quando criança foi se colocar à *escuta* de, em sintonia com a escrita, com algo que acontece entre o corpo e o mundo."[26] Assim também dizem Nádia Battella Gotlib e Claire Varin, em relação ao que foi a entrada triunfante de Clarice na literatura brasileira:

25 LISPECTOR, Clarice. *Um sopro de vida.* Rio de Janeiro, Rocco, 1999, p. 53.

26 CIXOUS, Hélène. "Writing and the Law: Blanchot, Joyce, Kafka, and Lispector". In: *Readings: The Poetics of Blanchot, Joyce, Kafka, Kleist, Lispector, and Tsvetayeva*, edição e tradução Verena Andermatt Conley, pp. 1-27. Minneapolis: University of Minnesota Press, 1991, p. 1.

> É logo no primeiro capítulo deste romance que se desenha uma poética do narrar. Capítulo que é mesmo o primordial, cena de origem de toda uma produção romanesca [...][27]
>
> *Perto do coração selvagem* carrega em gérmen todos os seus outros textos. É o *cadinho*, o conjunto de manifestações futuras, o Um contendo todos os possíveis.[28] (Varin, 2002, p. 111)

Ao colocarmo-nos à escuta do coração selvagem da escrita de extrema coragem e ousadia de Clarice/Joana, podemos ouvir o lance para o futuro de seu recado – enfim enfim livre! No cerne de sua escrita, tudo pulsa e vive. E onde tudo pulsa e vive, há sempre uma orelha grande e generosa à escuta...

27 GOTLIB, Nádia Battella. *Clarice: Uma vida que se conta.* São Paulo: Ática, 1995, p. 159.

28 VARIN, Claire. *Línguas de fogo: Ensaio sobre Clarice Lispector.* Trad. Lucia Peixoto Cherem. São Paulo: Limiar, 2002, p. 111.

A máquina do papai batia tac-tac...tac-tac-tac ... O relogio acordou em tin-dlen sem poeira. O silencio arrastou-se zzzzzz. O guarda-roupa dizia o que? roupa-roupa-roupa. Não não. Entre o rélogio, a máquina e o silencio havia uma orelha á escuta, grande, côr-de rosa e morta. Os tres sons estavam ligados pela luz do dia e pelo ranger das folhinhas da árvore que se esfregavam umas nas outras radiantes.

Encostando a testa na vidraça brilhante e fria olhava para o quintal do visinho, para o grande mundo das galinhas-que-não-sabiam-que-iam-morrer. E podia sentir como se estivesse bem proxima de seu nariz a terra quente, socada, tão cheirosa e seca, onde bem sabia bem sabia uma ou outro minhoca se espreguiçava antes de ser comida pela galinha que as pessôas iam comer.

Houve um momento grande, parado, sem nada dentro. Dilatou os olhos, esperou. Nada veio. Branco. Mas de repente num estremecimento deram corda no dia e tudo recomeçou a funcionar, a máquina trotando, o cigarro do pai fumegando, o silencio, as folhinhas, os frangos pelados, a claridade, as coisas revivendo cheias de pressa como uma chaleira a ferver. Só fal-

Clarice, Joana e a recusa da banalidade

Maria Clara Bingemer

Neste romance de estreia, Clarice oferece ao leitor uma extraordinária personagem feminina: Joana. É aquela que pergunta à professora em sala de aula o que acontece depois que se é feliz, ou seja, o que está para além daquilo que seu contexto e as pessoas que nele habitam consideram felicidade.

> – O que é que se consegue quando se fica feliz? sua voz era uma seta clara e fina.
> A professora olhou para Joana. – Repita a pergunta...?
> Silêncio. A professora sorriu arrumando os livros.
> – Pergunte de novo, Joana, eu é que não ouvi.
> – Queria saber: depois que se é feliz o que acontece? O que vem depois? – repetiu a menina com obstinação.
> A mulher encarava-a surpresa.
> – Que ideia! Acho que não sei o que você quer dizer, que ideia! Faça a mesma pergunta com outras palavras...
> – Ser feliz é para se conseguir o quê?[1]

1 LISPECTOR, Clarice. *Perto do coração selvagem,* Rio de Janeiro, Rocco, edição digital.

Joana reagia com suas embaraçosas perguntas ao que a professora ensinava antes, apresentando aos alunos histórias com desfechos de felicidade: "... a voz da professora flutuava como uma bandeira branca. – E daí em diante ele e toda a família dele foram felizes".[2] Intrigada com o conteúdo dessa felicidade, a menina questiona a mestra sobre a felicidade como meta da vida e o que viria depois dela. Claramente, as descrições previsíveis de felicidade apresentadas não repercutiam em Joana como representando realmente o que seria uma plenitude e uma realização sua enquanto ser humano. Seu desejo vai além, transcende o horizonte que é apresentado a meninas de sua idade e sua condição social: a felicidade banal que dura para sempre e cujo conteúdo é um casamento tradicional, prole e um futuro sem maiores inquietações ou problemas.

Na verdade, o livro de Clarice nos apresenta uma mulher – Joana – que cresce e se desenvolve em meio a um conjunto de relações e acontecimentos previsíveis e opacos. Seus dias evoluem mediocremente, em meio à dupla orfandade paterna e materna, e as expectativas sobre seu futuro estão como que já inevitavelmente delineadas. À diferença de outras pessoas que também vivem em meio a estas situações, Joana é uma rebelde e uma transgressora. Não aceita acriticamente aquilo que lhe é proposto como destino inevitável. O processo e o percurso interior desta mulher serão narrados por Clarice apontando a busca teimosa e inarredável de sua personagem em direção a uma liberdade que se permite duvidar do previsível e criticar o programado. Trata-se de um percurso feito de altos e baixos, que a vai conduzindo através de escolhas e decisões, ao amago do ser que deseja sem nomear, mas experimentando profundamente.

Alguns dos insights e revelações mais importantes que Joana recebe acontecem quando ela olha pela janela. O que se apresenta aos seus olhos é a linha da vida e da morte, situada nas galinhas e nas minhocas e sua cadeia alimentar; no cavalo onde experimenta uma profunda e embriaga-

2 Ibid, p. 15.

dora liberdade; nas paisagens por ela adjetivadas, como o rio que é leito das palavras, o mar que é analogia para a morte do pai, a chuva que é vigilante como um homem que espera e o céu nublado ou claro, que revelam novamente o grau de intensidade dos desejos da jovem. Pela janela, Joana espreita a vida que adivinha e deseja muito além da banalidade opaca daquilo que é seu cotidiano e os que o povoam.

Ao olhar pela janela e deparar-se com o céu estrelado, sente-se repleta de desejos. Desejos que a fazem perguntar por sua fonte. De onde virão? Para onde a levarão? Mesmo adulta, após a separação de Otávio, seu marido, vai sentir que esses desejos são de tal força que ultrapassam as distancias existentes entre as estrelas e seu quarto através da mediação da reveladora janela. Joana expressará seus desejos em termos de uma interação com essas brilhantes criaturas que piscam, no interior da qual experimentará que lhe é concedida e revelada uma intimidade quase inimaginável. Deseja beijar as estrelas, mordê-las e, mais que isso, ser uma delas.

> Descobri em cima da chuva um milagre – pensava Joana –, um milagre partido em estrelas grossas, sérias e brilhantes, como um aviso parado: como um farol. O que tentam dizer? Nelas pressinto o segredo, esse brilho é o mistério impassível que ouço fluir dentro de mim, chorar em notas largas, desesperadas e românticas. Meu Deus, pelo menos comunicai-me com elas, fazei realidade meu desejo de beijá-las. De sentir nos lábios a sua luz, senti-la fulgurar dentro do corpo, deixando-o faiscante e transparente, fresco e úmido como os minutos que antecedem a madrugada.[3]

Ou ainda: "Não sinto loucura no desejo de morder estrelas, mas ainda existe a terra. E porque a primeira verdade está na terra e no corpo."[4] Sua consciência da primordialidade da terra e do corpo não a impede de querer essa proximidade e intimidade com as estrelas, a ponto de querer beijá-las

3 Ibid, p. 34

4 Ibid, p. 35.

e mordê-las. Tão forte é esse desejo que brota em oração que lhe sai do coração: "Meu Deus, comunicai-me com elas..."[5]

O desejo do alto e do brilho das estrelas é de tal ordem que acontece uma identificação de Joana com as mesmas.

> A palavra estala entre meus dentes em estilhaços frágeis. Porque não vem a chuva dentro de mim, **eu quero ser estrela**. Purificai-me um pouco e terei a massa desses seres que se guardam atrás da chuva. Nesse momento minha inspiração dói em todo o meu corpo. Mais um instante e ela precisará ser mais do que uma inspiração. E em vez dessa felicidade asfixiante, como um excesso de ar, sentirei nítida a impotência de ter mais do que uma inspiração, de ultrapassá-la, de possuir a própria coisa – e **ser realmente uma estrela.**[6]

Na verdade, as estrelas são as pedagogas de Joana para a liberdade que almeja e que pressente ser seu lugar para além da banalidade do que lhe ensinaram ser uma vida feliz. A comunicação difícil que tem com os outros seres que a circundam vai acontecendo mais facilmente com elementos da natureza, muitos deles: animais, plantas, elementos do tempo e do clima. Joana vai descrevendo essa liberdade que vai crescendo em seu interior e pontua seu processo de crescimento com a presença das estrelas. Estrelas que brilham, que a atraem, com as quais deseja um contato físico como o beijar e o morder e que finalmente a transformam em si mesmas. E em alguns momentos essa experiência de identificação acontece: "Se o brilho das estrelas dói em mim, se é possível essa comunicação distante, é que alguma coisa quase semelhante a uma estrela trêmula dentro de mim."[7]

A conexão desses desejos da personagem encontra pontos de contato com outros personagens femininos clariceanos e, portanto, não se limita a este primeiro romance de Clarice. Impressiona, portanto, que o último ro-

5 Ibid, p. 34.

6 Ibid, p. 34.

7 Ibid, p. 35.

mance da escritora – *A hora da estrela*[8] – tenha a palavra "estrela" no título, mas a mesma não volte a aparecer com muita frequência no desenrolar da narrativa, a não ser no "apogeu" final, quando a moça nordestina Macabéa – tão diferente de Joana, vivendo sua vida oprimida e "de menos" –, entrando na morte, faz soar a sua "hora da estrela", que é como uma coroação e libertação da vida tão difícil e esmagada que é a sua.

A morte não é para Macabéa senão aquilo que finalmente a faz estrela, estrela como as de cinema que ela tanto admirava, Marilyn, toda cor-de--rosa... Na morte passava de virgem a mulher. Recebia o beijo, o abraço definitivo. E sobretudo descansava do doloroso e inútil esforço de viver. Vivia plenamente seu destino de mulher, intuído no quase dolorido e esfuziante esforço do desmaio de amor. E a última palavra que sai de sua boca é "futuro".

E é com termos pascais que o narrador – aliás Clarice – descreve a agonia e morte de sua anti-heroína pobre, nordestina, cariada e feita para a sarjeta. "Então – ali deitada – teve uma úmida felicidade suprema, pois ela nascera para o abraço da morte. A morte que é nesta história o meu personagem predileto."[9] E seu corpo em agonia exibe certa sensualidade, "no modo como se encolhera". Ou – pergunta o narrador – é porque a pré--morte se parece com a intensa ânsia sensual? Seu rosto exprime um esgar de desejo. Deseja a vida e sabe que apenas a morte lha dará.[10] E morrendo sente e pergunta pelo futuro.

O pobre corpo da nordestina, atropelado por um Mercedes amarelo, estendido nos paralelepípedos, tem uma vela acesa ao lado, trazida por algum vizinho. "O luxo da rica flama parecia cantar glória."[11] E Macabéa no chão "parecia se tornar cada vez mais uma Macabéa, como se chegasse a si mesma".[12] Escrevendo essa cena o narrador se pergunta se seu fôlego

8 LISPECTOR, Clarice. *A hora da estrela*, Rio de Janeiro, Rocco, edição digital.

9 *A hora da estrela*, op. cit., p. 85.

10 Idem.

11 Ibid, p. 66.

12 Idem.

o leva a Deus. E ouvindo Macabéa dizer sua última palavra: "futuro", se pergunta: "Terá tido ela saudade do futuro?"[13]

Neste momento exato, quando o futuro é convocado nessa morte de uma vida que só tem passado minguado e presente "de menos", acontece o jorro de sangue. Macabéa moribunda não queria vomitar – diz o narrador –, pois queria apenas expelir "o que não é corpo, vomitar algo luminoso. Estrela de mil pontas".[14] E Clarice saúda com palavras de triunfo e de esperança a morte da nordestina que é libertação de sua opressão. "Vejo que ela vomitou um pouco de sangue, vasto espasmo, enfim o âmago tocando no âmago: vitória! ... a vida come a vida." A Estrela finalmente alcançada pela nordestina pobre e sem brilho sai de seu próprio corpo. Ela a habitava desde sempre, mas se revelou apenas na libertadora morte.

E a vida triunfa da morte, em Macabéa, sobre cujo fim o narrador exclama: "Sim, foi este o modo como eu quis anunciar que – que Macabéa morreu. Vencera o Príncipe das Trevas. Enfim a coroação."[15] A Estrela de mil pontas era essa coroa pela qual tanto almejara e que finalmente se encontrava em seu interior, vomitada no momento de seu trânsito da vida para a morte. E o narrador constata: "ela estava livre de si e de nós".[16]

Com Joana e seu coração selvagem é diferente o caminho, embora as estrelas falem igualmente de destinação final e meta de chegada. Embora órfã de mãe e pai e criada por uma tia um tanto distante e quase hostil, a menina não careceu de bens materiais e teve uma vida mais ou menos acomodada. Sua vida não foi "de menos" materialmente, a não ser em nível psicológico e interior. Além disso, a narrativa deixa entender que não era amarela, feia e insípida como Macabéa, mas bonita e capaz de atrair os olhares masculinos com admiração e desejo. A perda dos pais é um rude golpe e o ter que ir morar com os tios também. Sente-se então inadequada

13 Ibid, p. 68.

14 Ibid, p. 68.

15 Idem.

16 Ibid, p. 69.

e não situada na vida que de certa maneira lhe é imposta, com parentes que na verdade sente como estranhos. Empenha-se então em desconcertar a todos com suas atitudes. E entre os sentimentos que no seu interior crescem está um horror à bondade óbvia, às pessoas irritantemente afáveis, à banalidade do cotidiano enfim. E isso vai aumentando sempre mais o seu estranhamento com os que a cercam.

A certa altura, em uma ida ao supermercado com a tia, apodera-se de um livro, gerando perplexidade e descontentamento na tia, que decide enviá-la ao colégio interno. A transgressão e a ousadia de cometê-la, rompendo com o ritmo da rotina opaca e sem brilho da vida cotidiana, vão acompanhá-la daí em diante, possibilitando-lhe identificar vagarosamente o turbilhão de sedes e fomes que formam um misterioso emaranhado em seu interior. No colégio mesmo, entre estranhos, já experimentava a solidão e tristeza que farão nascer e começar a profunda viagem interior que será a sua. Enquanto Macabéa se encolhe e se diminui para adequar-se ao "de menos" que lhe impuseram como lugar e destino, a humilhação que a pobreza e a opressão instauram sobre sua vida, Joana se rebela contra a banalidade e busca caminhos. O que a esmaga não é a carência ou a pobreza material, mas a mediocridade que a cerca. Todos esperam que aceite e se compraza nessa mediocridade, mas Joana começa a sentir que seu espírito crítico que tanto dificulta suas relações pode salvá-la dessa obviedade opaca e banal que tanto odeia.

Por isso pergunta. Indaga. Questiona. A professora, a tia, o marido, a amante do marido, o professor. Todos esses interlocutores potenciais são atingidos pelas incômodas perguntas da moça que não se conforma nem se sente à vontade nos caminhos previamente traçados e se dispõe a encontrar e percorrer outros, ao arrepio da banalidade reinante.

O casamento com Otávio foi um dos caminhos no qual Joana se adentrou. Sempre lhe havia sido dito, velada ou explicitamente, que aquele era o destino da vida de toda menina, de toda mulher. O desejo máximo que toda mulher devia ter: casar-se, procriar. Aí estaria sua realização e nada mais havia após isso, a não ser administrar o já alcançado até o fim da vida. No entanto, sua experiência neste casamento, embora exista o amor, embora os corpos se encontrem seduzidos e se busquem no sexo, é fonte mais de perplexidade do que de realização. Como o demonstra a conversa que entretém com Lídia, a amante do marido, que ela vai encontrar e aborda em uma conversa direta e veladamente agressiva, mas onde desnuda algo de seu interior. Ao perguntar à outra se gostaria de estar casada e receber resposta afirmativa, Joana responde, desconcertando Lídia:

> – Isso vem contra mim. Pois eu não pensava em me casar. O mais engraçado é que ainda tenho a certeza de que não casei... Julgava mais ou menos isso: o casamento é o fim, depois de me casar nada mais poderá me acontecer. Imagine: ter sempre uma pessoa ao lado, não conhecer a solidão. – Meu Deus! – não estar consigo mesma nunca, nunca. E ser uma mulher casada, quer dizer, uma pessoa com destino traçado. Daí em diante é só esperar pela morte. Eu pensava: nem a liberdade de ser infeliz se conserva porque se arrasta consigo outra pessoa. Há alguém que sempre a observa, que a perscruta, que acompanha todos os seus movimentos. E mesmo o cansaço da vida tem certa beleza quando é suportado sozinha e desesperada – eu pensava. Mas a dois, comendo diariamente o mesmo pão sem sal, assistindo à própria derrota na derrota do outro... Isso sem contar com o peso dos hábitos refletidos nos hábitos do outro, o peso do leito comum, da mesa comum, da vida comum, preparando e ameaçando a morte comum. Eu sempre dizia: nunca.

Aquela que à pergunta de Joana havia respondido que desejaria se casar como toda mulher defronta-se então com essa rival estranha que tem o que ela desejaria – o casamento e a união legal e reconhecida com o homem por ela desejado e que a tem na condição de amante –, mas que na verdade não sente que ali seja o seu lugar. E rejeita interiormente aquele lugar que ocupa, sentindo que não a conduzirá onde latejam seus desejos e suas sedes. Na verdade, Joana é atormentada por diversas sedes que a todo momento lhe recordam a incompletude em que vive, onde padece a falta daquilo que não sabe o que é, mas sabe que mora dentro de si mesma.

Esses desejos e a consciência dessas sedes se abrem sobretudo durante as noites, quando olha pela janela e vê as estrelas. E aquela visão lhe desperta profundo desejo de transcendência e de infinito, que ela não sabe sequer nomear. Sua sede aumenta, a ponto dela se perguntar a si mesma:

> Por que surgem em mim essas sedes estranhas? A chuva e as estrelas, essa mistura fria e densa me acordou, abriu as portas de meu bosque verde e sombrio, desse bosque com cheiro de abismo onde corre água.[17]

O encolhimento de Macabéa estimulado por tudo e todos que a esmagam termina na morte, quando então a estrela que trazia em seu interior é vomitada e sua libertação acontece.[18] Joana pelo contrário, sente dentro de si uma força anômala e avassaladora que a estarrece, mas que ao mesmo tempo não pode ignorar. Experimenta-se como um animal cheio de vitalidade, mas ao mesmo tempo é acossada por um medo aterrador de soltar essa sua animalidade original. Na verdade, essa animalidade é próxima sua e com ela convive diariamente como uma fera que a habita e a faz mesmo temer a si própria, temer sua capacidade de fazer o mal, temer a intensidade de sentimentos negativos que nutre para com as pessoas.

> Não era no mal apenas que alguém podia respirar sem medo, aceitando o ar e os pulmões? Nem o prazer me daria tanto prazer quanto o mal, pensava ela surpreendida. Sentia dentro de si um animal perfeito, cheio de inconsequências, de egoísmo e vitalidade.[19]
> Sim, ela sentia dentro de si um animal perfeito. Repugnava-lhe deixar um dia esse animal solto. Por medo talvez da falta de estética. Ou receio de alguma revelação... Não, não – repetia-se ela –, é preciso não

17 *Perto do coração selvagem*, op. cit., p. 34.

18 *A hora da estrela*, p. 86.

19 *Perto do coração selvagem*, op. cit., p. 10.

> ter medo de criar. No fundo de tudo possivelmente o animal repugnava-lhe porque ainda havia nela o desejo de agradar e de ser amada por alguém poderoso como a tia morta.[20]

Esse desejo de ser amada pela tia, que consistia no fundo em uma necessidade de ser aceita pelas pessoas, no entanto, era conjugado com um desprezo profundo, já que a tia lhe despertava repugnância e lhe dava prazer contrariá-la e chocá-la com suas atitudes como, por exemplo, a do roubo do livro. Essa carência de amor, no entanto, era real e ela podia apalpá-la, com força equivalente à que apalpava seu desejo de transcendência traduzido em beijar e morder estrelas. Joana rejeita a banalidade opaca que a tia lhe revela enquanto encontra no brilho das estrelas e na natureza que lhe molha e fecunda o bosque verde e abissal em seu interior uma força interior que a faz buscar mais para além de si mesma.

É nas noites sobretudo que Joana tem experiências novas e profundas que lhe rasgam horizontes para além da banalidade da vida que leva. Novamente o sentimento de sua animalidade está presente, desta vez acompanhado da nudez. Nua como um animal à beira da cama, despojada de toda a segurança, Joana viaja a mundos novos a partir de sua nudez animal.

> Na verdade estou ajoelhada, nua como um animal, junto à cama, minha alma se desesperando como só o corpo de uma virgem pode se desesperar. A cama desaparece aos poucos, as paredes do aposento se afastam, tombam vencidas. E eu estou no mundo, solta e fina como uma corça na planície. Levanto-me suave como um sopro, ergo minha cabeça de flor e sonolenta, os pés leves, atravesso campos além da terra, do mundo, do tempo, de Deus. Mergulho e depois emerjo, como de nuvens, das terras ainda não possíveis, ah ainda não possíveis. Daquelas que eu ainda não soube imaginar, mas que brotarão. Ando, deslizo, continuo, continuo... Sempre, sem parar, distraindo minha sede cansada de pousar num fim.[21]

20 Ibid, p. 10.

21 Ibid, p. 35.

A sede peregrina e nômade de Joana, cansada de pousar num fim, vai encontrar um caminho possível de saciedade quando rupturas se instauram em sua vida. A principal é a separação de Otávio que, embora dolorosa, vai como que a parir uma nova liberdade.

> Sentia dentro de si um animal perfeito, cheio de inconsequências, de egoísmo e vitalidade. Lembrou-se do marido que possivelmente a desconheceria nessa ideia. Tentou relembrar a figura de Otávio. Mal, porém, sentia que ele saíra de casa, ela se transformava, concentrava-se em si mesma e, como se apenas tivesse sido interrompida por ele, continuava lentamente a viver o fio da infância, esquecia-o e movia-se pelos aposentos profundamente só. Do bairro quieto, das casas afastadas, não lhe chegavam ruídos. E, livre, nem ela mesma sabia o que pensava. Sim, ela sentia dentro de si um animal perfeito. Repugnava-lhe deixar um dia esse animal solto.[22]

E Joana então empreende uma viagem para além da banalidade do cotidiano que vai abandonando.

> Naquela tarde já velha – um círculo de vida fechado, trabalho findo –, naquela tarde em que recebera o bilhete do homem, escolhera um novo caminho. Não fugir, mas ir. Usar o dinheiro intocado do pai, a herança até agora abandonada, e andar, andar, ser humilde, sofrer, abalar-se na base, sem esperanças. Sobretudo sem esperanças. Amava sua escolha e a serenidade agora alisava-lhe o rosto, permitia vir à sua consciência momentos passados, mortos. Ser uma daquelas pessoas sem orgulho e sem pudor que a qualquer instante se confiam a estranhos. Assim antes da morte ligar-se-ia à infância, pela nudez.[23]

A mulher que queria morder as estrelas e beijá-las, empreende uma viagem para baixo, em direção ao despojamento, à humildade, ao desnuda-

22 Ibid, p. 10.

23 Ibid, p. 98.

mento. Trata-se de um novo impulso, "kenótico"[24], que a conduz em direção à profundidade, às profundezas. De Profundis.

> O vento esfriou, levantaram-se as golas dos casacos, os olhares subitamente inquietos, fugindo da melancolia como Otávio com seu medo de sofrer. De profundis... De profundis? Alguma coisa queria falar... De profundis... Ouvir-se! prender a fugaz oportunidade que dançava com os pés leves à beira do abismo. De profundis. Fechar as portas da consciência. A princípio perceber água corrompida, frases tontas, mas depois no meio da confusão o fio de água pura tremulando sobre a parede áspera. De profundis. Aproximar-se com cuidado, deixar escorrerem as primeiras vagas. De profundis... Cerrou os olhos, mas apenas viu penumbra. Caiu mais fundo nos pensamentos.[25]

É nessa travessia então que Deus, que aparece mencionado e nomeado ao longo de todo o romance, será explicitamente invocado quando Joana cai ao fundo de si mesma e "de profundis", "das profundezas", clama como o salmista: "Das profundezas, Senhor, clamo a ti. Escuta a minha voz."[26]

> Então terei de novo uma verdade, o meu sonho. De profundis. Por que não vem o que quer falar? Estou pronta. Fechar os olhos. Cheia de flores que se transformam em rosas à medida que o bicho treme e avança em direção ao sol do mesmo modo que a visão é muito mais rápida que a palavra, escolho o nascimento do solo para... Sem sentido. De profundis, depois virá o fio de água pura.

24 Kenótico de kenosis significa, em grego bíblico, abaixamento, despojamento, humilhação. É usado por Paulo de Tarso em sua carta aos Filipenses capítulo 2, versículos de 5 a 11, referindo-se ao movimento da encarnação do Verbo de Deus.

25 Ibid, p. 98.

26 Sl 130 Das profundezas clamo a ti, SENHOR. Escuta, Senhor, a minha voz; estejam alertas os teus ouvidos às minhas súplicas. Se observares, SENHOR, iniquidades, quem, Senhor, subsistirá? Contigo, porém, está o perdão, para que te temam. Aguardo o SENHOR, a minha alma o aguarda; eu espero na sua palavra. A minha alma anseia pelo Senhor mais do que os guardas pelo romper da manhã. Mais do que os guardas pelo romper da manhã, espere Israel no SENHOR, pois no SENHOR há misericórdia; nele, copiosa redenção. É ele quem redime a Israel de todas as suas iniquidades.

> De profundis. Deus meu eu vos espero, deus vinde a mim, deus, brotai no meu peito, eu não sou nada e a desgraça cai sobre minha cabeça e eu só sei usar palavras e as palavras são mentirosas e eu continuo a sofrer, afinal o fio sobre a parede escura, deus vinde a mim e não tenho alegria e minha vida é escura como a noite sem estrelas e deus por que não existes dentro de mim? por que me fizeste separada de ti? deus vinde a mim, eu não sou nada, eu sou menos que o pó e eu te espero todos os dias e todas as noites, ajudai-me, eu só tenho uma vida e essa vida escorre pelos meus dedos e encaminha-se para a morte serenamente e eu nada posso fazer e apenas assisto ao meu esgotamento em cada minuto que passa, sou só no mundo, quem me quer não me conhece, quem me conhece me teme e eu sou pequena e pobre, não saberei que existi daqui a poucos anos, o que me resta para viver é pouco e o que me resta para viver no entanto continuará intocado e inútil, por que não te apiedas de mim? que não sou nada, dai-me o que preciso, deus, dai-me o que preciso e não sei o que seja, minha desolação é funda como um poço e eu não me engano diante de mim e das pessoas, vinde a mim na desgraça e a desgraça é hoje, a desgraça é sempre, beijo teus pés e o pó dos teus pés, quero me dissolver em lágrimas, das profundezas chamo por vós, vinde em meu auxílio que eu não tenho pecados, das profundezas chamo por vós e nada responde e meu desespero é seco como as areias do deserto e minha perplexidade me sufoca, humilha-me, deus, esse orgulho de viver me amordaça, eu não sou nada, das profundezas chamo por vós, das profundezas chamo por vós das profundezas chamo por vós das profundezas chamo por vós...[27]

A judia Clarice Lispector põe nos lábios de Joana a súplica de seus antepassados, que rezam os salmos diariamente, semanalmente, toda a vida. Desde as profundezas clamam por Deus. Joana clama, desde sua mais funda profundeza.

27 Ibid, p. 99.

> Ó Deus, Deus. Deus, vinde a mim não para me salvar, a salvação estaria em mim, mas para abafar-me com tua mão pesada, com o castigo, com a morte, porque sou impotente e medrosa em dar o pequeno golpe que transformará todo o meu corpo nesse centro que deseja respirar e que se ergue, que se ergue... o mesmo impulso da maré e da gênese, da gênese! o pequeno toque que no louco deixa viver apenas o pensamento louco, a chaga luminosa crescendo, flutuando, dominando. Oh, como se harmonizava com o que pensava e como o que pensava era grandiosamente, esmagadoramente fatal. Só te quero, Deus, para que me recolhas como a um cão quando tudo for de novo apenas sólido e completo, quando o movimento de emergir a cabeça das águas for apenas uma lembrança e quando dentro de mim só houver conhecimentos, que se usaram e se usam e por meio deles de novo se recebem e se dão coisas, oh Deus.[28]

A trajetória kenótica de Joana que clama a Deus "de profundis" e implora sua misericórdia vai na mesma direção de outras personagens femininas de Clarice. Além de Macabéa, que vomita sua estrela na morte após viver esmagada pela vida, não podemos deixar de recordar aqui G.H., que faz sua descida até o quarto da empregada onde a espera a barata que será o lócus de sua comunhão com a matéria. Joana realiza a descida à profundidade do ser e desde ali redescobre a liberdade e a vida que a espera no galope e na crina de um "cavalo novo" que avança rumo às estrelas.

> O que nela se elevava não era a coragem, ela era substância apenas, menos do que humana, como poderia ser herói e desejar vencer as coisas? Não era mulher, ela existia e o que havia dentro dela eram movimentos erguendo-a sempre em transição.
> ah, Deus, e que tudo venha e caia sobre mim, até a incompreensão de mim mesma em certos momentos brancos porque basta me cumprir e então nada impedirá meu caminho até a morte-sem-medo, de qualquer luta ou descanso me levantarei forte e bela como um cavalo novo.

28 Ibid, p. 100.

" He was alone. He was unheeded, happy, and near to the wild heart of life".

JAMES JOYCE.

A certeza de que dou para o mal, pensava Joana. O que será então esta sensação de força contida, pronta para rebentar em violencia, esta sêde de empregá-la de olhos fechados, inteira,com a segurança irrefletida de uma féra ? Não é nele apenas que alguem pode respirar sem mêdo, aceitando o ar e os pulmões? Nem o prazer me daria tanto prazer quanto o mal, Sinto dentro de mim um animal perfeito, cheio de inconsequencias, de egoismo e vitalidade.

Repugnava-lhe deixar um dia esse animal solto. Mêdo talvez da falta de estética. Receio de alguma revelação...Não, é preciso não ter mêdo de crear. No fundo de tudo possivelmente o desejo de cumprir com o dever, de agradar e de ser amada por alguem poderoso como a tia. Para depois no entanto pisá-la, repudiá-la sem contemplações. A melhor frase: a bondade me dá ansias de vomitar. A bondade era morna e leve, cheirava a carne crua guardada há muito tempo. Sem apodrecer inteiramente apezar de tudo. Abanavam-na de quando em quando, botavam um

Clarice Lispector

a da existencia. E abaixo de todas as dúvidas —Bach— sei que tudo é perfeito, porque seguiu de escala a escala o caminho fatal em relação a si mesmo. Nada escapa á perfeição das coisas, é essa a história de tudo. Mas isso não explica porque eu me emociono quando Otavio tosse e põe a mão no peito, assim. Ou senão quando fuma, e a cinza cai no seu bigode, sem que ele note. Piedade é o que sinto então. Piedade é minha forma de amôr. De odio e de comunicação. E'o que me sustenta contra o mundo, assim como alguem vive pelo desejo, outro pelo mêdo. Piedade das coisas que acontecem sem que eu saiba. Mas estou cansada, apezar de minha alegria de hoje, alegria que não se sabe de onde vem, como a de manhãzinha de verão. Estou cansada, agora agudamente! Vamos chorar juntos, baixinho. Por ter sofrido e continuar tão docemente. A dôr cansada numa lágrima simplificada. Mas agora já é desejo de poesia, isso eu confesso, deus. Durmamos de mãos dadas. O mundo rola e em alguma parte há coisas que não conheço. Durmamos sobre Deus e o misterio, nave quieta e fragil flutuando sobre o mar, eis o sono.

(Só dois espaços)

Porque ela estava tão ardente e leve, como o ar que vem do fogão que se destapa ? O dia tinha sido igual aos outros e talvez daí viesse o acumulo de vida. Acordara cheia da luz do dia, invadida. Pensara em areia, mar, beber agua do mar na casa da tia morta, sentir, sobretudo sentir. Esperou alguns segundos sobre a cama e como nada acontecesse viveu um dia comum. Ainda não se libertara do desejo-poder-milagre, desde pequena. A formula se realizava tantas vezes: sentir a coisa sem possuila. Apenas era preciso que tudo a ajudasse, a deixasse leve e pura, em jejum para receber a imaginação. Dificil como voar e rão - Escrevam em resumo essa historia para a proxima aula.

(Só dois espaços)

Ainda mergulhadas no conto as crianças moviam-se lentamente,os olhos leves, as bocas satisfeitas.

-O que é que se consegue quando se fica feliz? sua voz era uma seta clara e fina. A professora olhou para Joana.

-Repita a pergunta...?

Silencio. A professora sorriu arrumando os livros.

-Pergunte de novo, Joana, eu é que não ouvi.

-Queria saber: depois que se é feliz o que acontece? O que vem depois? repetiu a menina com obstinação.

A mulher encarava-a surpresa.

-Que ideia! Acho que não sei o que você quer dizer, que ideia! Faça a mesma pergunta com outras palavras,,.

-Ser fel iz é para se conseguir o que?

A professora enrubesceu -nunca se sabia dizer porque ela avermelhava. Notou toda a turma, mandou-a dispersar para o recreio.

O servente veio chamar a menina para o gabinete. A professora lá se achava:

-Sente-se...Brincou muito?

-Um pouco...

-Que é que você vai ser quando fôr grande?

-Não sei.

-Bem. Olhe, eu tive tambem uma ideia -corou-. Pegue um pedaço de papel, escreva essa pergunta que você me fez hoje e guarde-a durante muito tempo. Quando você fôr grande leia-a de novo - Olhou-a- Quem sabe? talvez um dia você mesma ra. Nenhum movimento de ar balançando-a. Mal respirando para não se acordar. Mas porque, sobretudo porque não usar as palavras proprias e enovelar-me, aconchegar-me em imagens? Porque me chamar de folha morta quando sou apenas um homem de braços cruzados?

(Só dois espaços)

Novamente, no meio do raciocinio inutil, veio-lhe um cansaço, um sentimento de quéda. Orar, orar. Ajoelhar-se diante de Deus e pedir. O que? A absolvição. Uma palavra tão larga, tão cheia de sentidos. Não era culpado -ou era? de que? sabia que sim, porém continuou com o pensamento -não era culpado, mas como gostaria de receber a absolvição. Sôbre a testa os dedos largos e gordos de Deus, abençoando-o como um bom pai, um pai feito de terra e de mundo, contendo tudo, tudo, sem deixar de possuir uma particula sequer que mais tarde pudesse lhe dizer: sim, mas eu não lhe perdoei! Cessaria então aquela acusação muda que todas as coisas aconchegavam contra ele.

O que pensava afinal? Há quanto tempo brincava consigo mesmo imovel? Teve um gesto qualquer.

Prima Isabel entrou. "Bendito, bendito, bendito", dizia seu olhar apressado e miope, ancioso por se retirar. Só abandonava aquele ar de estrangeira quando se sentava ao piano. Otavio encolheu-se como em pequeno. Ela então sorria, era humana, chegava a perder o ar perfurador. Adquiria uma qualidade plana, mais facil. Sentada ao piano, os labios enfarinhados e velhos, tocava Chopin, Chopin, sobretudo todas as valsas.

-Os dedos ficaram duros, dizia orgulhosa de tocar de côr. Falando, movia a cabeça para traz num geito subitamente coquete, de dansarina de café. Otavio corava. Prostituta, pensava, e apagava imediatamente a palavra com um movimento doloroso. Mas como ousava? Lembrava-se de seu rosto inclinado atentamente sobre ele,

A VIAGEM

Impossivel explicar. Afastava-se aos poucos daquela zona onde as coisas têm forma fixa e arestas, onde tudo tem um nome sólido e imutavel. Cada vez mais afundava na região líquida, quieta e insondavel, onde pairavam nevoas vagas e frescas como as da madrugada. Da madrugada erguendo-se no campo. Na fazenda do tio acordara no meio da noite. As taboas da casa velha rangiam. De lá do primeiro andar, solta no espaço escuro, afundara os olhos na terra, procurando as plantas que se torciam enrodilhadas como viboras. Alguma coisa piscava na noite, espiando, espiando, olhos de um cão deitado, vigilante. O silencio pulsava no seu sangue e ela arfava com ele. Depois a madrugada nasceu sobre as campinas, rosada, úmida. As plantas eram de novo verdes e ingenuas, o talo fremente, sensivel ao sopro do vento, nascendo da morte. Já nenhum cão vigiava a fazenda, agora tudo era um, leve, sem conciencia. Havia um cavalo solto na campina quieta, a mobilidade de suas pernas apenas adivinhada. Tudo impreciso, mas de subito na

Impressão e Acabamento:
GEOGRAFICA EDITORA LTDA.